Russland
Moskau
Kasachstan
Minsk
Weissrussland
Kiew
Ukraine
Moldawien
Chisinău
Rumänien
Bukarest
Bulgarien
Sofia
Skopje
Grosny
Tiflis
Georgien
Aserbaid-
schan
Bergkarabach
Armenien
Eriwan
Schuscha
Iran
Ankara
Türkei
Sanandasch
(Senneh)
Mossul
Izmir (Smyrna)
Syrien
Bagdad
Irak
Athen
Griechenland
Nikosia
Zypern
Libanon
Israel
Jordanien
Saudi-
Arabien
Ägypten
Kairo
Libyen
0
300 km

DROEMER

Karin Kalisa

Fischers Frau

Roman

DROEMER

Besuchen Sie uns im Internet:
www.droemer.de

Aus Verantwortung für die Umwelt hat sich die Verlagsgruppe Droemer Knaur zu einer nachhaltigen Buchproduktion verpflichtet. Der bewusste Umgang mit unseren Ressourcen, der Schutz unseres Klimas und der Natur gehören zu unseren obersten Unternehmenszielen. Gemeinsam mit unseren Partnern und Lieferanten setzen wir uns für eine klimaneutrale Buchproduktion ein, die den Erwerb von Klimazertifikaten zur Kompensation des CO_2-Ausstoßes einschließt. Weitere Informationen finden Sie unter: www.klimaneutralerverlag.de

FSC www.fsc.org
MIX
Papier aus verantwortungsvollen Quellen
FSC® C014496

Originalausgabe Juni 2022
Droemer HC

Ein Imprint der Verlagsgruppe
Droemer Knaur GmbH & Co. KG, München

Covergestaltung: Sabine Schröder
Coverabbildung: Collage von Sabine Schröder unter Verwendung von Motiven von iStock und Shutterstock.com
Landkarte und Kogge von Peter Palm,
Stempel-Kreis von darsi/Shutterstock.com
Satz: Adobe InDesign im Verlag
Druck und Bindung: GGP Media GmbH, Pößneck
ISBN 978-3-426-28209-0

2 4 5 3 1

Wo wir einen Anfang setzen, da ist längst etwas eingefädelt, da sind schon Weichen gestellt, Bedingungen geknüpft, Voraussetzungen geschaffen

Siegfried Lenz,
Heimatmuseum

Dat. (?) vermutl. Jan. o. Feb. 1929

vermutl. Brieffragment

Prüf. Vorg. Nr. 17/4

Anm.: wahrscheinl. Entw. o. teilw. Abschrift

Autor und Adressat nicht gesichert

es ist wie in einer von Vanjas Geschichten, du weißt doch noch? Wo Aufenthalte nur dafür da sind, woanders hinzuführen. Ich verließ Žilina, ging nach Budapest, verließ Budapest, ging nach Zagreb, von Zagreb ging ich nach Breslau, wo ich blieb, nur um weiterzukommen nach Berlin - dort war kein Bleiben und kein Gehen - und doch, in letzter Sekunde, ging ich weiter nach Greifswald. Das liegt an der deutschen Ostsee, und hier, Nina, möchte ich bleiben und möchte mir vorstellen, dass ich bleiben darf, denn diese Bleibe ist kein Stillstand. Gerade nicht, rufe ich Vanja zu: gerade nicht! Wieder sind es Teppiche aber nicht alte, die geflickt, sondern solche, die erst entstehen sollen! In den Händen von Fischern und ihren Frauen, denen fehlt es an Fischen. Nicht aber an Geschick mit Garn und Knoten ~~und mit Nadel und mit Schere~~

An den frühen finnischen Flor denke ich, an persische Knoten und daran, wie aus etwas Altem und Fremdem etwas sehr Eigenes und Neuartiges entstehen könnte. Wie, wenn mir das Leben zur Lebensrettung einen großen Auftrag, den Auftrag meines Lebens erteilt hätte - und Hilfe könnte ich dabei gebrauchen! Nina, willst du nicht villeicht von Thaya aus [illegible] oder aber

Greifswald, Gegenwart

Was einmal war, es – hätte gewesen sein sollen.

Dass in ihrem Leben alle Tage gleich von einem Heute in ein Morgen übergehen, dass jedes Gestern das gleiche Gesicht wie ein Heute oder ein Morgen tragen solle und alle diese Gestern Heute und Morgen einen Zeitraum bildeten, in dem nichts zu fürchten, nichts zu wünschen und zu wollen sein würde, solange nur die Vergangenheit außen vor bliebe, genau dies war der einzige Wunsch, der in Mia Sunds Leben Platz hatte. Und weil es der einzige war, dachte sie, er könne erfüllt werden; nur dieser eine.

Sie hätte wissen müssen, dass die Vergangenheit nicht mit sich handeln ließ.

Als die Vergangenheit bei ihr einbrach, war Mia Sund nicht in der Lage, sich ihr zu stellen, sie ergriff auch nicht die Flucht, sie blieb wie angewurzelt in der Mitte ihres Büros stehen, während sie fieberhaft eine Antwort darauf suchte, ob es wirklich ihre Vergangenheit war, die da ohne jede Ankündigung wieder bei ihr eingefallen war, oder etwas, was sich bloß den Anschein gab. Falls es wirklich die Vergangenheit gewesen sein sollte, hatte es ihr gefallen, sich die vertraute Gestalt ihres Kollegen Holger Berends zu geben – einen Meter und achtzig groß, Dreitagebart, honiggelbe Halbbrille, struppiges Graublond – und ihn als ihr Sprachrohr zu benutzen: »Nicht, dass es eine Fälschung ist«, hatte sie ihn sagen lassen, während er auf der Schwelle stand, genau wie sie selbst damals auf einer Schwelle gestanden und eins zu eins diesen Satz gesagt hatte, gegen eine sich schließende Tür: »Nicht, dass es eine Fälschung ist.« Im allerletzten Moment hatte sie damals diesen Satz gesagt, gegen ihren Willen, aus einem ihr selbst unerklärlichen Impuls heraus – vielleicht der vagen Idee, der, dem sie das sagte, könne sich auf diesen Fingerzeig hin selbst retten und sie mit dazu; er möge endlich einmal das Richtige tun, ihr dankbar sein, sie schonen, mit ihr einen neuen Anfang finden. »Nicht, dass es eine Fälschung ist«, hatte sie gesagt, mehr geflüstert als gesagt hatte sie das damals, aber er – er war wieder laut geworden; auf seine Art: in wenigen Sekunden vom Flüstern mit fast geschlossenen Lippen zu erhobener Stimme und zu einem schrecklichen Schreien, dicht vor ihrem Gesicht. Als ob er eine Fälschung nicht erkennen könne. Ob sie meine, sie wisse es besser. Sei nicht vielmehr an ihr so einiges falsch? Nahezu alles, wenn er es recht bedenke. Ein letzter kalter Blick, bevor die Tür, hinter der die Zertifikate geschrieben wurden, mit dem Fuß zugestoßen wurde. Damals war sie auf der Schwelle stehen geblieben; unfähig, sich fortzubewegen, gleichermaßen heilfroh und tief verzweifelt, dass diese Tür jetzt zu war. Ein für alle Mal.

Und ja, sie hatte es besser gewusst.

Diesmal war nicht ihr Vater auf der anderen Seite der Tür, sondern Holger Berends – Vineta-Forscher und Museumspädagoge. Von Zimmer 117 zu Zimmer 302 hatte er sich hinaufbemüht, um ihr einen kürzlich ins Haus gekommenen Wandteppich auf den Tisch zu legen. Mit dem wisse er nichts anzufangen. Fischerteppich wahrscheinlich. Eher von früher. Ein Fall für die Kollegin, wie ihm schien. Hatte keine Antwort abgewartet, war schon halb draußen gewesen, als er sich auf der Schwelle noch einmal umdrehte: »Nicht, dass es eine Fälschung ist.«

War mit ihm, war in diesem Moment die Vergangenheit bei ihr eingebrochen? Anders als bei Einbrechern üblich, hatte er nichts mitgenommen, sondern etwas dagelassen: einen

Teppich und einen Halbsatz. Völlig offen, ob mit einem von beiden oder keinem von beiden oder mit allen beiden etwas nicht stimmte.

Warum in aller Welt hatte Holger Berends ihr diesen Teppich gebracht? »Eher von früher« war im Zusammenhang mit ihr ein Witz. Eine Faserarchäologin kümmerte sich um mehrere Tausend Jahre alte Spuren von Gewebe. Um Leichentücher – in erdgeschichtlicher Dimension. Zeitgenössisches, Vollständiges fiel nicht in ihr Ressort. Wie alt konnte ein Fischerteppich sein, der »eher von früher« war? Noch nicht einmal hundert Jahre. In der Eingangshalle hing ein halbes Dutzend hinter Glas. Auf den ersten Blick kam ihr im Vergleich mit den Exemplaren, die sie tagtäglich im Vorübergehen sah, ohne sie anzusehen, nichts sonderlich falsch vor. Ähnliches Maß, hundert mal hundertachtzig schätzte sie, schöne ornamentale Kante, gängige Motivik: acht Koggen, von denen die oberen vier nach Osten, die unteren vier nach Westen fuhren. Das Ganze ziemlich Grün in Grün. Aber warum sollte eine schlichte Vorliebe für Grüntöne einen Verdacht erzeugen? Insgesamt handelte es sich wahrscheinlich um nichts anderes als um ein recht typisches, nur eben zur Monochromie neigendes Exemplar dieser lokalen Teppichknüpferei. Angenommen, er wäre knappe einhundert Jahre alt, könnten Spektroskopie und Chromatografie das bestätigen. Aber warum sollte überhaupt ein derartiger Aufwand getrieben werden? Nein, es musste eine Falle sein. Wer spielte mit ihr?

Angenommen, sie ließe sich darauf ein und entnähme eine Fadenprobe: Neben dem Alter würde sie mit Glück etwas über die Farbstoffe erfahren. Auch würde sie sich die Regelmäßigkeit der Knoten auf der Rückseite ansehen, und wäre die Regelmäßigkeit zu groß, müsste sie aufmerksamer nach Zeichen einer maschinellen Herstellung suchen. Wäre die Rückseite fusselig und körnig, und nicht glatt geschliffen und poliert durch nichts als die Zeit selbst, dann wäre Zeit nicht reichlich genug im Spiel gewesen. Sie würde den Flor aufschlagen – und wenn sie sähe, dass die Fäden an der Spitze ausgeblichener waren als am Boden, und zwar nicht infolge eines abrupten Umschlags in der Mitte des Fadens, sondern in Form eines kontinuierlichen Verlaufs, dann hätte man es hier mit einem natürlichen Ausbleichen zu tun, nicht mit einem künstlich hergestellten. Um herauszufinden, dass etwas keine Fälschung war, gab es in der Textilforschung klare Bestimmungsverfahren. Aber wie sollte sie »Nicht, dass es eine Fälschung ist«, wie sollte sie diesen Satz, dieses Echo eines Satzes, auf seine Echtheit prüfen? Konnte es überhaupt so etwas wie ein echtes Echo geben? Ist ein Echo nicht immer schon – eine Kopie? Ist eine Kopie nicht immer schon – eine Fälschung? Wie um Himmels willen konnte sie herausfinden, ob es wahr war, was sie fürchtete, dass mit diesem Echo, das womöglich herumgeirrt war wie eine irrwitzig verzögerte Schallwelle, jahrelang auf der Suche nach einer Reflexionsfläche, bis sie auf einmal in Holger Berends eine gefunden hatte, die Vergangenheit sie hier und jetzt eingeholt hatte, trotz eines anderen Wohnortes, trotz eines anderen Namens, trotz eines anderen Berufes? Oder sicherstellen, dass kein anderer, sondern sie selbst sich narrte, dass der Satz keine hinterhältige Drohung, kein schrecklicher Widerhall, sondern einfach nur als ein launiger Dienstagmorgen-Satz dahergekommen war, von Kurator zu Kuratorin, ein Berufswitz, eine hingeworfene Phrase. Nahezu bedeutungslos. Es müsste ein allgemein empfohlenes Satzprüfverfahren geben, ein semantisches Säurebad, eine Originalitätsmessung des Wortwörtlichen. Wenn nicht überhaupt die Annahme, es gäbe gefälschte Sätze, schon der reinste Irrsinn war. Falsche Sätze; grammatisch falsch und inhaltlich falsch und fehl am Platze; das ja. Aber gefälschte? Gefälschte, in denen von Fälschung die Rede war… Sie spürte Übelkeit in sich aufsteigen und lehnte sich gegen die Aktenwand. »Nicht, dass es eine Fälschung ist.« Waren nicht überhaupt Sätze, die mit »nicht, dass« beginnen, so sehr ein Inbegriff des Zweifels, geradezu eine Formel der Ungewissheit, eine Beschwörung dessen, dass etwas bitte nicht das sein sollte, was es sein könnte, dass sie ohnehin gegen jedes Prüfverfahren imprägniert waren? Weil man in dieser Satzart, im gleichzeitigen Behaupten und Verneinen, immer schon auf der sicheren Seite war. Wie sich das wohl anfühlte, dachte sie, immer auf der sicheren Seite zu sein?

In ihrer Not griff Mia auf eine Taktik zurück, die sie früh gelernt hatte: logischer Kettenbau. Egal, wie logisch die Kette am Ende tatsächlich war, allein das Verfertigen erfüllte seinen Zweck: Mithilfe folgerichtigen Denkens hangelte sich das Kaninchen aus dem Radius der Schlange. Jedes Kettenglied ein Notfalltropfen. So fand sie auch jetzt im Durchspielen von Möglichkeiten echter und gefälschter Sätze zurück an ihren Schreibtisch.

Der Teppich, der vor ihr lag, war nicht das Problem. Der Satz war das Problem. Den musste sie prüfen. Diese vielsagende oder nichtssagende Ansammlung von Wörtern, die sich mit dem Atem dessen, der sie gesprochen hatte, längst hätte verflüchtigen sollen, die aber im Raum hängen geblieben waren wie eine zusammengekauerte Fledermaus, die sich tagsüber nicht aus der Ecke traute, aber nachts – nachts würde sie ihre Schwingen weit ausbreiten und sie aus dem Schlaf reißen und die Haare zu Berge stehen lassen. Sie musste wissen, woran sie war. Wenn sie schon nicht sicher war, musste sie wenigstens dies sicher wissen. Sie sah auf die Uhr.

Es war elf Uhr fünfundvierzig. Holger Berends war nicht der Typ, der Extrawege machte; er bündelte gern. Diesen Teppich wird er ihr auf dem Weg in die Kantine vorbeigebracht haben, war jetzt auf dem Weg dorthin. Stand vielleicht schon an. Wenn sie ihm sofort folgte, würde sie, ohne dass es auffiel, einen Platz an seinem Tisch finden, ein Gespräch anzetteln, das nicht ohne Anzeichen und Hinweise in seinem Mienenspiel bleiben würde, und sie würde es zu lesen wissen. Im Zusammenhang mit anderen Sätzen würde dieser Satz seinen wahren Gehalt offenbaren. Mia nahm das Portemonnaie aus ihrer Tasche, schloss die Tür ab, fuhr mit dem Fahrstuhl ins Erdgeschoss, lief über den Hof zur Kantine, stellte sich in die Risotto-Schlange, in der Holger Berends wartete und selbstvergessen einen Fünfeuroschein auf und zu rollte, den er für die Kasse bereithielt. Sie war sechs Plätze hinter ihm, ließ ihn nicht aus den Augen, stellte das Trüffelrisotto aufs Tablett, setzte sich zu ihm, suchte nach passenden Unverfänglichkeiten, fand keine, verwarf alles Drumherum und fragte so geradeheraus, wie man nur geradeheraus fragen konnte: »Sag mal, dieser Fischerteppich – hast du wirklich Zweifel?« Sie hielt seinen Blick fest. Wenn er jetzt »Nein« antworten würde und sie ansähe wie jemand, der fast am Ziel war, gegen Bares beauftragt von jemandem, der auf Rache sann? Wenn er gar nichts sagen würde, sondern nur undurchdringlich schauen und vielsagend schweigen würde? Sie einfach auflaufen ließe auf die Riffe der Vergangenheit? Mia Sund beobachtete gebannt, wie Holger Berends bedächtig kaute, mit dem Finger auf seinen Mund wies, ein verständnisheischendes Lächeln andeutete, sich mit der Serviette umständlich Mund und Bart abwischte, einen Schluck Wasser nahm und schließlich meinte: Na, die seien schon was wert. Allerdings sei Geld ja immer nur ein Beweggrund im Fälschergewerbe. Daneben gäbe es ja diese schiere Lust am Zum-Narren-Halten. Mia nickte. So war es damals auf Hof Jamme gewesen. Exakt diese Motivlage hatte dort das bunt zusammengewürfelte Fälschervolk geeint, bis –

»Hier in Mecklenburg-Vorpommern?«, fragte sie.

Holger Berends, von dem sie wusste, dass er auf die Gediegenheit des ländlichen Nordostens große Stücke hielt, dass er der Letzte gewesen wäre, der sein Museumsdorf und seine Freilichtspiele gegen einen Job in den großen Kunstsammlungen dieser Welt getauscht hätte, sprang über das Stöckchen, das sie ihm hingehalten hatte:

Zwar sei man hier, meinte er, weder beim MoMA noch bei der Tate, aber dies allein schütze noch nicht davor, dass einem eine Fälschung untergejubelt würde. Im Vergleich zu dem jedenfalls, was er an Fischerteppichen so in Erinnerung habe, sei dieser hier ziemlich farbintensiv. Irres Grün, oder? Kennt man doch eigentlich gar nicht, außer in der abstrakten Kunst, stimmt's? Am Ende sei Mark Rothko unter die Teppichweber gegangen. Im Ernst, seien die nicht eigentlich immer eher beige-braun – so wie die unten in der Halle? Mia nickte, zumindest die im Foyer einte ein ziemlich gedimmtes Farbspiel.

Ach, im Grunde habe er aber keine Ahnung, fuhr Holger Berends fort, er habe nur so das Gefühl gehabt, man sollte den nicht gleich katalogisieren. Er könne sich natürlich täuschen. Teppiche seien weder sein Metier noch sein Ding, egal ob auf dem Boden oder an der Wand. Er persönlich stehe auf Laminat und Raufaser. Mia sah ihn fragend an. Ja, Laminat lasse sich super wischen, Raufaser prima überstreichen.

Ein Gespräch, das binnen fünf Minuten bei der guten Überstreichbarkeit von Raufaser und der leichten Pflege von Laminatböden anlangte, war ein Harmlosigkeitsindikator ersten Ranges. Davon abgesehen natürlich, dass beides Lug und Trug war: Vorspiegelung einer verputzten Wand in dem einen, eines Holzfußbodens in dem anderen Fall, war es dennoch unvorstellbar, dass ein Fan dieser baustoffbiederen Täuschungswelt irgendeine Figur in einem hintersinnigen Rachefeldzug spielen könnte. Holger Berends war kein Sprachrohr der Vergangenheit – beziehungsweise ausschließlich in dem Sinne, in dem er während der Wikinger-Freilichtspiele Harald Blauzahn intonierte: im Männer-mit-Bart-Gespräch mit Hakon dem Guten und Richard dem Furchtlosen, die in ihren bürgerlichen Existenzen eine ebenfalls gut eingespielte Skatrunde ergaben. Mia Sunds Leben würde ohne die Vergangenheit weitergehen. Sie atmete hörbar auf und schob ihr Besteck zusammen. Holger Berends sah sie irritiert an. »Sättigt ganz schön«, sagte sie.

Holger Berends nickte zustimmend, schien aber fest entschlossen, seinen Teller leer zu essen. »Bis später«, meinte er, offenkundig froh darüber, sich seinen Sprachnachrichten zuwenden zu können. Mia war aufgestanden und auf halbem Weg zur Geschirr-Rückgabe, da rief er sie noch einmal zurück. Jetzt, dachte Mia, jetzt doch. Ob sie nicht zum Sommerfest statt Erdbeer-Tiramisu doch lieber Baguette und Käse mitbringen könne; süß und salzig stünden in keinem ausgewogenen Verhältnis mehr. »Kein Problem«, rief Mia, etwas zu schrill, vor lauter Erleichterung darüber, dass aus Holger Berends ganz sicher nicht die Vergangenheit sprach, sondern nur der Vineta-Forscher, Museumspädagoge und Chefplaner von Festen aller Art, der sie nun auch noch von dem Menetekel des Erdbeer-Tiramisus befreit hatte, dem letzten offenen Punkt der Büfettliste, in die mit Kreuzchen und Namen sich einzutragen sie nicht umhin gekommen war. Wie immer hatte sie viel zu lange abgewartet. Weil sie nicht kochte. Weil sie nicht darüber redete, dass sie nicht kochte. Weil sie von Imbissen lebte, von der Hand in den Mund. Statt Ausreden zu erfinden oder italienische Restaurants und Feinkostläden abzuklappern, würde sie nun einfach in irgendeinen Supermarkt gehen und mit Brot und Käse wieder rausmarschieren können. Sie winkte zum Abschied – euphorisch darüber, wie harmlos die Welt war, zumindest die Welt, in der Holger Berends lebte.

~

Zurück im Büro, fuhr in die bodenlose Erleichterung, die Mia tatsächlich die Treppen hatte hochlaufen lassen, als seien nicht nur ein bedrohlicher Satz und ein kompliziertes Dessert, sondern die Gesetze der Schwerkraft aufgehoben, ein nachholender Schrecken ein. Wie ein Windstoß durch trockenes Laub weht, es aufwirbelt, fallen lässt, weiterjagt, erfasste sie ein jäher Taumel, der nur auf einen günstigen Moment gelauert zu haben schien, in dem er leichtes Spiel haben würde, um sie vor sich her zu treiben, fahrig und zittrig von Fenster zu Tür, von Tür zum Tisch. Dieses Aufeinmaldasein. Dieses Ausdemnichtskommen. Dieses Ebennochwardochallesanders. Wie gut sie das kannte. Aber Nurzugutkennen half nicht. Plötzlichkeit ließ sich nicht lernen. Auf Plötzlichkeit konnte man sich nicht vorbereiten. Denn auch, wenn man noch so gut weiß, dass mit Plötzlichkeit zu rechnen ist, dass es Plötzlichkeit gibt, lebt die Plötzlichkeit von ihrem Unangekündigtsein. Angekündigt wäre sie: nichts. Wie lange hatte sie eigentlich geglaubt, es sei überall so, dass ein Vater, der eben noch einen Scherz gemacht oder über einen Scherz gelacht hat, plötzlich schmale Augen bekommt und dieses Zucken in den Wangenmuskeln. Dass es allgemein zu Vätern gehörte, dass sie einem ein Wort umdrehen, das arglos im Munde geführt wird, dass sie eine ungeschickt geöffnete Dose anstarren, ein Lächeln beargwöhnen, das nichts als ein Lächeln ist, sich wie besessen an den Anblick eines Bleistiftes heften, der nicht am gewohnten Platz liegt. Und dass es normale Väterart war, dass schmale Augen und Wangenzucken solche Wörter mit sich bringen. Dass ein Vater, der ihr zuweilen vorlas und der sie mitunter auf die Schultern nahm, sich plötzlich in etwas Bedrohliches verwandelte. Weil es eben so war. Weil die Natur es so eingerichtet hatte. Wann hatte sie aufgehört, das zu glauben?

Niemand konnte wissen, wann es wieder so weit war. Nicht einmal er selbst. Wenn sie diese schmal werdenden Lippen sah, dieses Zucken um sie herum, war es immer schon zu spät. Dann war es schon so weit gekommen: Dieser Mund, ein zischelnder, brodelnder Topf, würde Wörter ausspucken, an denen sie sich verbrennt. Sie verbrennt sich, aber ihn feuern sie an. Manchmal greift er mitten im Schlimmessagen ihren Arm. Sein Griff ist übermäßig hart, aber immer noch ein Griff und kein Schlag. Zwei Arme um ihre Schultern sind eine Umarmung, auch wenn sie kaum mehr atmen kann. Sein schwerer Fuß auf dem ihren ist ein Versehen, auch wenn die Zehen rot und blau werden. Dass jemand, der sich so vergisst, nicht vergisst, darauf zu achten, wie und wie sehr, womit und wohin er Schmerz platzieren will. Alle guten Geister verließen ihn – den Kunstsachverständigen Dr. phil. Wenzel Guga, einen in sich gekehrten Mann von erlesenem Geschmack und von feinem Humor –, sein Scharfsinn nie.

Als sie begriffen hatte, dass dies keineswegs aller Väter Art war, hatte ihre Mutter die eigene Not schon ganz und gar in Noten aufgelöst, in ein Decrescendo des Rückzugs in sich selbst. Bis sie gar nicht mehr da war.

Sie hätte es wissen müssen, dass eine dermaßen mit Plötzlichkeit belastete Vergangenheit es sich nicht nehmen lassen würde, auf einmal wieder da zu sein. Sie war ja auf Du und Du mit der Plötzlichkeit, mit ihr zusammen aufgewachsen; konnte gar nicht anders, kannte gar nichts anderes. Vom Fenster aus warf Mia einen Blick auf den Teppich: Das Mittagslicht, durch die große Kastanie im Hof leicht verschattet und quer gestreift durch die Lamellen der Bürojalousien, fiel auf den Flor, spielte dort mit sich selbst Fangen. Tatsächlich war er kräftiger in der Farbe als die Fischerteppiche, die in den Vitrinen der Eingangshalle hingen. Wobei der Singular nicht stimmte. Es waren viele Farben. Viele Farben von Grün. Die waren nicht einfach hier und dort ausgeblichen oder verlaufen, die waren von Anfang an willentlich abgestuft und variiert in den Teppich hineinkomponiert worden. Und dann, jedes Grün für sich, auf nahezu hundertjährige Weise verwirkt. Dessen war sie sich sicher. Säurehaltige Lasuren oder eingelassenes historisches Scherbenmaterial ließen jedes Tongefäß rapide altern. Leinwände ließen sich im Wechselbad von Backofen und Kühltruhe auf alt strapazieren, aber die Verwirkung von Gewirktem nachzuahmen war fast unmöglich. Fadenscheinig werden war ein sehr autonomer Prozess.

Die Ornamente der Borte hatten diesen sachlichen Unterton der Wiener Werkstätten und jenen verspielten Oberton der Art Nouveau. Floral und geradlinig zugleich bildeten sie einen durchaus schönen Rahmen. Mia trat näher an den Schreibtisch heran. Die Koggen, die in tannengrüner Kontur im Zentrum des Teppichs aus dem ins Türkise gehenden Grün auftauchten, waren auf den zweiten Blick überaus filigran gearbeitet. Bis in die Flaggen hinein war offenbar genauestens berechnet worden, wie aus sehr dicht gesetzten Knoten auf allerkleinstem Raum ein Bild entstehen würde. In den Flaggen, gelblich, aber immer noch grün, zerknabberten Eichhörnchen vierkantige Nüsse. Mia ging zum Regal und schlug unter dem Stichwort Länderflaggen nach. Vielleicht würde sie hier ein reales Gegenstück finden. Sie fand keines, noch nicht einmal eine annähernde Farbkombination – ganz davon abgesehen, dass sich schwerlich eine Nation denken ließ, die unter knabbernden Eichhörnchen firmieren wollte. Possierlich und politisch, das ging schwer zusammen. Falls dies kein Original war, war es doch immerhin originell. Aber warum sollte jemand in Jingdezhen oder Dafen oder sonst einem Kopisten-Ort dieser Welt Koggen mit Eichhörnchenflaggen in einen angeblichen Fischerteppich hineinknüpfen? Wer außerhalb eines Einhundert-Kilometer-Radius wusste überhaupt von dieser Ostseekunst? Wenn kaum jemand die Originale kennt, tendiert jede Fälschung Richtung absurd. Nein, ihr Kollege konnte nicht wirklich ein

Problem mit diesem Teppich gehabt haben. Sie musste auf der Hut bleiben.

Den Geruch einer langen Lagerung hatte ihre Nase bereits wahrgenommen, als Holger Berends ihr den Teppich auf den Schreibtisch gelegt hatte. Geruch ließ sich leicht fälschen. Jeder x-beliebige feuchte Keller schaffte das in kürzester Zeit. Augen und Nase ließen sich leicht täuschen. Letztlich würden es ihre Finger sein, die Gewissheit gaben. Sie würden jene leichte Unregelmäßigkeit der Knoten ertasten, die Handarbeit von Maschinenarbeit trennt, die schwach ölige Textur naturgefärbter Wollfäden. Ihre Finger waren unbestechliche Detektoren. Sie hatten gelernt zu fühlen, was richtig ist, was stimmig ist, was passt. Sie hatten gelernt, Bruchstellen zu ertasten, Unebenheiten aufzuspüren, zu verbinden, zu glätten, zusammenzuhalten.

Nicht immer war sie eine diplomierte Faserarchäologin gewesen. In erster Linie war sie eine staatlich geprüfte Bandagistin. In drei Lehrjahren hatten ihre Finger beim Bandagieren von Gewebe aller Art mehr begriffen, als sie später in ihren acht Fachsemestern Faserarchäologie gelernt hatte, ja, als sie in hundert Fachsemestern je hätte lernen können. Später, morgen oder erst in einer Woche, je nach Arbeitsplan, würde sie Fasern entnehmen, prüfen, wie sie gefärbt wurden, auf Spuren eines künstlichen Alterungsprozesses achten bei diesem museologischen Jungspund von einem Teppich, der vielleicht nie den Weg in eine große Ausstellung finden würde, allenfalls in den Glaskasten unten in der Eingangshalle, neben die anderen. Jungsteinzeit, nicht Jugendstil stand im Forschungsfokus der hiesigen Sammlung.

Sie nahm eine Rolle Packpapier aus dem Schrank, maß ein Stück ab und bedeckte den Teppich damit. Dann schob sie die Papiere auf ihrem Schreibtisch zusammen und ertappte sich dabei, auf die Tür zu starren, als erwarte sie, dass die sich jeden Augenblick öffnen und Holger Berends noch einmal in Erscheinung treten würde. Abrupt stand sie auf, näherte sich langsam und leise der Tür, horchte auf Geräusche auf dem Flur. Nichts. Nichts, was es rechtfertigen würde, noch weiter irgendein nahendes Unheil herbeizulauschen. Um etwas zu tun, sich aus der Erstarrung zu lösen, goss sie die Pflanze auf dem Fensterbrett, die, der bröckeligen Erde nach, sehr lange nicht, wenn überhaupt jemals, gegossen worden war, ohne dies übel zu nehmen: Genügsamkeit und Gleichmut, dieses zentrale Aufnahmekriterium für Büropflanzen. Während sie die Plastikgießkanne auf die Fensterbank zurückstellte, schoss ihr der Gedanke durch den Kopf, wie wenig anders die Vergangenheit, wäre es die Vergangenheit gewesen, sie selbst hier vorgefunden hätte, in diesem Büro: gleichmütig und genügsam hineingealtert in jenes lange Moratorium der mittleren Jahre, angewurzelt stehen geblieben zwischen einem Drehstuhl, einem Gummibaum und grauen Aktenregalen aus der Beschaffungsstelle – im Hintergrund ein Kalender vom Büromöbelhersteller, an dem sie wochenlang vergaß, den roten Plastikmarker weiterzuschieben. Musste man mit seiner Vergangenheit brechen, um an einem solchen Ort wieder aufgespürt zu werden? Mit einem Anflug von Scham über ihre Büropflanzenexistenz, jedenfalls mit dem Gefühl, diese Szene unbedingt verlassen zu müssen, griff Mia Sund Mantel und Tasche, meldete sich ab – sie fühle sich nicht, sagte sie – und ging zum Bahnhof; wie jeden Tag, nur zwei Stunden früher. An den dreiundzwanzig Minuten Fahrtzeit zwischen Greifswald und Stralsund änderte das nichts.

~

Dass sie sich nicht fühlte, war eine glatte Lüge gewesen, denn tatsächlich fühlte sie sich heute zum ersten Mal seit sehr langer Zeit.

Vielleicht, dachte Mia, als sie am Bahnhof in Stralsund angekommen war, ist es so, wenn man sich fühlt: dass man auf einmal nicht den immergleichen Weg ging, sich nicht verhielt wie eine Kugel in ihrer Bahn, sondern seinem Kopf und den Beinen folgte, die Gefühle zwischen sich aushandelten, denen man sich einfach überlassen konnte, und sie somit wie von selbst nicht wie immer vom Bahnhof aus eine Straße geradeaus nahm und dann zweimal links abbog, sondern geradeaus und immer weiter geradeaus direkt ans Wasser ging und sich am Rand des Hafenbeckens niederließ.

Hatte sie es nicht immer gewusst, dass eine Vergangenheit, mit der man gebrochen hatte, vielleicht lange nichts von sich hören ließ, sehr lange nicht, dann aber doch? Weil mit ihr gebrochen zu haben, nicht hieß, dass sie gebrochen war. Weil eine Entscheidung in der Gegenwart nicht mir nichts dir nichts einen Zustand der Vergangenheit erzeugte. Natürlich blieb sie einem auf den Fersen, nicht sesshafter als man selbst, und würde ihren Platz zurückverlangen. Wo sollte sie sonst hin? Sie hatte ja nur diesen. In ihrer Erschöpfung fühlte Mia mit einem Mal fast so etwas wie Erbarmen mit ihrer Vergangenheit. »Dann fang mal an«, sagte sie.

Mit den kleinen Wellen, die sich an der Hafenmauer brachen, schwappten Erinnerungsbilder in ihr hoch und vergingen.

Eine japanische Teeschale, die von einer Hand in die andere wanderte, bis sie in die Hände ihres Vaters gelangte. Sie ließen die Schale rotieren, damit er die leichte Asymmetrie würdigen konnte und dieses unwirkliche, tiefe Rot, das bis in die kleinsten Schattierungen, bis in nadelstichfeinste Löchlein der leicht porösen Außenwand, bis in die halbzylindrische Wellenförmigkeit, bis in die wundersamen Unebenheiten der Lasur hinein planvoll geschaffen worden zu sein schien, alles ohne Drehscheibe, nur von Hand geformt – allerdings nicht von einem Kichizaemon II, VI oder XI in Japan zur Zeit der Samurai und Daimyō, wie er annahm, wie er zu hoffen wagte, sondern vor wenigen Wochen von Katja auf Hof Jamme, ein paar Kilometer außerhalb der Stadtgrenze. Den haarfeinen Sprüngen in der Lasur war mit dem allerspitzesten Aufsatz eines Zahnarztbohrers, der offenbar nicht nur gegen Karies, sondern auch für Krakelee eingesetzt werden konnte, nachgeholfen worden.

Stefan, mit seinen blitzenden Augen und seinem Wird-schon-gut-gehen-Lächeln. Wie er sie von zu Hause abholt und möchte, dass sie von woanders etwas abholt oder etwas woandershin bringt. So harmlos, wie sie aussieht. Lauf schon, ich warte hier auf dich. Er ist zärtlich. Er kennt Kosenamen und weiß sie zu sagen. Natürlich holt sie ab, natürlich bringt sie hin. Aurikelchen, mein Herzallerliebst, du Tausendschöne. Davon kann sie gar nicht genug bekommen.

Drei Polizeiwagen vorm Haus. Die Nachbarn hinter den Gardinen und am offenen Fenster. Ihr Vater in Handschellen. Warum erst jetzt?, hatte sie gedacht. Und warum für etwas, was er gar nicht hatte tun wollen, und nicht für das, was er wirklich und willentlich getan hatte? Sein Mund ist schmal, seine Wangenmuskeln zucken. Sie bleibt stehen, wo sie ist. Er sieht sie an und sie sieht zurück.

Hof Jamme. Leer schwingt die rostige Schaukel im böigen Wind, wie das letzte Zeichen eines viel zu eiligen Aufbruchs. Sie selbst eine heimliche Zeugin, die vom Deich aus Abschied nimmt. Sie sieht Schaulustige im Schritttempo vorbeifahren. Sie lassen das Fensterglas heruntersurren, um den über Nacht verlassenen Hippie-Hof in Augenschein zu nehmen. Subjekte wohnten hier, Elemente. Sie hatten es immer gewusst: Kriminelle. Selbst auf die beträchtliche Entfernung hin meint Mia, die Linien der Selbstgerechtigkeit um Augen und Mund genau zu sehen. Eine Zufriedenheit ohne Lächeln, ohne eine Spur von Glück. Was wussten die von der Schönheit und Wärme jener Abende unter Gauklern und Gestrandeten? Was von einer Fälscherwelt, in der wahrhaftige Menschen mit echten Gefühlen einander besser zu schützen wussten als die meisten Leute einander in einer Welt, in der es ihrer Meinung nach mit rechten Dingen zuging.

Sie selbst im weißen Kittel der Bandagistin. Ihre sich wundernden Finger im hauchdünnen Gewebe der Gaze. Wie kann etwas so zart sein? Wie kann etwas überhaupt heilen? Als Bandagistin ist sie eine Heilpraktikerin; im wörtlichsten Sinne des Wortes. Aber sie kann damit nicht mehr aufhören. Sie ist besessen vom Heilen. Sie ist fixiert auf Gebrochenes und nahe daran, sich absichtlich etwas zu brechen, nur um auch das stillstellen zu können.

Auf dem Amt. Ihr Personalausweis im Reißwolf. Weitestgehende Zerstörung, sagt der Beamte, darum gehe es hier. Maria-Lena Guga verschwindet in einem Schredder der Sicherheitsstufe 3, der Materialpartikel bei einer Schnittbreite von unter zwei Millimeter nicht größer als dreißig Quadratmillimeter auswirft. Nur so sei der Datenschutz zu gewährleisten, das Bundesamt für Sicherheit in der Informationstechnik habe seine Vorgaben. Sie selbst neben ihm, Zeugin ihres eigenen Endes. Der Beamte schiebt sich die Brille immer wieder hoch auf die Nase und spricht über Normen der Zerstückelung. Der personalisierte Chip sei die Crux. »Nicht dass er auf einmal woanders auftaucht und es Sie plötzlich doch wieder gibt.« Vielleicht hat er sie blass werden sehen. »Sie sind ja nun wie neu«, sagt er. »Machen Sie sich keine Sorgen – mehr.« Er sah auf den Schredder, dann auf Maria, die unter seiner amtlichen Ägide zu Mia geworden war, schob die Brille wieder hoch auf die Nase. Was hätte er sonst tun sollen.

Ausschnitte aus der Vergangenheit, gestochen scharf, jederzeit vervollständigbar zu einem Panorama. Die Vergangenheit, zwei Jahrzehnte still und stumm, war da; gesprächig, als wäre nichts gewesen. Aus keinem anderen Grund, als dass Holger Berends an Laminat und Raufaser glaubte, nicht aber an den Teppich, der bei ihm gelandet war.

Woher eigentlich? Warum hatte sie ihn das nicht gefragt? Es würde doch einen Absender geben, der alles erklären könnte. Mit dem man nur telefonieren brauchte – schon wäre die Sache erledigt, der Teppich katalogisiert und archiviert. Gleich morgen früh. Sie hatte sich ins Bockshorn jagen lassen, von einem Kollegen, der wahrscheinlich einfach nur keine Lust auf zusätzliche Arbeit gehabt hatte.

Mia stand auf, ging Richtung Wohnung – und nahm das Gefühl mit, dass die Vergangenheit ihr schattenhaft folgte, als hätte sie, nur weil man einmal miteinander gesprochen hatte, gleich ein Anrecht auf Wohngemeinschaft erworben.

~

Nie sagte sie sich: nach Hause. Immer sagte sie sich: in die Wohnung. Das klang gut in ihren Ohren. ›Die Wohnung‹ hatte sie damals freundlich aufgenommen. Sie war komplett eingerichtet und offenbar von heute auf morgen verlassen worden. »Wir haben eine Wohnung, aber die muss noch geräumt werden«, hatte die Sekretärin der Wohnungsbaugesellschaft gesagt, »dauert ein paar Tage. Die Entrümpler sind schon bestellt, haben gerade viel zu tun. Alle wollen sie nach Westen. Und nichts soll sie drüben mehr an hier erinnern.«

»Warten Sie mal«, hatte Mia geantwortet, »vielleicht kann ich was davon gebrauchen.« Dann müsse sie aber direkt mal vorbeikommen, hieß es am anderen Ende der Leitung, sonst gehe die Sache ihren – Gang. Mia, damals in einem Greifswalder Studentenwohnheimzimmer, war in den nächsten Zug gestiegen und vom Bahnhof zu der Adresse gelaufen, alle Papiere in der Tasche.

»Dann ma immer rin in die gute Stube«, hatte der Hausmeister gesagt und mit einer ausgreifenden Rundumgeste zur Besichtigung eingeladen, aber Mia, die nur vom Flur aus einen kurzen Blick in die Zimmer geworfen hatte, hatte den Kopf geschüttelt: »Nicht nötig. Lassen Sie alles, wie es ist. Es ist gut so.« – »Na, wenn Sie meinen …« Er hielt inne und sah sie an, als sei ihm plötzlich der Gedanke gekommen, mit ihr könne etwas nicht stimmen: »Sind Sie sicher?« – »Ja, ich bin sicher.« Mit einem Lächeln, doch so ernsthaft und nachdrücklich hatte sie das gesagt, dass der Hausmeister den doppelten Boden des Satzes darin zu spüren meinte. Man hatte ihm angesehen, dass er mit sich rang. Aber was sollte schlecht daran sein, sich sicher zu fühlen. Mit einem »Na denn« gab er ihr die Schlüssel: »Zahlen tun Sie erst ab nächsten Ersten, soll ich Ihnen noch sagen. Wenn wir schon die Räumung sparen. Kostet ja auch, und nicht zu knapp, was?«

Mia wollte daran glauben, dass es für die Vorbewohnerin, die nur ihre Kleidung mitgenommen hatte, diese aber restlos, bis auf einen Morgenmantel, einen guten, einen wirklich guten Grund gegeben haben mochte, ansonsten alles stehen und liegen zu lassen und auf und davon zu sein. Einen besseren als in ihrem Fall. Nicht dass sie hier in einen Ringtausch von gebrochenen Vergangenheiten geraten war. Vielleicht zogen gebrochene Vergangenheiten einander an, wie Menschen einander anziehen, die eine Magersucht überstanden haben oder eine Flucht, die eine Weltreise hinter sich hatten oder eine Insolvenz. Aber ›die Wohnung‹ hatte so gar nichts Unheimliches, im Gegenteil: Sie atmete eine besondere Friedfertigkeit, und in diesem Atem von Friedfertigkeit musste auch sie nicht fortwährend auf der Hut sein. Zuweilen kam Mia der Gedanke,

›die Wohnung‹ habe nur auf sie gewartet. Samt der Kiste Sprudelwasser unter der Spüle, der torffreien Blumenerde auf dem Balkon, den gefalteten Handtüchern im Bad, dem gut sortierten Bücherregal, auf dem neben einer Reihe klassischer und zeitgenössischer Romane einige Bildbände versammelt waren, außerdem Lexika für Englisch, Französisch und Russisch. Am Ende des Regals stand eine geöffnete, aber noch mehr als zur Hälfte gefüllte Flasche Whiskey. Darin sah sie so etwas wie eine Einladung, eine Aufforderung, sich willkommen zu fühlen. Am ersten Abend ihres Einzugs hatte sie unter den Büchern, die sich zu etwa fünfundsiebzig Prozent mit den Büchern in ihrem Elternhaus deckten, wenn auch größtenteils als Ausgaben von DDR-Verlagen, eines herausgezogen, das sie kannte, immer hatte lesen wollen, tatsächlich aber noch nicht gelesen hatte und sich dazu einen Whiskey eingeschenkt. Sie hatte nicht gewusst, wie gut das zusammenpasste: lesen und zwei (nicht ein oder drei) Gläser Whiskey trinken. Seitdem war kein Tag ohne dieses Ritual zu Ende gegangen.

Mit der Zeit war sie darauf gekommen, dass das Geheimnis der Geborgenheit der Wohnung darin lag, dass alles an ihr ›mittel‹ war: gelegen in mittlerer Wohnlage; eingerichtet mithilfe eines mittleren Einkommens; bestückt mit Kulturgütern einer mittleren Bildung. Möbel, Bettzeug, Geschirr: allesamt mittlere Preisklasse. Der Sprudel »medium«. Selbst hinsichtlich des Whiskeys fand sie beim Nachkaufen dieses Prinzip eingehalten: nicht zu billig, nicht zu teuer. Als hätte dieser Jemand, der ihr unwissentlich alles Notwendige für ein neues Leben bereitgestellt hatte, peinlich darauf geachtet, das arithmetische Mittel nicht zu über- oder unterschreiten, um ja keine Turbulenzen auszulösen. Und schließlich war ihr auch klar geworden, dass das, was sie nahezu als Wunderwerk empfand, tatsächlich sehr weit verbreitet war, ja, die Norm selbst: Die Menschen in ihrer Umgebung hatten sich offenbar größtenteils seit Generationen gemittelt. Für sie, deren Leben immer von einem extremen Zustand in den anderen geraten war, nahm dieses vorgesetzte Mittelmaß die Form einer Therapie an. Im Mittel stockte einem nicht immer wieder der Atem. Im Mittel hielt man sich auf wie in bequemer Kleidung: engte nicht ein, schlodderte auch nicht herum. Nur einem Aspekt ihrer neuen mittleren Existenz hatte sie sich entzogen: Sie kochte nicht. Nicht mit der beschichteten Pfanne, nicht mit einem der drei Edelstahltöpfe, nicht mit den hölzernen Kochlöffeln, nicht mit den genau zwölf Gewürzdöschen auf dem kleinen Regal neben dem Herd. In ihrem Leben hatte seelische Selbsterhaltung immer an erster Stelle gestanden, für die leibliche ging sie außer Haus. Sie hatte das Gefühl, wenn sie anfangen würde zu kochen, könnte sie nicht rechtzeitig aufbrechen, falls das noch einmal notwendig werden würde. Dass am Ende ein Auflauf im Ofen oder ein Abwasch in der Spüle sie vom Weggehen abhalten würden; im Falle eines Falles. Aber da ›die Wohnung‹ exakt in der Mitte zwischen einem vietnamesischen und einem italienischen Imbiss lag und auf der gegenüberliegenden Seite zwischen einer nordostdeutschen Fischbratküche und einer Bäckerei mit Frühstücksangebot, schien alles dennoch – im Lot.

~

Als Mia sich in den Sessel neben dem Regal setzte und sich den ersten der zwei abendlichen Whiskeys eingoss, schlug sie das Buch dort auf, wo sie tags zuvor ein Lesezeichen eingelegt hatte. Sie las die Buchstaben und las sie nicht. Sie schloss die Augen und sah dieses Grün. Diese Symphonie von Grün hätte man sagen können, wenn der Teppich nicht insgesamt so wenig den pompösen Eindruck einer orchestrierten Fülle gemacht hätte. Eher eine Vielschichtigkeit als eine Vielstimmigkeit war das doch, aber eine, die in Bewegung blieb und von der bei aller Harmonie des grünen Grundtons und seiner Abschattungen doch diese seltsame Beunruhigung ausging. Hinter geschlossenen Lidern versuchte Mia sich daran zu erinnern, wie Helligkeit auf dem Flor zu tanzen schien: so unwirklich, dass sie nahezu einen Sehfehler vorzugaukeln schien, einen, den man haben wollte, mit dem nicht nur der Teppich, sondern der Raum um ihn herum schillernder, lichter wurde. Als ob sich das Grün nirgendwo niederlassen mochte, sondern transparente Mäntel von Gelb und Blau und Türkis und Silber überstreifte und sich vor einem unsichtbaren Spiegel hin und her drehte, so färbte sich hier eine Idee von Grün unentwegt fort, als wolle sie endlos den Pantone-Fächer durchprobieren und selbst den noch variieren – wie Leif, der auf Hof Jamme alle zwölf Wochen sein Zimmer in einer anderen Farbe strich, die er sich von den kopfschüttelnden Mitarbeitern eines nahe gelegenen Baumarktes mischen ließ. Und auf die Frage, warum er dies tue, warum er sich dies *an*tue, antwortete er, er arbeite an seiner Differenzierungsfähigkeit. Es käme ihnen allen zugute.

Aber wie hatte dieser Teppichknüpfer, diese Teppichknüpferin vor einem Jahrhundert eine solche Wirkung erzielt – mit Naturfarben? Mia überlegte, welche Pflanzen Grün erzeugten: Brennnessel, Efeu, Berberitze. Daran erinnerte sie sich. Aber um diese Abstufungen hier hinzubekommen, hätte es ein ganzes Färbearsenal, einen botanischen Garten gebraucht, eine Experimentierwerkstatt. Und wenn doch chemische Färbung im Spiel war? Anilin? Sie müsste auf jeden Fall eine Fadenprobe nehmen. Mia spürte eine innere Aufregung, ein hastiges Hin-und-her-Fahren der Gedanken, eine Anspannung, einen Nervenkitzel. Genau das hatte sie nicht mehr gewollt. Genau das Gegenteil hatte sie sich versprochen von einer Anstellung als Faserarchäologin in einer Universitätssammlung: Generalberuhigung. Generalberuhigung war der Plan gewesen, damals, als sie das rechte Maß nicht mehr halten konnte, buchstäblich, weil ihre Finger zitterten. Maßhalten, diese Idee seelisch beruhigter Menschen. Sie war nicht seelisch beruhigt, sie war das Gegenteil von seelisch beruhigt, auch wenn sie alles, alles dafür tat, dass rings um sie herum alles, alles heilte und sich nahezu nahtlos wieder zusammenfügte – sie selbst war in einem Dauerzustand hellster Aufregung gewesen. Saß bis spät nachts an der Arbeit, wickelte und band und gipste, als hinge die Heilung der Welt von ihr ab. Tausende Meter von Gaze, Zentner von Gips, die sie verarbeitete, konnten ihr die Angst nicht nehmen, dass ihre Welt weiter und weiter zusammenbrechen oder auseinanderfliegen würde, mehr noch, als sie sowieso schon auseinandergebrochen und auseinandergeflogen war. Jetzt würde noch sie selbst auseinanderbrechen und auseinanderfliegen, womöglich während sie gipste und verband.

Der Werkstattinhaber hatte sich gefreut über den neuen Lehrling, der in Rekordzeit Gesellin wurde, deren Fleiß ungewöhnlich war; wahrhaft ungewöhnlich. Erst hatte er sie nicht haben wollen, er stand nicht auf Überqualifikation. Abi-Schnitt von 1,7 – wo auch ein akzeptabler Hauptschulabschluss gereicht hätte. Nun hatte er schon Andeutungen gemacht, ob nicht sie es vielleicht sein könnte, die eines nicht so fernen Tages den ganzen Laden übernehmen würde. Er sah nicht, was Frau Eggers, Bandagistin sei 1984, sehr wohl sah, dass nämlich bei diesem jungen Menschen hier das Fixieren zur fixen Idee geworden war, alles andere als gesund. Eines Abends, als Frau Eggers schon Kittel gegen Mantel getauscht hatte, war sie, ihre Handtasche fest im Griff, an Mias Werktisch gekommen, um sich zu verabschieden. Dann aber, nachdem sie Mia lange angesehen hatte, sagte sie nicht: »Bis morgen früh«, sondern etwas, was sie längst hätte sagen wollen oder müssen, nämlich: »Du heilst dich ja kaputt, Mädchen, mach doch lieber was anderes, was ganz anderes.« Mia, die gerade dabei war, ein Stützkorsett zu fertigen, hatte einen Kloß im Hals und keine Idee, was sie antworten, geschweige denn, was sie anstelle der Bandagiererei tun könnte. Frau Eggers hatte den Mantel noch einmal aufgeknöpft, die Tasche abgestellt und sich seufzend auf einem Stuhl niedergelassen.

»Ich sag dir was: Ab nächstem Jahr sind wir nicht mehr Bandagisten, sondern ›Orthopädietechniker‹. Das ist doch kein Name … Ist das noch unser Beruf? Das klingt doch nicht. Also, ich höre auf … Geh zu meiner Tochter nach Stuttgart. Fang noch mal ganz neu an. Frische Säfte werd ich verkaufen, in ihrem Laden. Sach mal noch nix. Wird ihn schwer treffen, den Chef …«

Dass man Namen einfach ändern konnte. Ganz offiziell. Und dass man einfach weggehen konnte. Und noch mal ganz neu anfangen. Wie würde die Werkstatt ohne Frau Eggers aussehen? Sie hatte, einige Stunden nachdem die Kollegin gegangen war, das halb fertige Gipskorsett auf dem Werkstisch stehen lassen, einen Zettel drangeklebt: »Es tut mir leid, danke für alles«, hatte den Bus wegfahren lassen und war zu Fuß nach Hause gelaufen. Hatte das Telefon lautlos gestellt und begonnen, Studiengänge und Studienorte zu recherchieren. War über dem Laptop eingeschlafen und mit Migräne aufgewacht. Verbrachte drei schreckliche Tage und Nächte hinter zugezogenen Vorhängen, im Auf und Ab pochender Schläfen und gleißender Pfeile, die ihr durch den Kopf schossen und grelle Lichter zurückließen, die in ihren Augen hin und her rasten wie der Lichtkegel einer Taschenlampe auf der Suche nach Anhaltspunkten. Drei weitere Tage brauchte sie, sich aufzurappeln, sich wieder an Helligkeit zu gewöhnen und aus der Helligkeit Mut zu schöpfen. Am siebten Tag setzte sie ihre Recherche fort, und es verging nicht mehr viel Zeit, bis sie wusste, dass sie Faserarchäologin werden und ihr Studienort dreihundert Kilometer auf gerade Linie Ostnordost liegen würde. Allerdings hinter einer Linie, auf der einst ein eiserner Vorhang gehangen hatte; was ihr entgegenkam. Denn was passte besser zum Schlussstrichziehen als ein eiserner Vorhang – selbst wenn er, angeblich, ehemals war.

Eine Faserarchäologin, so hatte sie erfahren, lernt in acht bis zehn Semestern, alle Vorkommen textiler Gewebe zu bestimmen und zu konservieren, vorzugsweise solche, die an Moorleichen, in Baumsärgen oder Pfahlbausiedlungen aufgefunden werden und möglichst umgehend Licht und Luft wieder entrissen werden müssen, einerlei, ob es sich um Wolle, Seide, Felle, Leder, Federn, Flachs, Baumwolle oder Nesseln handelt. Eine diplomierte oder gar promovierte Faserarchäologin findet, so die Studiengangbeschreibung, idealerweise Anstellung in einem Museum oder einer Sammlung.

Die Worte Museum und Sammlung hatten in Mia die Vorstellung von geschützten Räumen ausgelöst, die von einem schönen Gleichmaß an Temperatur und Luftfeuchtigkeit geprägt und auf eine gewisse Überzeitlichkeit eingestellt waren. Genau dort wollte sie hin. In eine Welt hinter Glas, in eine hygrometrisch und sicherheitstechnisch geschützte Ewigkeit.

Und als hätte diese Vision von einer in jeder Hinsicht gesicherten Existenz es ihr zum ersten Mal wirklich erlaubt, das Ausmaß ihres Bedrohtseins in dieser Welt im Nachhinein wahrzunehmen, kam mit Macht der Gedanke in ihr auf, sie müsse nicht nur noch einmal ganz neu anfangen, sondern für diesen neuen Anfang eine andere werden, unerreichbar, nicht auffindbar – und dass dafür weder die gesicherten Glaskästen noch der eiserne Vorhang ausreichen würden, es müsste nominell und offiziell geschehen. So, wie aus Bandagistinnen Orthopädietechnikerinnen werden sollten, musste auch Maria-Lena Guga fortan anders bezeichnet werden. Sie brauchte einen neuen Namen. Nicht einen, den man erwerben und wieder verlieren konnte, sondern einen unwiderruflich neuen Namen. So schnell wie möglich. Viele Male ging sie zum Amt. Die Leute vom Zeugenschutzprogramm meinten, Hehlerei und vorrangig verbale Gewalt durch ein Elternteil reichten nicht aus. Vielleicht brauche sie eher eine Psychotherapie? »Alles Gute wünschen wir Ihnen.« – »Aber wenn er mich findet«, fragte sie. Nun, so weit werde es ja erst mal nicht kommen, wurde ihr geantwortet.

Sie fragte nach der Möglichkeit eines Künstlernamens; stattdessen. Ein Künstlername stehe nur auf der Rückseite, und Bandagieren möge in ihren Augen eine Kunst sein, aber nicht in denen der Ämter. Da könne ja jeder kommen, hieß es. Bis sie bei nächtlichen Recherchen darauf kam, sich einen neuen Namen zu erschwindeln mit einer »generalisierten Identitätsproblematik«. Sie sei gehänselt worden mit diesem Namen, der nach »Guck mal« klang, dies habe eine tiefgreifende Verstörung in ihr ausgelöst. Eine Dauerdepression, die sie dem Arbeitsmarkt dauerhaft nicht zur Verfügung stehen lassen würde. Attest anbei. Dieser Vorgang hatte eine Vorgangsnummer und einen dazugehörigen Paragrafen, konnte zugeordnet werden, weitergereicht und zielführend bearbeitet werden – und war dann geradezu erschreckend schnell bewilligt worden. Sie hatte sich noch gar keinen neuen Namen überlegt, als sie zum Amt bestellt und danach gefragt wurde. Einer Eingebung folgend, nahm sie ihren schönsten Rufnamen, den Namen, mit dem sie je am schönsten gerufen worden war, von Katja nämlich, die seit der ersten Klasse neben ihr gesessen hatte und der Maria-Lena entschieden zu lang gewesen war und den Namen ihrer neuen Freundin zusammengeschnurrt hatte zu: Mia. Während sie noch hektisch nach einer ähnlichen Lösung für ihren neuen Nachnamen suchte, der auch gut zu der neuen Adresse passen sollte, die vor sich hin flüsterte, meinte der Beamte, es schon von ihren Lippen gelesen zu haben: »Sund«, sagte er. »Kurz und knapp ist immer gut.«

Das Studium mit einem knappen Dutzend netter und im Großen und Ganzen eher introvertierter Kommilitonen und Kommilitoninnen, einer Handvoll sehr kurzer Liebschaften, in denen Hausarbeiten und Handbücher, aber keine Geständnisse, keine Lebensgeschichten ausgetauscht wurden, war ihre Passage von einer gehetzten Existenz in ein Angestelltenleben jenseits großer Ausschläge, das eben schon von Berufs wegen darauf angelegt war, dass unangemeldete Eindringlinge von der Security abgefangen wurden. Ein verhaltenes Dasein, das in Richtung Stille tendierte, ein Einkommen, das auf Genügsamkeit angelegt war und ihr tatsächlich nicht nur vollkommen genügte, sondern genau das war, was sie im Gleichgewicht hielt.

Und dann stand auf einmal Holger Berends auf der Schwelle zu ihrem Büro, legte ihr einen Teppich auf den Tisch, sagte, was Leute so sagen, und in ihren Kopf hielt wieder Einzug, was verbannt worden war. Sodass sie auf einmal nicht ihren Roman weiterlesen konnte und der Whiskey sie nicht beruhigte, sondern sich das Kreisen der Gedanken auf ungute Weise beschleunigte. Vergeblich versuchte sie, dieses Kreisen in Folgerichtigkeit zu zwingen. Sie stand auf, lief durch die Wohnung, legte sich aufs Bett, trank zwei Gläser Wasser, erschrak, als sie sich laut sprechen hörte. Mit einer Anwesenheit, die nicht sie selbst war. Oder doch? Wenn man sich so rasant im Kreis drehte wie sie gerade, war man vielleicht Flüchtende und Verfolgerin zugleich. Definitiv war, wo lange nichts gewesen war, auf einmal etwas. Da wusste sie, dass jetzt der Zeitpunkt gekommen war. Sie würde, nein, sie musste Katja anrufen.

Katja anzurufen war keine Sache von Nummer wählen und fünf Sekunden aufs Abnehmen warten. Das war etwas ganz und gar anderes.

~

Dass nach der Auflösung des Hof-Jamme-Kollektivs überhaupt noch an eine Kontaktaufnahme zu denken war, verdankten sie Haruki. Haruki war ein genialer Vorsorger gewesen. Nicht nur für sich selbst; immer hatte er an alle gedacht.

Als ihr Vater Katjas Fälschungen begutachtet, zertifiziert, zum Kauf angeboten, tatsächlich verkauft hatte und in blindem Enthusiasmus gerade dabei war, weitere Stücke anzukaufen und illustren Kunden anzubieten, flog die ganze Sache auf; und zwar allein durch den bizarren Zufall, dass Henrike, die Tochter eines Käufers, weitläufig bekannt mit Stefan, dem sie die eine oder andere Substanz abkaufte, hin und wieder auf Hof Jamme übernachtet hatte, dort aus den Schalen von Katja trank, sie abwusch, wieder ins Regal stellte und jetzt angesichts des Neuerwerbs ihres Vaters sagte: »Genau wie die von Katja!« Henrike also, die »genau wie die von Katja« gesagt und im selben Moment gewünscht hatte, sie hätte dies nie gesagt, war immerhin so geistesgegenwärtig gewesen, eine Warnung herauszugeben und damit Harukis Notfallplan auszulösen, der vorsah, dass »vollständig unverfolgbar«, so die Losung, binnen weniger Stunden Hof und Gelände geräumt sein und sie auseinandergegangen sein würden; und auseinander meinte nichts anderes als: ohne einander. Darüber hatten sie hin und wieder gesprochen im Modus des ›Gut, dass es nie passieren wird‹. Haruki hatte darauf bestanden, dass sie dennoch vorbereitet blieben. Hatte sie dazu angehalten, immer genug Bargeld griffbereit zu haben und aktuelle Reiseverbindungen: »Leute, vergesst mir nie den Wechsel von Sommer- zu Winterfahrplan. Der hat schon manchem das Genick gebrochen.« Es war ein gutes Jahr vor dem Aus gewesen, als er fünfundzwanzig Pager aus der Konkursmasse eines Fischrestaurants aufkaufte, Gerät für Gerät auseinandernahm, prüfte, auf- oder abrüstete oder was auch immer und sie zusammen mit Mobiltelefonen simpelster Technik unter allen Anwesenden verteilte, wobei er jeweils Pärchen bildete, autokratisch wie ein Sportlehrer. Obwohl Mia in das Fälschergewerbe nur sehr am Rande eingebunden war, war sie doch in die Fluchtpläne eingeschlossen worden und hatte zusammen mit Katja Pager und Handy bekommen. Damals hatten sie das Ganze mehr als Witz aufgefasst, als eine von Harukis schrägen Ideen. Haruki, den sie auch Humboldt nannten, weil das Gerücht ging, dass er als vielversprechender junger Wissenschaftler mit einem Humboldt-Stipendium aus Japan nach Deutschland gekommen sei. Und wenn Humboldt der letzte Universalgelehrte gewesen sein sollte, dann war Haruki darin jedenfalls sein legitimer Nachfolger, denn es gab nichts, was er nicht wusste – sofern es aus der asiatischen oder europäischen Geisteswelt stammte. Warum er eines Tages beschlossen hatte, sein enormes Wissen nicht länger der gelehrten Gesellschaft zur Verfügung zu stellen, sondern der Fälscherwelt, konnte nie erhellt werden. Was man auf Hof Jamme wusste, war, dass er seine Aufenthaltsgenehmigung selbsttätig verlängerte. Vielleicht war der Unwille, in sein Land zurückzukehren, sein Einstieg in die Szene gewesen. Vielleicht hatte diese Selbstverlängerung so gut geklappt, dass wie von allein der Gedanke in ihm aufgekommen sein mochte, kenntnisreiche Zertifikate und Gutachten auf Deutsch, Englisch, Französisch, Koreanisch und Kantonesisch zu verfassen; diese wiederum im Duktus jeweils verschiedener Jahrhunderte, und den Jahrhunderten sorgsam zugeordnetem Papier und Tinte, könnten ihm ein Einkommen gesichert haben, das deutlich über dem Satz des staatlichen Stipendiums gelegen haben dürfte. Außerdem stand er auf subversive Technik; und subversiv meinte bei ihm weniger die neueste als die raffinierteste. Dank seiner jedenfalls besaßen alle Jammnisten zwei Geräte, ausschließlich für den Fall lebensnotwendiger Mitteilungen, nicht für die Nachricht, dass Rotbarsch mit Pellkartoffeln abholbereit war. »Wenn irgendetwas ist«, hatte Haruki gesagt, als er die Geräte auf Hof Jamme verteilt hatte, »wenn wirklich etwas ist«, hatte er nachgeschoben, denn irgendetwas war ja eigentlich immer.

Nein, eigentlich nicht, dachte Mia jetzt. Es war lange nichts gewesen. Und selbst, als was gewesen war, damals, als sie sich kaputtbandagierte und ihr Pass geschreddert worden war, da war ihrem Gefühl nach die Schwelle für den Einsatz des Pagers noch nicht erreicht gewesen. Woher sollte man wissen, wann wirklich etwas war – und wann nicht? Nie war ihr diese Frage so nahe gekommen wie seit Holger Berends' Satz heute Morgen. Holger Berends war wirklich und der Teppich war wirklich und ihre Flatterangst am allermeisten. So kam Mia zu dem Schluss, dass wirklich etwas war, ging zum Kleiderschrank, nahm den Pager aus einem kleinen Reisekoffer und aktivierte ihn, so, wie Haruki es ihnen allen beigebracht hatte. Anschließend holte sie das Handy aus einer Schublade mit Tischwäsche, die sie kein einziges Mal angerührt hatte, und wartete darauf, dass es klingeln würde. Sie wartete nicht, ob, sondern dass es klingelte. Es vergingen Minuten, in denen Mia sich überlegte, wie das Handy klingeln würde und ob Katjas Stimme nach all den Jahren verändert klingen würde. Dann summte das Handy diskret wie ein Türöffner in einem Bürogebäude und Katjas Stimme klang vollkommen unverändert:

»Mia«, sagte sie, »ist etwas?«

»Nein. Doch. Vielleicht.«

»Ist er draußen?«

»Ich weiß es nicht. Ich glaube nicht.«

»Na, dann erzähl mal.«

Die Vergangenheit habe angeklopft, sagte Mia. In Form eines Teppichs. Und eines Kollegen. Jedenfalls habe sie das Gefühl gehabt. War aber wohl gar nicht so – der Schreck sitze ihr noch im Nacken. Verrückt, oder?

Eine kleine Pause. War Katja so weit weg, dass es eine Zeitverzögerung in der Übertragung gab, oder war es die Uralt-Technik, oder wartete Katja ab, ob sie weitererzählen würde?

»Nein, normal«, antwortete Katja, und Mia meinte, das Geräusch eines Feuerzeugs zu hören. Ob es immer noch Gitanes waren? Wieder trat eine kleine Pause ein.

»Ein Teppich?«

»Ein Fischerteppich. Er sagte: ›Nicht dass es eine Fälschung ist‹.«

»Ein sprechender Teppich? Ich dachte, es gäbe nur fliegende.«

»Mein Kollege.«

»Verstehe. Ist es eine?«

»Ich denke nicht.«

»Aber du dachtest, er will dir was; er kennt dich und deine Geschichte. Dass er dich warnen will oder dir drohen.«

»Ja.«

»Glaub ich nicht.«

»Nein, ich glaub es auch nicht mehr. Er mag Laminat und Raufaser – und verkleidet sich als Wikinger.«

»Unmöglich.«

Mia ließ dieses vieldeutige, aber in jeder dieser Deutungen entschiedene und beruhigende »Unmöglich« nachwirken. Aus einem anderen Munde hatte es endlich die Wirkung, die sie selbst nicht hatte erzielen können. Sie lehnte sich im Stuhl zurück, ließ dieses »Unmöglich« so wohlig und samtig wie einen Schluck Rioja aus einer von Katjas Schalen in ihren Körper sickern. War nicht alles ein Hirngespinst, nicht nur Holger Berends‹ Gerede, sondern überhaupt die ganze Pager-Geschichte, diese verrückte Spielerei, die vermutlich ihre Grundlage genauso verloren hatte wie »Nicht dass es eine Fälschung ist«.

Erleichterung, die Freude, einander zu hören, schufen Platz

für Normalität, für Fragen und Antworten, wie man sie erwarten konnte zwischen Freundinnen, die einander aus den Augen verloren hatten und sich auf den aktuellen Stand bringen mussten. Mia erfuhr, dass Katja inzwischen in Marokko lebte, aber nach Spanien überzusetzen plante. Zu lange schon sei sie an einem Ort – mehr als anderthalb Jahre inzwischen. Am Ende schlage sie Wurzeln, nicht auszudenken sei das. Und wie sie jetzt töpfere, wollte Mia wissen. »In einer kleinen Werkstatt«, erhielt sie zur Antwort. »Eigentlich einer Garage, Hinterhof, du weißt schon.« Dort stelle sie her, was sie immer schon hergestellt habe: Schalen, solche und solche. »Solche und solche« übersetzte sich Mia in: solche, mit denen sie Geld verdienen konnte, und solche, die zu formen sie sich leisten wollte. Andere Leute würden sagen: gefälschte und echte. In Marokko habe sie gute Abnehmer gefunden.

»Warum dann Spanien?«, fragte Mia.

»Ich denke oft an die Musik, die du immer gehört hast. Lange schon denke ich an die, aber in letzter Zeit öfter, immer öfter. Eigentlich kein Wunder, dass du dich gerade jetzt gemeldet hast. Die kam doch aus Kastilien, diese Musik, oder? Ich stell mir dazu eine Hochebene vor, mit viel Wind und Weite. Ja, ich glaube, ich brauche jetzt mal wieder mehr Luft um mich rum.«

Mia schwieg. Die Musik stammte nicht aus Kastilien, sondern aus Katalanien. Rein lautlich ließ sich das leicht verwechseln. Aber die Laute von Luys Milan, seine Vihuela, war unverwechselbar. Auch wenn sein Name auf jeder CD, die sie besessen hatte, anders geschrieben war, war es doch immer derselbe Mann mit dem Spitzbart und den dunklen Augen, der dort abgebildet und verlässlich da war, wenn sie ihn gebraucht hatte. Über fünfhundert Jahre alt und doch so gegenwärtig, als habe er die Töne gerade eben erst gesetzt und die Saiten gestimmt. Für sie. Um ihr zu hören zu geben, wie betörend behutsam, wie zärtlich und zart die Welt sein konnte.

Seine Vihuela war für ihre Ohren das, was Gaze für ihre Finger war.

»Stefan wollte dir doch immer ein spanisches Schloss bauen, mit viel Glas und Grün – halb Palast der Republik, halb königliches Gewächshaus.«

»Ja, das wollte er«, sagte Mia, »er hatte immer so schöne Ideen. Nur zu viele.«

»Jedenfalls für zu viele Frauen.«

»Hm.«

Dass Stefan, der damals im Botanischen Garten gejobbt hatte, wusste, wie und wo man nachts über den Zaun klettertte, einen verschwiegenen Zugang zum Gewächshaus A kannte und ihnen dort ein Plätzchen für Liebe unter Lianen bereitet hatte, das wusste selbst Katja nicht, aber es war das Beste an Stefan gewesen, dass er sie mit schönen Bleiben versorgte, realen und irrealen. Letztlich hatte er ihr aber nur seinen per Blitzheirat übertragenen Nachnamen dagelassen: Schmittbauer. Und den zu Unrecht. Denn er war schon verheiratet gewesen. So froh war sie gewesen, das verhasste Guga loszuwerden, dass sie selbst den Namen eines Heiratsschwindlers behalten hätte, wenn die Annullation dies nicht verhindert hätte.

»Ich bin inzwischen zum vierten Mal geschieden – und werde es jederzeit wieder tun«, sagte Katja, offensichtlich bemüht, der Erinnerung, die sie aufgerufen hatte, eine Wendung ins Komische zu geben.

»Werde? Nicht würde?«

»Du weißt ja, ich kann nicht Nein sagen. Also sage ich öfter mal Ja – wenn man mich fragt. Heiraten und sich scheiden lassen ist längst nicht überall so aufwendig wie in Deutschland. Auch ein Grund, auszuwandern. Ich mag diese Namenswechsel. Sie sind so praktisch.«

»Wie heißt du jetzt?«

»Katharina del Rosso-Ekbuna.«

»Wahnsinn. Wie hast du das hinbekommen?«

»Ein italienischer Entwicklungshelfer und ein namibischer Bergbauingenieur. Und du?«

»Woher weißt du, dass ich meinen Namen geändert habe?«

»War mehr so ein Gefühl.«

»Mia Sund.«

»Mia – wirklich? Danke! Und Sund durftest du frei erfinden?«

»Ja, er war nett auf dem Amt. Hat es mir quasi in den Mund gelegt.«

»Guter Mann.«

Es entstand eine Pause, in der alte und neue Namen und die plötzliche Gegenwärtigkeit von Hof Jamme nachwirkten.

»Dieser Teppich – was ist an ihm so besonders?«, setzte Katja dann wieder an.

»Er passt nicht ins Farbschema der Fischerteppiche.«

»Was zum Teufel ist ein Fischerteppich?«

»Lange Geschichte. Eine Art Umschulung von Fischern zu Teppichknüpfern, eine frühe ABM-Maßnahme, wenn du so willst. Weil es Fangverbote gab, vor knapp hundert Jahren schon. Die konnten nicht raus auf See, die Fischer, nichts fangen, nichts verdienen.«

»Und die Fischerinnen, die Frauen?«

»Haben mitgeknüpft – wusste ich auch alles nicht. Hier gibt es ab und zu Veranstaltungen dazu.«

»Mia, wo ist ›hier‹?«

Ein kurzes Zögern, hatte Haruki ihnen nicht eingeschärft, keine Namen und Orte zu nennen? Namen hatten sie schon ausgetauscht, in ihrer unmittelbaren Freundschaftlichkeit. Warum sollte sie jetzt noch etwas zurückhalten? Dennoch …

»An der Ostsee«, sagte sie, »und so haben die die Teppiche damals auch genannt: ›Perser der Ostsee‹. Die Technik von den Persern, die Motive von der Küste. Einfach, aber man muss draufkommen.«

»Ach, wart mal, dieses Kombinat?«

»Ja, später hat es die DDR übernommen. Hieß irgendwas mit Volkskunst.«

»Dann bin ich im Bilde! Meine Großtante aus Luckenwalde hat uns mal so einen geschickt. Sandfarben, mit Stranddisteln. Die hatte eine Schwester da oben an der Küste. Wir nach Luckenwalde: Bohnenkaffee und Gelenksalbe. Sie nach Hamburg: Räuchermännchen aus dem Erzgebirge, Dresdner Stollen und einmal, ich glaub, es war zu einem runden Geburtstag meines Vaters, da war dieser kleine Teppich dabei, mit den Disteln. Der hing bei uns im Esszimmer. Ich hatte immer Angst, ich könnt mich dran stechen. Die sahen so echt aus, wie sie da so wollig aus der Wand rauswuchsen – und er ist wirklich keine Fälschung?«

»Ich habe noch nichts ins Labor gegeben, aber ich kann es mir nicht vorstellen.«

»Warum nicht?«

»Sieht echt aus.«

Das Lachen, mit dem Katja sich ohne ein weiteres Wort verabschiedete, von einer, die jahrelang inmitten sehr echt aussehender Fälschungen gelebt hatte, deren Entstehungsprozesse sie im Einzelnen hatte verfolgen dürfen, und die dennoch meinte, dem Augenschein trauen zu können, war hell, fröhlich, unbändig und so echt wie nur was. Wie sie selbst.

~

Hof Jamme, Sommer 1999

Katharina del Rosso-Ekbuna, die vor drei, vier oder fünf Eheschließungen einmal Katja Trautmann geheißen hatte, war der natürliche Mittelpunkt auf Hof Jamme gewesen, der Inbegriff einer ungekünstelten Künstlerin, mit Sinn für Perfektion, aber ohne jede Eitelkeit. Katja hatte es nicht nötig zu sagen: Ich bin Künstlerin. Nimbus war ihr persönlich komplett egal. Für sie waren Signaturen, welche auch immer, nichts als Handelsware. Katja stand darüber oder daneben oder überhaupt anders in der Welt. Namen bedeuteten ihr nichts; außer Spaß. Das prädestinierte sie zu einer begnadeten Fälscherin. Es war Benno gewesen, der das zuerst erkannte. Benno, der eigentlich nur für zwei Wochen und dann doch für nahezu zwei Jahre auf Hof Jamme eingezogen war, wo Katja und Jochen töpferten und von der Hand in den Mund (wie Katjas Eltern sagten) beziehungsweise von Luft und Liebe (wie sie selbst sagten) lebten. Benno war genau wie die beiden in chronischer Geldnot, zog über die Märkte und sondierte dabei den Markt. »Alles eine Frage von Singular und Plural«, sagte er. Der Markt sei ungleich finanzkräftiger als die Märkte. Dort krame man nicht das letzte Kleingeld aus dem Portemonnaie, dort ziehe man die Kreditkarte aus der Börse. Apropos Börse und ziehen: Der Kunstmarkt ziehe gerade so was von an. »Ihr bei eurem Talent …«, sagte er – und sah Katja an.

Es war aber Jochen, der zunächst lieferte, und zwar spitzbodige Gefäße, die dem Waldneolithikum untergeschoben werden sollten. Jochen verbrannte sich, als er, fasziniert von der Urgeschichte, das Tonbrennen ohne Ofen ausprobieren wollte, großflächig rechte Hand und Unterarm und vertiefte sich während eines mehrmonatigen Klinikaufenthaltes in die Literatur zur Herstellung japanischer Raku-Schalen, die im Niedrigtemperatur-Sektor gebrannt wurden, was ihm grundsätzlich eine angenehme Vorstellung war, wenngleich die Temperatur dort natürlich auch noch bei mindestens achthundert Grad lag. Haruki lieferte ihm historische Studien und Fachartikel ans Krankenbett, zum Teil in selbst angefertigten Übersetzungen. Parallel jedoch experimentierte Katja bereits mit der rakutypischen Krakelüre, die an einer bestimmten Stelle scheinbar wie von selbst die Gestalt eines K annahm: Katja oder Kichizaemon, je nach Kenntnislage. Dazu sagte Jochen nichts. Nach seiner Rückkehr fügte er sich in die Rolle des Adjutanten, denn auch er sah ein: Die Hand brauchte noch Schonung. An die hundert Übungsschalen wurden verfertigt und in den nicht gerade reich bestückten Haushalt integriert. Des Abends wurden sie nicht bestimmungsgemäß mit Matcha, sondern mit Rioja gefüllt. Der wiederum wurde persönlich von Inès aus Logroño angeliefert, wo sie im zweiten Jahr Winzerin lernte und heftig vermisst wurde von ihrem Verlobten Manuel, der, als sie auf sich warten ließ, weil sie eine heftige Affäre mit Jochen begonnen hatte und sich nicht losreißen konnte, eines Tages auf Hof Jamme auftauchte und sich nur durch Harukis besonnenes Handeln davon abbringen ließ, sich mit Jochen duellieren zu wollen.

Derweil perfektionierte Katja das Raku-Krakelee, allmählich realisierend, dass, anders als die haarfeinen Risse in der Lasur, die mühsam in Zaum gehaltene Eifersucht auf Raku einerseits und Inès andererseits ihrer Liebe mehr als haarfeine Risse in der Außenhaut zugefügt hatte, eher schon einen schwer zu kittenden Sprung.

Aber das tat dem Leben und Treiben auf Hof Jamme vorerst wenig Abbruch, wo nach dem Schlepptauprinzip erst Jochen Katja zu sich geholt hatte, mit Katja Mia gekommen war, wo Benno, der Jochen nur hatte besuchen wollen, nicht nur geblieben, sondern Haruki angelockt hatte, in dessen Fahrwasser wiederum Leif gekommen war, der Virtuose am Farbkopierer, dem kurz darauf seine Freundin Bea folgte, die gerade einen Catering-Service aufbaute und auf Hof Jamme ihre Spezialität entdeckte: aus nichts was machen. Chronische Geldnot, profunde Experimentierfreude, existenzielle Heiterkeit hatten wie von selbst ein einerseits hochprofessionelles und andererseits erschreckend unbedarftes Pop-up-Fälscherkollektiv aus der Wiege gehoben. Und das feuerfeste Rot der Raku-Schalen, konkurrierend mit dem aus jungen Trauben gekelterten Rot des Rioja, gab jetzt der ganzen Szene einen Anstrich satter Wärme und einer geradezu höllischen Lebensfreude.

Dann, als eines Tages Haruki eine frisch abgekühlte Raku-Schale in der Hand drehte und seine Finger den kunstvoll imitierten Unebenheiten huldigten, als er sie gegen das Licht hielt, wieder auf den Tisch stellte und den Tisch umkreiste, in einer Art von euphorischer Konzentration, und dabei in ein hochzufriedenes Nicken geriet, kam das Bedürfnis auf, endlich das ganz große Ding zu drehen. Wie von selbst geriet dabei Wenzel Guga ins Visier: Sammler und Verkäufer asiatischer Kunst – und außerdem Mias übergriffiger Vater. Ihm etwas anzuhängen schien folgerichtig in jeder Hinsicht. Denn richtig Kohle würde dabei auch noch rausspringen. Wenn es aufflog, wäre er dran, nicht sie – dachten sie.

Bea wurde auserkoren, die Schale anzubieten. Aus dem Nachlass ihrer Großtante aus Köln, sollte sie sagen. Die sei baptistische Missionarin in Yokohama gewesen. Niemand hatte nach ihrem Tod – »sag Hinscheiden«, meinte Haruki, »sag Heimgang«, meinte Jochen – mit den Schalen, die bei ihr im Küchenschrank gestanden hatten, etwas anfangen können, da habe sie die kurzerhand eingepackt und mit zu sich genommen. Sie habe die Tante halt gern gemocht. Aber im Grunde wisse sie nicht, wohin damit. Museum oder Container. So hatte Bea ihren Auftritt einstudiert und es dann unter Wenzel Gugas unbewegter Miene heruntergebetet.

Mias Vater hatte sich alles angehört, sehr unverbindlich genickt und gesagt: »Erstaunlich, Yokohama ist ja gar nicht so baptistisch orientiert, eher presbyterianisch, und auch kein Zentrum der Töpferkunst.« Bea, durch Haruki auf diese Frage vorbereitet, ja, darauf hoffend, sagte: Ah ja, sie wisse nur, dass ihre Großtante sich in jüngeren Jahren in Kyōto aufgehalten habe, aber wahrscheinlich sei das eh nur billiges Imitat, über viel Geld habe sie nie verfügt, wenn auch über Kontakte in die höchsten Kreise, denkt man gar nicht, oder? Als Missionarin ... aber doch, Kunstverstand habe sie schon gehabt, familiär vorbelastet durch einen Keramikdesigner, väterlicherseits. Andererseits, wer würde etwas Antikes neben ausgespülte Senfgläser ins Regal stellen? Eigentlich brauche sie das Zeug gar nicht erst auszupacken ...

»Zeigen Sie doch mal her«, hatte Wenzel Guga da gesagt und, als er die Schale zu Gesicht bekam, nachdem Bea sie aus dem Rucksack, doppelt in Zeitungspapier eingeschlagen, herausgeholt hatte, hörbar ausgeatmet. Genau wie Haruki hatte er die Schale gedreht, sehr vorsichtig mit dem Finger an ihre Außenwand geklopft und, als die weich klang, dumpf und hohl, genau, wie sie sollte, Bea in sein Arbeitszimmer gebeten.

Wie sie denn auf ihn gekommen sei, habe er sie dort gefragt. Sie kenne seine Tochter, habe sie geantwortet, so Bea, und verabredungsgemäß habe sie »weitläufig« hinzugefügt. »Weitläufig« war der Sicherheitsabstand, den sie zu Mias Schutz unbedingt hatten einbauen wollen, aber natürlich war dieses Wort entschieden zu großmaßstäbig für ein kommunitäres Wohnverhältnis, in dem man regelmäßig Rioja in gefälschten Raku-Schalen kreisen ließ.

Bea berichtete aufgeregt und kichernd, Haruki lächelte wohlwollend, Katja überlegte bereits laut, wie sie den Nachschub aus der angeblichen Großtanten-Sammlung herstellen könnte, aber Mia wurde schlecht, weil sie sehr genau voraussah, dass aus der Trickserei ein handfester Betrug und womöglich Schlimmeres werden würde: etwas sehr Schwerwiegendes, noch Unabsehbares. Am nächsten Tag fuhr sie nach der Arbeit in ihr Kindheits-Zuhause. Ihr Vater war gut gelaunt. Sie aßen zusammen zu Abend. Danach erzählte er ihr, wie sie es erwartet hatte, von Bea – »du kennst sie ja wohl ein bisschen?« – und der Seelen und Keramik sammelnden Großtante. Sensationell. Wertvoll sei gar kein Ausdruck. Unbezahlbar schon eher – »ich zeige sie dir«. Diese Mitteilsamkeit, dieses Ins-Vertrauen-Ziehen stürzten Mia in Verzweiflung. Mit so seltsam vorsichtigen Händen hob ihr Vater die Schale aus einer Kiste mit Holzwolle. Vertraut und schön war die Schale auf Katjas Werkstatttisch gewesen, fremd und gefährdend stand sie jetzt auf dem Esszimmertisch. Mia rang sich ein paar Worte stammelnder Bewunderung ab. Als ihr Vater sich anschickte, die Schale in sein Arbeitszimmer zurückzutragen, folgte sie ihm, ohne zu wissen, warum. Bis auf die Schwelle. Kurz bevor ihr Vater die Tür zuzog, sagte sie es: »Nicht, dass es eine Fälschung ist.«

Sie sah seine Augen kalt werden, seine Wangenmuskeln zucken. Es war zu spät. In jeder Hinsicht zu spät.

Wenzel Guga fiel tief.

Es gab Zeitungsmeldungen, die von Doppelleben und zweitem Gesicht schrieben. Denn er wurde auffällig. Was er sich bislang nur in seinen vier Wänden erlaubt hatte, erlaubte er sich nun auch dort, wo er befragt wurde und wo er seine Zelle teilen musste. Verbalattacken, die selbst im Gefängnis für ein gewisses Aufsehen sorgten. Hof Jamme geriet ins Visier der Ermittler, aber Hof Jamme war bereits ein verlassener Ort. Besenrein. Eine logistische Meisterleistung, die ihresgleichen suchte und neben dem Ärger der Zuspätkommenden auch eine gewisse Bewunderung auslöste.

Als wäre die wachgehaltene Möglichkeit einer unmittelbaren Aufkündigung eine, vielleicht sogar die entscheidende Ermöglichungsbedingung für ihr freiheitlich-kollektives Glück gewesen, hatte man sich auf Jamme ohne Verzweiflung, ohne Lamento, ohne Nostalgie, dafür mit Effizienz und Grazie davongemacht. Der abrupte und vollständige Aufbruch hatte Katja und Jochen geholfen, sich in ihrer erlöschenden Liebe ganz voneinander zu lösen, solange sie sich noch aufrichtig gernhatten. Bea war am schnellsten unauffindbar geworden, alle Raku-Schalen hatte sie eingepackt – war es ein Freundschaftsdienst gewesen oder Raffgier? Leif, so erfuhr man später, hieß gar nicht Leif. Und gesucht (aber nicht gefunden) wurde er schon seit Längerem. Stefan, der Hallodri, zog wieder zu seiner Frau nach München, einer Anwaltsgehilfin, die ihn dazu brachte, eine Aussage zu machen, in der er wohl kalkuliert sich selbst halbwegs reinwaschen und die anderen mäßig belasten konnte. Das polygame Abenteuer mit Mia kostete ihn ein Bußgeld von achthundertfünfzig D-Mark.

Mia wurde vernommen und als unverdächtige Randfigur in Ruhe gelassen. Sie hieß jetzt wieder Maria-Lena Guga. Der Name war ihr polizeilich zurückerstattet worden wie ein wieder aufgefundenes Diebesgut. Wie sollte sie der Polizeibehörde erklären, dass sie sich nicht um den alten, sondern um ihren neuen Namen betrogen fühlte und ihn gern zurückhätte, trotz allem? Wie ihnen nahebringen, dass Stefan vielleicht ein Heiratsschwindler, noch dazu ein Kurier für Illegales gewesen war, vor allem aber eine ehrliche Haut: Wenn er manchmal, statt selbst zu gehen, sie bat, dann, weil er dachte, Frauen schlägt man nicht. Er dachte das wirklich, und Mia hatte ihn geliebt dafür, dass er das dachte, und tatsächlich wurde sie nie geschlagen. Sie war überzeugt davon, dass es daran lag, dass

Stefan dachte, wie er dachte: Seine Gedanken waren ihr Schutzschild gewesen. Und seine Worte. Denn er rief sie mit zärtlichen Namen. Namen, die sie aufsog wie eine Biene den Nektar. Weil sie die Gegenstücke der Namen waren, die ihr Vater ihr ins Gesicht schrie, wenn er war, wie er immer wieder wurde. Als würde Stefan die Schale voll Bösartigkeit am anderen Ende der Waage mit Kosenamen aufwiegen und damit Mias Leben in eine köstliche, nie gekannte Schwebe bringen, was allerdings in ihr die Frage aufwarf, wer dieses Wesen eigentlich war, das so und ganz anders genannt werden konnte. Nein, sie wollte ihren alten Namen nicht zurück und nicht ihr altes Zuhause, in dem Bedrohlichkeit noch in den Räumen hing wie kalter Rauch in aufgelassenen Wohnungen schwer nikotinabhängiger Leute. Sie zog umher, wohnte unter fremden Adressen bei Menschen, die gerade eine Weltreise machten, bevor sie selbst die Eigentumswohnung der Oma beziehen würden; in einem Studentenwohnheimzimmer, kurzfristig, aber nicht dauerhaft verlassen im Zuge eines Erasmus-Stipendiums; in den Räumen einer Kundin, die sich, während ihr gebrochenes Bein heilte, entschieden hatte, endlich zu ihrem Freund nach Berlin zu ziehen, aber sicherheitshalber ihre Wohnung halten und erhalten wollte, so, wie sie war. In dieser Art Unterkünften wohnte sie. Holte sich dann und wann etwas aus ihrem Elternhaus und verließ es jedes Mal fluchtartig. Vielleicht war er gerade entlassen worden. Oder auf Hafturlaub. Plötzlich würde sich die Tür seines Arbeitszimmers öffnen. Was dann? Sie beschloss, nichts mehr aus dem Haus zu brauchen.

Tagsüber gipste, pflasterte und wickelte sie vom Lehrling zur Gesellin, von der ungeliebten Überqualifikation zur potenziellen Nachfolgerin von Bandagen-Peters. Bis das Bandagieren sie fast umbrachte, weil sie nicht mehr damit aufhören konnte, kaum mehr schlief und es schließlich Frau Eggers war, die sie erlöste mit nichts anderem als der Idee, dass man noch einmal neu anfangen konnte. Neu anfangen hieß für Mia nicht: abenteuerlich sein, sondern: wieder schlafen können. Irgendwann, nach Jahren in der Greifswalder Wohnung, glaubte sie tatsächlich, ohne Vergangenheit ließe sich leben, und zwar, wenn sie ebenso stillhielt wie die Dinge hinter Glas, für die sie Sorge trug.

~

Greifswald, Gegenwart

Wie immer stieg Mia Sund am nächsten Morgen in den Zug nach Greifswald, aber sie wusste, dass die Zeit des Stillhaltens vorüber war. Sie wusste, dass etwas in Bewegung gekommen war, ohne dass sie sagen konnte, anders als beim Zug, in dem sie saß, welche Richtung das Ganze nehmen würde.

Als Mia die Tür zu ihrem Büro öffnete, meinte sie, eine seltsame Anwesenheit zu spüren. Sie hing in der Luft wie ein altmodisches Parfum. Es war aber kein Duft, es war Farbe: Alle Töne von Grün hingen in der Luft und besiedelten ihr Büro, als gehöre es ihnen. So unabweislich waren sie da, dass man nicht erst Kaffee holen, Fenster öffnen, Post sortieren konnte. Noch im Stehen ließ Mia ihre Finger über die Koggen gleiten, die zur einen Hälfte nach Osten, zur anderen nach Westen fuhren wie in einem wohl geregelten baltischen Fährverkehr. Verhältnismäßig lang war der Flor und weniger rau als erwartet. Nahezu seidig. Aber genau wie sie erwartet hatte, war, als sie ihn an verschiedenen Stellen vorsichtig auseinanderzog, zu sehen, dass er vorbildlich vom Boden bis zur Spitze kontinuierlich verblichen war. Sie drehte den Teppich um und fand alle Merkmale des Handgeknüpften. Kein Materialschildchen, kein Kombinatskürzel, kein Einzelhandelsverkaufspreis. Also musste er vor Gründung der DDR geknüpft worden sein. Vor der Gründung der DDR war Krieg gewesen. Da ging die Wolle direkt in Uniformen, nicht in Teppiche. Und davor? Waren die Nazis an die Macht gekommen und hatten sich in die Teppiche hineinideologisiert. Aber in diesem hier war keine Rune und kein Raunen. Komplett ungermanisch. Grün, ohne eine Spur von Braun. Also noch davor. Davor war Jugendstil mit einem Hang ins Sachliche. Und das passte.

Zwei Schlaufen an der oberen Kante waren aus grobem Zwirn. Mia öffnete die Schublade, nahm eine kleine Werkzeugkiste heraus, hämmerte ohne jeden Skrupel zwei Nägel in das Sperrholz des Aktenregals und hängte den Teppich an den Schlaufen auf, um ihn nun auch von weiter weg, von anderen Blickwinkeln aus, betrachten zu können. Tatsächlich sah er von Weitem sehr anders aus.

Aus den Koggen waren Geisterschiffe geworden, die piratenhaft aus einem grünen Nebel aufstiegen und Flagge zeigten. Mia hatte sich im Stuhl weit zurückgelehnt, die Füße auf die Kante des Schreibtischs gelegt und schaute so lange ins Grün, bis sie vergaß, dass sie schaute. In einem sehr langsamen Prozess, wie durch Augen gesehen, die eine massive Adaptionsschwäche haben, bildeten sich weitere Konturen heraus, versanken, tauchten wieder auf, verschoben sich, verstetigten sich, lösten sich wieder auf: Fische in winzigen Dreier-, Vierer- und Fünferschwärmen, Seesterne, aber auch vogelartige Wesen, seltsame Blüten – alles auf berückende Weise winzig. Mias Herz begann heftig zu klopfen. Sie hatte einen Schatz unterm Kiel der Koggen entdeckt. Eine Miniaturunterwasserwelt – viele Faden tief.

Alles, alles hatte hineinpassen müssen, dachte Mia, deshalb sind die einzelnen Figuren so winzig. Hier war das ganze Repertoire der Fischerteppiche verknüpft worden. Ein Mustermuseum hatte sie hier vor sich. Ein fantastisches Meeresmuseum noch dazu. Und sie die einzige Besucherin.

Sie stand auf, ohne den Teppich aus den Augen zu lassen, besorgt, dass es sich bloß um eine Einbildung, um eine Sinnestäuschung gehandelt haben könnte. Mit all der Behutsamkeit, die in ihren Fingern saß, seit sie tagtäglich mit gebrochenen Gelenken unter verschorfter und halb vernarbter Haut umgegangen war, suchte sie nach einer Stelle im Teppich, die kein Tierchen und keine Blüte betraf, was nahezu unmöglich war, denn sobald man genauer hinschaute, war es doch die winzige Schwanzspitze eines Seepferdchens oder die allerkleinste Flosse eines Fisches. Und nicht selten lief beides in einem Faden ununterscheidbar zusammen. Schließlich entschied sie sich für drei verschiedene Proben, und als sie die Plastiksäckchen beschriftet hatte, kämpfte sie mit dem Gefühl, etwas verletzt zu haben. Bislang hatte sie es als unproblematisch empfunden, kleine Proben an Menschen in Laboren zu übermitteln, die in weißen Kitteln und mit Schutzbrille unter sehr besonderen Licht- und Luftbedingungen diese Gespinste dazu brachten, etwas aus unvordenklicher Zeit preiszugeben, was sie wiederum sachlich protokollierten und wieder außer Haus gaben. Faserarchäologie war Vergangenheitskunde unter sterilen Bedingungen. Nichts konnte zu nahe kommen. Sie strich über den Flor, wie um ihn zu trösten, und kam sich lächerlich vor dabei.

Mia riss sich los, ging in die Bibliothek und sammelte zusammen, was unter der Rubrik »Heimatkunst/Fischerteppich« an Musterzeichnungen, an Katalogen und Schriften vorhanden war, und sah eins nach dem anderen durch. Sie verzichtete auf ein Mittagessen, holte sich nur etwas zu trinken, versorgte sich mit einer Notration Nussschokolade und Studentenfutter aus ihrer Schreibtischschublade und konnte nicht aufhören, jedes winzige Musterdetail aus dem Teppich auch in den Katalogen aufzuspüren. Während dieser Inventur musste sie fortwährend den richtigen Abstand ausloten. War der Teppich ihren Augen zu nah, liefen die Schiffe, Seesterne, Fische, Anker und Wellen ineinander und ergaben nichts anderes als ein nur hier und dort leicht bewegtes Gewebe. War der Teppich zu weit weg, an der Wand, und sie am Schreibtisch, stellte sich auf andere Weise ein ähnlicher Effekt ein: Seegras, durch das der Wind ging. Allenfalls. Ja, zweifellos war der Teppich auf ihrem Schreibtisch fest in der Tradition der Fischerteppiche verankert. Ein bisschen zu sehr sogar. Die Koggen wirkten wie ein Ausrufezeichen. Achtung! Normaler Fischerteppich. Ein raffiniertes Ablenkungsmanöver war das. Dies hier war kein normaler Fischerteppich. Sie drehte ihn an den Kanten ein wenig nach rechts, nach links, drehte sich selbst auf ihrem Stuhl hierhin und dorthin, bis sie, wie auf einem dieser Wechseldrucke mit 3-D-Effekt, die Konturen am besten erfassen konnte. Sie notierte, listete – nichts wollte sie sich entgehen lassen in diesem irrwitzigen, sich selbst verbergenden Unterwasser-Wimmelbild von einem Teppich.

Sie war fast am Ende dieser Arbeit angekommen – zwei Drittel der Elemente hatte sie aufspüren können, nur eine Rose, eine Lilie und einen Drachen, oder war es ein Greif?, hatte sie nicht abgleichen können –, da wollte ihr etwas aufscheinen. Ja, anders ließ es sich nicht sagen, was sich da vor ihren Augen abspielte: Etwas *wollte* ihr aufscheinen. Im Hin- und Herdrehen, von rechts und links und oben und unten Schauen, war auch der ornamentale Rand in Bewegung geraten. Sie hatte in ihm eine geometrische Bordüre gesehen, wie sie typisch war für die Zeit des frühen zwanzigsten Jahrhunderts – und dann nicht mehr besonders darauf geachtet. Jetzt sah, so kam es ihr vor, die Borte sie an. Auffordernd. Mia ging näher heran, wich wieder ein Stück zurück, kniff die Augen zusammen, fokussierte ein Detail, weitete den Blick wieder, um den Zusammenhang zu begreifen – und zu versuchen, den Anfang dessen zu finden, was sich am Rand des Teppichs mehrfach wiederholte, was immer wieder neu anfing, ohne zu enden: NINASILKESTRADNINASILKESTRADNINASILKESTRAD passte genau neunmal in die Bordüre. NINA SILKE STRAD. Und über Eck noch einmal: NINA. Ein Name als Randerscheinung. Und doch von seltsamer Frische und Kraft.

»Du bist es also«, sagte Mia halblaut in den Raum hinein. »Schön, dass du da bist.«

~

Mit NINA SILKE STRAD war es so: Sie war da, aber es gab sie nicht. Dennoch war diese Nina, die grüne Fäden zu einer Lupenkunst verdichtet und dafür mit Namen gezeichnet hatte, für Mia so real anwesend im Raum wie Tisch und Stuhl. So präsent, dass sie meinte, ihre Stimme zu hören, ihre Finger knüpfen zu sehen. Die Fäden im Plastiksäckchen blieben auf Mias Schreibtisch liegen, wurden begraben unter den Büchern und Broschüren, die Mia heranschaffte, um unter den Namen der damaligen Knüpfer und Knüpferinnen diesen einen zu finden, der in seiner kompakten Dreiteilung ihr sofort ins Auge gefallen wäre. Zumal es sich um eine sehr überschaubare Anzahl von Namen handelte, um einige Dutzend Familien, verteilt auf eine Handvoll kleiner Ostseedörfer, in denen ab Fangverbot bis Kriegsausbruch Teppiche hergestellt wurden. Gut zweihundert Namen; keiner davon, unter all den Hansens, Wilkens und Timmermanns, in Nähe zu Nina oder Silke oder Strad.

Gut, dachte Mia, dann ist sie also eine Art Leihknüpferin gewesen, eine frühe Gastarbeiterin, lange bevor es diese Bezeichnung gab, aber Arbeitsmigration hatte ja nicht auf diese fragwürdige Bezeichnung warten müssen. Ob es für sie eine Meldepflicht gegeben hatte? Sicherlich – in Deutschland würde auch zur Zeit der Weimarer Republik jede Person ordnungsgemäß registriert worden sein. Gar nicht anders vorstellbar.

Dass man jemanden, den man im Gewebe der Welt gefunden hatte, im Netz der Welt noch einmal finden musste, um ihn tatsächlich sein zu lassen. Als ob ein Papier oder ein digitaler Eintrag realer wäre als die Wollfaden-Signatur eines

Teppichs. Als ob Geburts- und Sterbedaten mehr über einen Menschen sagten als die Muster, die er hinterlassen hat. Als ob eine noch so gut geführte Administration mehr offenbaren könnte als aufmerksame Blicke einer Kuratorin. Mit einem leichten Widerwillen schob Mia Kataloge und Broschüren zur Seite und stellte über einen Link des Stadtarchivs einen Antrag auf Einsichtnahme in die Meldedaten.

Allein im Jahre 1929 hatte es in Freest eine Nina Zepeda gegeben. Wenn jedoch Nina eine Kurzform wäre, kämen eine Katharina Avila, wohnhaft in Lubmin in der Langen Reihe 10 von Januar bis April 1929, und eine Katharina Vajas, wohnhaft in der Brommystraße 18 von August 1930 bis März 1931, infrage. Nino Holm, ein weiteres Ergebnis des Suchlaufs, An der Peene 5 in Spandowerhagen, passte weder dem Nachnamen noch dem Geschlecht nach. Aber warum erschienen diese Namen unterschiedlich geschrieben auch mit anderen Adressen – und verschwanden dann einfach wieder? Nirgendwo wurde ein Verzogen nach, ein Geburts- oder ein Sterbedatum eingetragen. Weder von Katharina Avila noch von Katharina Vajas oder Nino Holm. Mit welcher Art von Verwirrspiel hatte sie es hier zu tun – in dieser dünn besiedelten Gegend, wo Personen, Namen und Lebensläufe eigentlich mehr als übersichtlich waren? Sie meldete sich aus dem Online-Archiv ab.

Verbarg sich ihre Teppich-Nina hinter einer dieser offiziell gemeldeten Adressen? Oder in ihnen allen? War sie keine von diesen oder – jede einzelne? Sie stand auf und fuhr mit dem Finger die Linien des Namens auf der Teppichkante nach. Wie um sicherzugehen, dass es ihn wirklich gab. Dass die Sache hier wunderlich war und nicht sie selbst.

»Ich kann dich nicht finden«, murmelte sie. – *Dich findet man doch auch nicht mehr.* – Dich? Mich? War sie jetzt dabei, sich selbst etwas einzuflüstern? »Du *hast* mich gefunden«, sagte sie laut. Wenn sie jetzt, dachte Mia, sagen würde, der Teppich lächle sie an in seinem sanften Schimmern, als illuminiere er sich selbst, nur, um ihr zu antworten: »und *du* mich«, dann wäre sie wohl kaum noch sie selbst, egal welcher Namen draußen an ihrer Tür und welcher in dem Teppich zu finden war.

Sie löste sich von dem Teppich, öffnete das Fenster, nahm eine Wasserflasche, trank in kleinen Schlucken mit Blick auf den Hof, sah Holger Berends, den Arm voller Posterrollen, aus dem Auto steigen, sah vor dem Haupteingang zwei Sekretärinnen rauchen und lachen, sah einen Paketboten mit einer Sackkarre über den Hof laufen und einen Lieferwagen in eine schwierige Lücke einparken. Die hysterischen Alarmtöne des elektronischen Einparksystems drangen zusammen mit dem Fluchen des Fahrers, der das Fenster heruntergekurbelt hatte und sich hinauslehnte, um die Entfernungen mit eigenen Augen abzuschätzen, bis zu ihr hoch. Das brachte sie mit einem Ruck zurück in die nüchternen Prozesse der Arbeitswelt. Woher war dieser Teppich gekommen, bevor Holger Berends ihn bei ihr abgeliefert hatte? Dem musste sie nachgehen. Und nicht einem Lächeln, das es von Rechts wegen gar nicht geben konnte.

~

Holger Berends' Tür stand offen. Er war gerade dabei, die Pläne des Vineta-Festspielgeländes an ein Flipchart zu heften. »Jetzt kommen die auch noch mit Sanierung der Sanitäranlagen. Während der Proben! Wie soll das gehen?«

Mia rang sich Floskeln mitfühlender Empörung ab, ließ mehrfach das Wort Dixi-Klo fallen und rhythmisierte mit »Hm«, »Oje« und »Ach nein« das Dilemma, bis Holger Berends sich wieder gefangen hatte. »Was kann ich für dich tun?«, fragte er.

Wie er eigentlich an diesen Teppich geraten sei, von wo der gekommen sei, fragte Mia. Das sei es ja gerade gewesen: kein

Begleitschreiben, keine Papiere. Nahezu eine illegale Einreise. Mia, die seit jeher nicht einschätzen konnte, ob ihr Kollege nach links außen oder nach rechts außen neigte oder sich nur spielerisch hier und da weit aus dem Fenster lehnte, überging diese Irritation und fragte nach der Verpackung, nach einem Umschlagpapier oder einem Karton – denn er sei ja wohl nicht als fliegender Teppich durchs Fenster auf seinem Schreibtisch gelandet, dieser Perser des Nordens, oder? Die Kleine vorne in der Verwaltung, die habe ihm gute Stück gebracht, so Holger Berends, aber schon ausgepackt. Die Kleine vorne in der Verwaltung war gut zehn Zentimeter größer als Holger Berends und hieß Dagmar Bretschneider, wenn sie nicht gerade semantisch geschrumpft werden musste. Mia schüttelte den Kopf, bewusst offenlassend, ob sich das auf Büro-Sexismus oder Büro-Schlamperei bezog, machte auf dem Absatz kehrt und ging ins Sekretariat.

»Na, irgendeine Pappe wird's ja wohl gewesen sein«, meinte Dagmar Bretschneider. Sie zuckte die Schultern und wies auf einen großen Korb neben der Tür, auf dem mit rotem Edding »Nur Papier« stand. Aber der würde ja alle paar Tage vom Hausmeister geleert werden. »Nächstes Mal müssen Sie da wirklich eher kommen«, meinte sie. Als ob alle naslang grüne Fischerteppiche bei ihr anlanden würden, dachte Mia, rang sich aber dennoch ein kurzes Lächeln ab, während sie sich wieder zur Tür drehte. Sie war schon fast am Ende des Gangs angelangt, als ihr Name gerufen wurde:

»Frau Sund!«

Mia drehte sich um.

»Es waren viele Briefmarken drauf, bunte, wissen Sie, auffallend, eine Katze mit Hut, so ein Skispringer und irgendetwas total Grellbuntes. Ich wollte die erst rausschneiden, aber mein Onkel sammelt ja nicht mehr seit seiner Herz-OP. Regt ihn zu sehr auf.«

Mia winkte dankend. Statt in ihr Büro zurückzugehen, lief

sie über die Straße, kaufte beim Zeitungsladen eine Packung F6 und fing den Hausmeister auf dem Weg in die Rauchpause ab. Papier vom letzten Monat? Er nahm eine der angebotenen Zigaretten, seufzte tief, als hätte man ihn gebeten, den Schnee vom vergangenen Jahr wieder herzuzaubern.

»Ist wichtig«, meinte Mia.

»Dann kommse mal mit.«

Mia begleitete ihn ins Kellergeschoss. Vorbei am Heizungskeller, durch lange Flure, in denen Stellwände lagerten, Tribünenteile und Sackkarren. Der Hausmeister öffnete die Tür zu einem Raum, in dem Altglas, Batterien, Elektroschrott gesammelt wurde – und Papier, zu hohen Stapeln zusammengebunden. Nicht gerade Kante auf Kante, aber doch so, dass nicht alles davonrutschen konnte, wenn auch einiges zerfleddert und zertreten daneben auf dem Boden lag. Ob das hier alles Sinn machte?

»Dann schau ich mal durch«, sagte sie. »Wo ist denn das von den letzten Wochen?«

Der Hausmeister deutete auf den letzten Stapel der zweiten Reihe.

»Na, ick kann ja och helfen, wennse mir verraten, wat det werte Objekt Ihrer Suche ist.«

»Ein Karton mit sehr vielen bunten Briefmarken.«

»Det is doch mal 'ne Ansage.«

Im zweiten Drittel des Stapels fanden sie eine platt gedrückte lichtgraue Schachtel mit sechs Briefmarken, darunter tatsächlich eine Katze mit Briefträgermütze, ein Skiakrobat, eine Brücke über reißendem Fluss, eine Kreuzigungsszene und ein bunt besticktes Armband. Vier Stempel – und eine handgeschriebene Adresse.

»Ostblock, wa?«

»Kroatien, glaube ich.«

»Sag ick doch. Kam mir gleich so jugoslawisch vor. Auch ohne Lesebrille, ick kenn mir da aus. Hab ja in Berlin jahrelang bei denen die Haustechnik gemacht in der Botschaft, draußen in Pankow, und wenn die Kollegin in Urlaub war, hab ick och die Post verteilt, wa.«

Mia wiederum, aufgewachsen in Hamburg-Harvestehude und als Alleingängerin eingewandert hinter den eisernen Vorhang, als der kollektive Strom gerade in die Gegenrichtung zog, verband mit Kroatien nichts anderes als die Drehorte der Winnetou-Spielfilme.

»Ich schau mir das oben mal genauer an«, sagte sie. Draußen auf dem Hof überließ sie dem Hausmeister die restlichen Zigaretten und verabschiedete sich.

»Immer wieder gern«, rief er ihr nach und: »Man sieht sich.«

Zurück in ihrem Büro, gab Mia die Absenderadresse auf der Schachtel in ihren Rechner ein. Sie bestand aus drei Zeilen: In der ersten das Wort Kolar – das musste ein Name, ein Nachname sein. In der letzten »Zagreb« mit einer fünfstelligen Postleitzahl und dazwischen, konnte nicht anders sein, Straße mit Hausnummer. Alles da. Google Maps zoomte ihr eine Zagreber Stadtrandlage heran, eine Markierungsboje zwischen einer Kirche, einem Hostel und einer Reihe von Schnellrestaurants. Sie wechselte zu Street View und meinte, ganz in der Nähe der Boje eine Statue erkennen zu können und ein Café. Dort also sollte das Haus stehen, wo der Teppich in die Schachtel gepackt und an die Kustodie in Greifswald adressiert worden war. Sie klickte ein paarmal auf Vergrößern und erhielt den leicht verwischten Ausschnitt einer Straßenzeile: eine hohe Tür, darüber ein Schild. Sie versuchte, den Ausschnitt so weit zu vergrößern, dass sie die Buchstaben entziffern konnte, bevor sie in völlige Unleserlichkeit verpixelten. Halb erkennend, halb ratend notierte sie sich einen nach dem anderen, ohne dass die Reihenfolge auf dem Papier für sie Sinneinheiten ergab – bis sie aus »Orijentalnih Tepiha« die Orientteppiche herauslas und Google Übersetzer aus »radionica« nicht eine Radiostation, sondern eine Werkstatt machte. Sie gab die vollständige Bezeichnung in eine Suchmaschine ein, und sofort war sie da. Mit einer Reihe von Informationen in kroatischer Sprache, die für Mia alles heißen konnten: von »geöffnet« oder »öffnet demnächst« über »schließt demnächst« zu »dauerhaft geschlossen«. Die rührten Mia nicht, interessierten sie nicht, wie gebannt war sie vom Namen des Inhabers, der nicht nur Kolar hieß, natürlich nicht, sondern auch einen Vornamen besaß, der, wie sie sehr gut wusste, auch ein Nachname hätte sein können: Milan.

Milan – so vertraut, nicht nur, weil ihr eigener Name in diesem Namen aufgehoben war, sondern weil es ein Rettungsname war, ein Heilname. Luys Milan, Meister der Vihuela. Luys Milan, der Mann mit der Laute, der alles vergessen macht, was Welt zerstört. Einfach weil die Bögen der Melodie sich in der Luft zu Gaze zusammenweben und sanft auf eine wunde Welt herabsinken, weil die Taktlinie den Rhythmus des Atems berührt und beruhigt. Seine Musik war ein halbes Jahrtausend alt und ein ums andere Mal wiedergeboren worden: für sie. Für sie komponiert und aufgeführt, um die Welt vom Hässlichen ins Schöne zu wenden. Erst gestern hatte Katja daran gerührt, und selbst im Gespräch mit Katja hatte sie es vermieden, diesen Namen laut zu nennen, als sei er etwas Heiliges, und das war er ja auch: Ihr jedenfalls war er heilig, und jetzt, im Zuge einer profanen elektronischen Suche, tauchte er auf, als wollte *er* mit ihr sprechen. Um nicht zu sagen: ihr einen Wink geben. Einen Wink geben?

Mia Sund war eine norddeutsche Frau. Weder verhuscht noch versponnen. Sie konnte an überirdische Harmonien und die Kunst der Renaissance glauben, aber an Stimmen aus einem Teppichflor heraus und Winke aus Streetview? In Gestalt einer, wie ja im Grunde klar war, höchst zufälligen Namensgleichheit? Dennoch stieg ihr eine »Fantasie« aus *El Mestre* in die Ohren. Von ferne, von früher. Sie wollte das nicht. Sie wollte nichts von ferne und nichts von früher. Noch nicht einmal ihre Rettung; weil sie hier keine Rettung mehr brauchte. Käme die Rettung zu ihr zurück, käme auch das zurück, woraus und wovor sie gerettet werden musste. Nein.

»Nein« ließ sich die Fantasie nicht sagen, so wenig wie man einem Ohrwurm das Ohr verbieten kann. Es bahnte sich etwas an in dieser akustischen Erinnerung. Etwas, das sich, lange vorbereitet, endlich fügte – etwas, das jenseits aller Vorstellung gewesen war und von dem man sich im Nachhinein nicht vorstellen mochte, dass man es womöglich nicht für möglich gehalten hätte. Angesichts dessen man, wie idiotisch es einem auch vorkam, den Atem anhielt; an das man nicht rühren wollte, einfach nur, um es nicht zu verscheuchen – obwohl es ungebeten zu einem gekommen war; von ganz woandersher. Mia wollte sie hören und wollte sie nicht hören: diese Aufforderung. Als stünde er da in Gestalt eines Brückenheiligen, dieser Luys Nepomuk Milan, um ihr die Passage von der Vergangenheit in Richtung Zukunft zu sichern, von Hamburg über Greifswald nach Zagreb. Nach Zagreb, in eine Werkstatt, die, wie sie zu ahnen begann, ein Schlüssel sein würde, ein Schlüssel für vieles. Dennoch – wer Winke gab, sollte über die Gegenwart informiert sein. Und zu ihrer gut gemittelten Gegenwart gehörte nicht nur, dass sie die Vergangenheit außen vor ließ, sondern auch, dass sie ihre mittlere Lage nicht verlassen wollte; noch nicht einmal für kurz. Am Ende würde sie nicht mehr zurückfinden. Nein. Und nochmals: Nein.

~

Dennoch erwachte Mia am nächsten Morgen mit Luys Milan in ihrem Kopf und dem Gefühl, dass endgültig nichts mehr so war, wie es gewesen war. Aus keinem anderen Grund als dem, dass irgendeine kroatische Webseite ihr plötzlich einen Namen von früher in ihre Jetzt-Welt gespült hatte, die eigentlich so eingerichtet war, dass Wiederauftauchen insgesamt gegen unmöglich tendierte. Und dieser Name hatte ein altes Bild animiert, zwei sehr melancholische Augen über einem Spitzbart, die ihr zu sagen schienen: »Mach dich auf den Weg«. *Schienen*, wohlgemerkt, dachte Mia und rief sich selbst in Erinnerung, dass es absolut nicht ihre Art war, mit Teppichen und Toten zu sprechen; selbst und erst recht als Faserarchäologin nicht, die mit einem professionellen analytischen Verhältnis zu Geweben aller Art ihr Brot verdiente und sehr wohl wusste, dass man historische Distanzen auf Distanz zu halten hatte.

Vor dem Badezimmerspiegel, beim Zähneputzen, war sie stattdessen in eine Kontroverse mit sich selbst eingetreten: Denk mal nur an den Aufwand der Dienstreiseanträge, sagte sie sich, die haben dich damals zum Wahnsinn getrieben und du hast dir geschworen: nie wieder. Das war ja wohl nicht der einzige Grund, hielt sie sich entgegen, und außerdem ist die Zeit unübersichtlicher Formulare mit der absurd minutiösen Bezifferungen sicher längst vorbei.

Sie ging in die Bäckerei und während sie am Stehtisch ihr Croissant in den Kaffee tunkte, entfuhr ihr ein »Na gut, ich kann ja mal fragen«. Die Umstehenden schauten irritiert.

Fluchtartig verließ Mia das Café, ging ins Büro, legte ihren Mantel ab und begab sich ins Sekretariat des Chefs. Sie musste die Sache irgendwie zielführend bearbeiten, bevor sie vollkommen verrückt wurde. Selbstgespräche dieser Art waren vermutlich erst der Anfang.

~

Dem Chef gehe nichts über Papier, das sich ordnungsgemäß unterschreiben und abheften ließ, sagte die Sekretärin und schob Mia zwei vierseitige Bögen zu. Außerdem lege der Chef Wert auf eine ausführliche Begründung. Steuergelder verschwenden wäre seine Sache nicht. Man könne die Begründung auch auf einem Extrablatt darlegen. Das sei gern gesehen. Unterschrift nicht vergessen. Das passiere so oft, dass sie ernsthaft überlegt habe, ob die Herren und Damen Wissenschaftler in diesem Haus nicht in der Lage wären, ihren eigenen Namen zu schreiben. Ohne die Miene zu verziehen, wandte sie sich wieder ihrem Bildschirm zu.

Zurück im Büro, blätterte sich Mia durch den Vordruck und konnte ihre Beklommenheit nicht ablegen: Wann wollte oder sollte oder musste sie eigentlich wohin genau reisen und wie lange – und: warum eigentlich?

Mitten in ihre Überlegungen hinein klopfte es an ihrer Tür und Holger Berends erschien im Türrahmen. »Ich habe gehört, du willst einen Reiseantrag stellen?«

Mia nickte.

»Kann ich dir dabei helfen?«

»Ach, ich habe das lange nicht gemacht, aber ich bekomme das schon hin. Sag mal, ein Hotel, das suche ich mir selbst, oder?«

»Ja, genau. Ich empfehle immer eine der großen Ketten, günstig und überall gleich. Da musst du dich mit nichts herumärgern. Wohin soll es denn gehen?«

Irgendetwas hielt Mia zurück. »Ich muss noch schauen …«

»Dieser Teppich?«

Mia nickte.

»Und du musst wirklich reisen?« Damit stellte er exakt die Frage, die Mia sich selbst stellte. Ihr wurde unbehaglich zumute. Jetzt musste sie »Ja« sagen. Es gab kein Zurück mehr. Und selbst »Ja« erschien ihr auf einmal eine Spur zu zurückhaltend …

»Unbedingt«, sagte sie.

Holger Berends nickte kurz und schloss die Tür.

Mia schob die Formulare beiseite, fuhr den Rechner hoch und begann das zu schreiben, was die Sekretärin »ausführliche Begründung« genannt hatte und was der Direktor unbedingt haben wollte, um das Gefühl, dass er statt der Wissenschaft den internationalen Tourismus fördere, in sich niederzuringen und seine Unterschrift unter das Formular zu setzen. Von welcher Seite sollte sie die Sache aufziehen?

Sie blätterte noch einmal die Broschüren auf ihrem Schreibtisch durch, die schmalen Bändchen der lokalen Verlage, die Festschriften im Zehnjahresabstand, und setzte schließlich an:

Die Pommerschen Fischerteppiche sind durch einen österreichischen Tapisseristen ins Leben gerufen worden, der im Auftrag des Kreisverbands Greifswald die Fischerfamilien in Freest und Lubmin das Kunsthandwerk der Teppichknüpferei lehrte. Zur Zeit eines dreijährigen Fangverbots, das im Zuge der Überfischung 1928 ausgesprochen worden war, schien dies eine sinnvolle Verdienstmöglichkeit darzustellen …

Mia löschte die Zeilen so schnell, wie sie geschrieben worden waren. Themaverfehlung. Sie sollte ja nicht die Geschichte der Fischerteppiche schreiben – höchstens umschreiben mit dem neuen Fund, der in diese Geschichte hineinpasste und gleichzeitig nicht hineinpasste …

Sie stand auf, stellte sich vor den Teppich, den sie am Regal hatte hängen lassen, auslüften konnte nicht schaden, und betrachtete ihn lange. »Hilf mit«, sagte sie, »es geht schließlich um dich.«

Wieder schien ihr das Grün völlig anders zu sein als zuletzt. Wobei eben »das Grün« an sich falsch war; aber wie ließ es sich denn sonst sagen? Es fängt schon damit an, dachte sie, dass ich nicht weiß, wie der Plural von Grün lautet.

Die klassische Farbgebung der Fischerteppiche bewegt sich im Spektrum gedeckter Töne der pommerschen Küstenlandschaft: Beige, Braun, Grün und Blau in abgetönten Nuancen. Der neuerdings vorliegende – War das richtig? Neuerdings vorliegend? Sagte man das so? – *weist dahingegen ein Farbspiel auf, das höchst besonders ist: Die Grüne sind vielfältig…*

Die Grüne – nein, so ging das nicht. Sie löschte auch diesen Text.

Mia stand auf und suchte noch einmal den richtigen Abstand, von dem aus sie die Signatur, die sie entdeckt hatte, lesen konnte, nicht zu nah, nicht zu fern. Ja, hier war sie, eine Chiffre, eine waschechte Chiffre, mitten in einer Art-Nouveau-Borte, die sich als Ornament ausgab, wenn man sie nicht mit hoch konzentriertem Auge festhielt. Mia setzte sich wieder an den Schreibtisch.

Ich bin auf der Suche nach einer gewissen Nina Silke Strad. Vermutlich war es eine Frau dieses Namens, die vor etwa hundert Jahren einen rätselhaften Teppich geknüpft hat. Er gibt sich den Anschein eines Fischerteppichs, trägt jedoch eine Reihe geheimer Botschaften in sich…

Mia war entsetzt über sich selbst. In welch ein verkrachtes Genre schrieb sie sich da hinein, bereits in den ersten Zeilen auf Grund gelaufen zwischen den Klippen von laienhaftem Wissenschaftskrimi und esoterischem Möchtegern-Sachbuch. Sie löschte so schnell, wie sie geschrieben hatte, stand auf, stieß unwillig ihren Stuhl zurück, lief zum Getränkeautomaten, ließ eisgekühltes Wasser in kleinen Schlucken durch ihre Kehle rinnen und registrierte, wie dabei auch ihr Kopf abkühlte. Sie ging in ihr Büro zurück, setzte sich wieder an den Schreibtisch und begann, ohne einen Blick auf den Teppich zu werfen, ohne sich ablenken zu lassen von einem Grün, das, so viel stand fest, mehr als Farbe war, einen Text zu schreiben, der nicht gelöscht werden würde:

Sie beantrage Reisemittel zur Herkunftsklärung, schrieb sie. Ein Fischerteppich mit typischem Erscheinungsbild der pommerschen Tradition sei ohne weitere Papiere aus Zagreb an die hiesige Kustodie gesendet worden. Da er jedoch außer den typisch pommerschen Motiven an wenigen Stellen auch Elemente orientalischer Ornamentik aufweise, lege dies nahe, dass es sich um ein einzigartiges Zeugnis einer spektakulären Hybridkunst handele. Aus diesem Grunde müsse in Zagreb nach eventuell noch vorhandenen Spuren gesucht werden. In den einschlägigen Museen und Sammlungen sei auf weitere Funde zu hoffen.

So ging das. Die Aussicht auf mehr würde die notorische Raffgier der Museen und Sammler anstacheln. Und immer dann wurden forscherische Blankoschecks unterschrieben. Warum hatte sie nicht gleich auf diese Karte gesetzt? Sie hatte sich zu lange aus diesem Betrieb zurückgezogen, hatte die Spielregeln aus dem Kopf verloren. Jetzt aber holte sie auf und schrieb sich in Fahrt:

Möglicherweise könne mit den Ergebnissen der Reise die Entstehungsgeschichte der Pommerschen Fischerteppiche noch einmal umgeschrieben werden – im Sinne des »Rewriting«, fügte sie mit einem schönen akademischen Gedankenstrich hinzu. Schon jetzt sei sicher, dass die Kuratierung dieses Teppichs von überregionaler Relevanz sei und bahnbrechend für die internationale Tapisserie-Geschichte. Sie strich »bahnbrechend« und »internationale Tapisserie-Geschichte« und ersetzte es durch: »von enormer Bedeutung für die Interdependenzen der Bildwirkerei im europäischen und arabischen Raum«. Aufschlüsse über den Teppichgürtel zwischen Marokko und Indien seien zu erhoffen – und seine Vorstöße in den hohen Norden, Auslotungen der Verbindungslinien mit den schwedischen und den finnischen Rya würden einen europäisch-asiatisch-arabischen Forschungsraum konstituieren, der sowohl die Durchlässigkeit als auch die Ausbreitungsfähigkeit von kunsthandwerklichen und indigenen Traditionen in einem von nationalen Grenzen durchsetzten und vielfach umkämpften Raum unter Beweis stellte.

Mit vor Konzentration heißem Kopf hatte Mia etwas zu Papier gebracht, was sie selbst nicht für möglich gehalten hatte. Sie sah ihren Text noch einmal durch, setzte hier und da ein steigerndes Attribut ein: Warum nur von überregionaler Relevanz, warum nicht von »hoher«, ja, warum nicht: »von höchster überregionaler Relevanz«? Warum nur: »im europäischen und arabischen Raum«, warum nicht: »im gesamten europäischen, arabischen und asiatischen Raum«?

Als sie mit dieser systematischen Superlativierung fertig war, fand sie, dass sie kein bisschen übertrieben hatte. Sie druckte das Schreiben aus und heftete es hinter die noch unausgefüllten Bögen. Das wäre schon mal geschafft. Wer hätte noch vor einer Woche gedacht, dass Mia Sund derart in die Ferne schweifen würde? Am wenigsten sie selbst. Als sie »in die Ferne schweifen« dachte, holte sie ein Gedanke ein, der in der inneren Verwirrung um Reisen oder Nichtreisen ins Hintertreffen geraten war, aber zweifellos zum kleinen Einmaleins allen historischen Arbeitens gehörte: Erst alle Quellen vor Ort!

Sie war in die Bibliothek gegangen und hatte die Fachliteratur zur Pommerschen Teppichtradition gesichtet, sie hatte die hiesigen Einwohnermeldelisten gecheckt, sie hatte alle Materialien zu den bereits ausgestellten Fischerteppichen in Augenschein genommen, aber sie hatte sich nicht die Frage gestellt, ob es noch Zeitzeugen, Kinder von Zeitzeugen, Enkel von Zeitzeugen gab. Am Ende ließen sich alle Rätsel direkt vor der eigenen Haustür lösen. Ein Gedanke, der zu gleichen Teilen Erleichterung und Enttäuschung in ihr auslöste. Wahrscheinlich würde sie doch weiter unbehelligt zwischen Büro und »der Wohnung« pendeln. Aber der eurasische Teppichgürtel, das raue Garn der finnischen Rya, die armenischen Rosen und arabischen Halbdrachen würden in sich zusammensinken wie Phönixe eines nächtlichen Kuratorinnentraums.

Sie fuhr den Rechner wieder hoch, fahndete nach Einträgen lokaler Teppichkunst – und fand Lieselotte Baltrusch. Die betrieb in Freest, offenbar als Letzte ihrer Art, eine kleine Teppichknüpferei und pflegte noch dazu eine schöne schlichte Webpage, die die begründete Hoffnung auf Aktualität zuließ. Mia öffnete das Kontaktformular und schrieb eine höflich-sachliche Nachricht mit allen Bezeichnungen und Emblemen der Greifswalder Universität, in der sich eine im Grunde sehr schlichte Anfrage verbarg: Hätten Sie etwas dagegen, wenn ich Sie einmal aufsuchen würde?

~

Und ungefähr so informell fiel auch die postwendende Antwort aus – den ganzen Uni-Schnickschnack hätte Mia sich sparen können: »Kommen Sie doch einfach vorbei. Ich bin hier. Nur Mittwochvormittag nicht, da ist meine Physio. Hab mir doch neulich den Mittelfuß gebrochen.«

Bei »Mittelfuß gebrochen« sah Mia auch nach all den Jahren noch sofort Gips und Bandagen vor sich und die Frage, wie man den Bruch wohl am besten stützen und wickeln könnte, im jeweiligen Fall. Viele Mittelfußbrüche hatte sie heilen geholfen, mit Gehgips, Elastikbändern, Binden aller Art. Mittelfüße hatten sehr verschiedene Ausprägungen, und natürlich würden ihre Hände immer noch wissen, wie sie den jeweiligen Bruch ertasten, die Bänder stabilisieren und überhaupt den gesamten Halt zurückbringen würden. Aber sie konnte der Frau ja schlecht einen Gipsverband als Gastgeschenk mitnehmen. Zumal sie offenbar das Stillstellstadium bereits hinter sich hatte und bei der Mobilisierung angelangt war. Mia ging ans Regal, um irgendeinen Ladenhüter von Ausstellungskatalog herauszuziehen. Dieses notorische Recycling akademischer Papiere –, das machte man doch nur, wenn einem die zu Beschenkenden egal waren. Dass Frau Baltrusch ihr nicht egal war, nicht egal sein würde, spürte sie, oder vielleicht war ihr auch nur der Teppich nicht egal und dieses Nicht-egal-Sein zog schon seine Kreise.

Auf dem Weg in die Wohnung blieb Mia an zwei Blumenläden stehen und zog dann unverrichteter Dinge weiter. Die Idee, morgen früh mit fünf Stielen Gerbera und gefärbtem Schleierkraut vor dem Haus von Frau Baltrusch aufzutauchen, das, wie viele der alten Fischerhäuschen, mutmaßlich von duftenden Wildrosenhecken eingefasst war, gefiel ihr nicht. Unschlüssig streifte sie durch die Straßen. Schließlich kaufte sie etwas, das sehr grün war: Pistazien-Pralinés aus Luxemburg. Handmade.

Als Mia am nächsten Tag in den Freester Birkenweg einbog, konnte sie nicht glauben, was sie da sah: Im Hof vor dem Haus von Frau Baltrusch stand der unverkennbare, eierschalfarbene – er selbst sagte: champagnerfarbene – Mercedes von Holger Berends. Es traf sie wie ein Fausthieb in den Magen. Im Bruchteil einer Sekunde fühlte sie sich zurückversetzt in den Moment, als ihr Kollege sich auf der Schwelle ihrer Bürotür noch einmal umgedreht hatte. Fluchtartig fuhr sie an dem Haus vorbei, einmal im Kreis, passierte vier Ampeln und steuerte langsam wieder auf die bezeichnete Adresse zu. Sie parkte ihren Carsharing-Mini hinter dem Oldtimer von Holger Berends und wurde von Frau Baltrusch, einer gestandenen Frau Ende sechzig, in deren grauem Pagenschnitt noch ein ursprünglich sattes Blond durchschimmerte, an der Haustür empfangen.

»Kommen Sie gleich mal rein«, rief sie. »Ihr Kollege hatte sich ja auch noch gemeldet. Alle auf einen Schlag, hab ich mir da gedacht, dann muss man nicht alles zweimal sagen.«

Holger Berends saß in der guten Stube, die wirklich diesen Namen verdiente, klein war sie und liebevoll hergerichtet, schlürfte seinen Tee und lachte und schäkerte mit Frau Baltrusch, die den von Mias Ankunft unterbrochenen Faden wieder aufnahm und sagte: »Nun, und verkaufen können Sie die wohl auch, oder? So gut ist meine Rente nicht, dass man nur angucken darf.«

»Lässt sich sicher machen«, sagte Holger Berends. »Und wenn ich Ihnen vielleicht noch mit Freikarten fürs Vineta-Festival am nächsten Wochenende eine kleine Freude machen kann …«

»Wenn ich die an meine Enkel weitergeben darf, gern. Mein Fuß … Sie sehen ja, der ist noch nicht wieder …«

Frau Baltrusch zog Mia ins Gespräch. Ihr Kollege habe vorgeschlagen, man könne, nein, man wolle im Freilichtmuseum eine Dauerausstellung mit Fischerteppichen machen … aber da sei sie ja sicher schon im Bilde …

Genau, beeilte sich Holger Berends hinzuzufügen, von damals und von heute. Volkskunst stehe ja ganz hoch im Kurs. Gerade der richtige Zeitpunkt sei das jetzt. Mia nickte ermunternd – sehr froh darüber, dass ihr Kollege ganz in seinem eigenen Fahrwasser unterwegs war, dass er offenbar nichts am Hut hatte mit diesem, diesem einen, mit *ihrem* Teppich.

Nachdem auch Mia eine Tasse Kaffee eingeschenkt worden war, aus einer großen Porzellankanne – wann in ihrem Leben hatte sie zum letzten Mal einen Kaffee getrunken, der nicht aus einem Automaten direkt in die Tasse gekommen war? –, meinte Frau Baltrusch: »Soll ich Ihnen beiden die Knüpferei jetzt mal zeigen?«

Dieses Haus war, dachte Mia, in sich schon so sehr ein Museum, dass man es, mitsamt seiner Bewohnerin, ohne Probleme in das Museumsgelände hätte transferieren können. Bestimmt hatte Holger Berends, der mit eingezogenem Kopf durch den Flur ging und neugierige Blicke nach rechts und links warf, den gleichen Gedanken. Frau Baltrusch führte ihre beiden Gäste in den Nachbarraum, der nahezu vollständig von einem Webrahmen ausgefüllt wurde. Auf einem schmalen Tischchen am Fenster waren Fadenboxen und Färbeutensilien aufgereiht, mancherlei Schüsseln, Töpfe und Kannen, an den Wänden hingen einige Teppiche unterschiedlicher Formate zum Verkauf. Schön waren die und typisch. Wie die jüngeren Geschwister der Exemplare aus den Vitrinen in der Greifswalder Kustodie. Holger Berends nickte zufrieden, Mia stellte sich Ninas Teppich zwischen diesen anderen vor. Verwandt, aber von ferne, ein Fremdling mit begrenztem Familienanschluss. In der unangestrengten Art einer echten Kunsthandwerkerin erklärte Frau Baltrusch ihnen die Knoten. Senneh und Smyrna, persisch und türkisch. Asymmetrisch der eine, symmetrisch der andere. Senneh für die Reihe, Smyrna für den Abschluss. Dass in Persien damals eigentlich türkisch und in der Türkei persisch geknüpft wurde, nun, das sollte nicht weiter stören. Alles nur Namen, oder? Jedenfalls, wenn man die Sache selbst erst einmal raushabe, gehe es wie von selbst. Man brauche nur Ausdauer, Geduld, Sitzfleisch und einen freien Kopf: Das Muster nicht aus den Augen lassen, aber nicht immerzu dran denken. Im Gegenteil, auch mal an was anderes denken, das sei wichtig. Zum Beispiel an den Einkaufszettel für die nächste Woche. Nun ja, jetzt, wo sie nicht mehr viel zu tun habe in der Küche, sie lebe ja allein, da spreche sie halt auch mal mit denen, die nicht mehr sind. Da gehe ja der Stoff nicht aus … Mia Sund und Holger Berends tauschten einen kurzen Blick. »Und hier färbe ich«, fuhr Frau Baltrusch fort. »Tee ist immer gut, vor allem Assam Broken. Kann übrigens ruhig der billigste sein. Schönes Braun bekommt man auch von der Eichenrinde; Berberitze gibt Gelb, Rot die Rote Bete, versteht sich von selbst, oder eben Krappwurz, das ist das Einzige, was ich mir schicken lasse. Sonst ist alles von hier.«

Von Grün war nicht die Rede gewesen.

»Und Grün?«, fragte Mia.

»Tja, Grün ist immer so eine Sache. Brennnessel ist gut, aber lästig. Letztes Jahr hab ich es mal mit Spinat versucht. Ich war nicht überzeugt. Petersilie soll nicht schlecht sein, aber eigentlich leg ich es drauf an, ohne viel Grün auszukommen. Ich habe mich auf Varianten von Braun und Beige spezialisiert. Sehen Sie ja … hier zum Beispiel, dieser helle Ton, der gelingt immer gut mit Zwiebelschalen.«

Holger Berends nickte und hüstelte mit der leichten Übertriebenheit von Menschen, die auf eine Lücke im Gespräch lauern, um aufzubrechen. Ja, leider müsse er – Termine, wie das so sei, gern würde er noch … Zu Mia gewandt meinte er: »Soll ich dich mit zurücknehmen?«

Danke, sie sei selbst mit dem Auto da, würde noch kurz bleiben … »Wir sehen uns morgen.« Doch Holger Berends hatte sich etwas vorgenommen, das sichtlich nicht bis morgen warten durfte:

»Kann ich dich dann eben kurz sprechen?«

Mia begleitete ihren Kollegen zum Auto. Es gehe noch mal um den Reiseantrag, meinte er. Sie wisse ja, man habe nur begrenzte Mittel, und er – nun, da seien diese Freilichtspiele in Helsingør. Und, wie solle er sagen, eigentlich sei es sehr wichtig, also im Sinne der internationalen Verständigung, vielmehr der Kontinuität der internationalen Verständigung –

das muss ich mir merken, dachte Mia –, dass er dorthin reise … und er hätte nicht im Traum daran gedacht, dass er nicht … dass ausgerechnet sie nun … sei es denn sehr wichtig? Letztlich doch nur ein Teppich, oder? Nicht besonders alt, überhaupt nicht besonders, oder doch nur ein bisschen …

Leider, es sei wichtig, antwortete Mia. Wirklich. So leid es ihr tue. Es sei von … Tragweite für sie, sie habe ja auch so lange nicht …

Dass die lange Reiseabstinenz der Kollegin sich all die Jahre extrem positiv auf sein Kontingent ausgewirkt hatte und nun sie selbst auch einmal ein Anrecht auf eine Büro-Auszeit hatte, das war ein Argument von solcher Unabweislichkeit, dass es nicht zu akzeptieren jegliches Prinzip von Kollegialität außer Kraft gesetzt hätte, und dazu war selbst Holger Berends nicht fähig. So beließ er es bei einem »Wenn du es dir doch noch anders überlegst …« und verließ mit einem leicht gequälten Lächeln und einem deutlich zu schnellem Start den Hof.

Sie habe noch mal überlegt, meinte Frau Baltrusch, als beide wieder im Wohnzimmer beisammensaßen, ihre Großmutter habe mit Goldrute gefärbt. Das ging ins Gelbliche, aber mit so einem giftigen kleinen Stich ins Grüne. Wie gesagt, Grün: immer etwas heikel. »Im Grunde«, so Frau Baltrusch, »sind wir hier ja spezialisiert auf Sand. Alle Arten von Sand, hell, dunkel, mittel, ins Grau gehend, golden leuchtend, dazu das braune Holz der Koggen und das Silberweiß der Stranddisteln, da sind wir Experten, Grün dagegen …«

»Aber die Ostsee, sie ist doch – grün.«

»Türkis bei Sonne, Grau unter Nebel, würde ich sagen.«

»Türkis gehört zu Grün, finde ich.«

»Oder zu Blau – aber so oder so habe ich das noch nie versucht. Wissen Sie, wir halten ja sehr darauf, nur mit Naturfarben zu färben, und da hat sich das so eingespielt, nur bestimmte Farben zu nehmen, die sicheren …«

»Und Grün ist nicht sicher? Ich meine, hat man nicht früher auch mit Hafer und Efeu gefärbt?«

Lieselotte Baltrusch lächelte sie an.

»Warum interessiert Sie das Grüne so? Wollen Sie einen grünen Teppich bei mir in Auftrag geben? Dann find ich schon etwas, womit ich färben kann. Rotkohl vielleicht – der geht ins Türkise.«

Mia beschloss, mit offenen Karten zu spielen: »Ich habe schon einen – na ja, er gehört mir nicht, aber, nun, er ist tatsächlich grün. Sehr grün. Auf spezielle Art. Möglicherweise stammt er von hier. Vielleicht wollen Sie ihn mal sehen?«

»Haben Sie ihn dabei?«

»Nein, aber ich könnte ihn mal mitbringen.«

»Machen Sie das. Ich würde das gern sehen, dieses Grün.«

»Haben Sie je den Namen Nina Silke Strad gehört? Vielleicht hieß so die Knüpferin.«

»Nina Silke Strad? Nein, das sagt mir gar nichts. Nie gehört. Zwei Vornamen sind das? Irgendwie ungewöhnlich. Womöglich aus besserem Haus? So jemand wäre doch nie und nimmer bei uns gewesen oder ausgerechnet hier gelandet. Gab ja nichts. Arm wie die Kirchenmäuse war man hier.«

Mia hatte nichts anderes erwartet, und trotzdem war sie enttäuscht. Frau Baltrusch sah es ihr an.

»Aber den Teppich, den würde ich gern trotzdem sehen«, meinte sie.

»Kein Problem«, sagte Mia. Sie stand auf. »Ich komme morgen wieder und bringe ihn mit.«

Natürlich wusste sie, dass man den Teppich nicht einfach in den Kofferraum eines Carsharing-Minis packen und durch die Gegend kutschieren durfte. Trotzdem würde sie genau das tun. Wo sie doch längst diese Teppich-Geschichte in eine gewisse Selbstläufigkeit gegen den normalen Lauf der Dinge getrieben hatte. Frau Baltrusch begleitete sie auf den Hof hinaus.

»Bis morgen«, rief Mia durchs geöffnete Autofenster.

»Morgen bin ich doch bei der Physio«, rief Frau Baltrusch zurück.

»Dann übermorgen.«

Beide hoben die Hand zum Abschied und Mia steuerte vorsichtig auf das schmale Tor zu. Wie war Holger Berends hier so schnell durchgekommen? Unwillkürlich schaute sie nach Champagnerfarbe an den Torpfosten. Da sah sie im Rückspiegel Frau Baltrusch ihr eilig hinterherhinken und winken.

Mia hielt und Frau Baltrusch bückte sich zum Autofenster runter. »Es gab doch wohl mal eine, die kam von weiter weg. Vielleicht eingeheiratet. Und immer habe die erzählt beim Knüpfen. Dann sei es an die zehnmal so schnell gegangen.« Sie lachte kurz auf, noch etwas außer Atem. Habe ihre Oma immer wieder mal von gesprochen. Achtundneunzig sei sie geworden, die Oma, nicht die Eingeheiratete. Habe bis zuletzt geknüpft, obwohl sie nahezu blind gewesen sei.

Ob sie sich an den Namen erinnere, fragte Mia. »Nein.« Frau Baltrusch hielt inne. »Nein«, wiederholte sie dann. Ein Name sei wahrscheinlich gar nicht gefallen. Und sicher nicht der, der eben genannt worden war. Der keinesfalls. Sie legte die Hand aufs Autodach, entlastete ihren rechten Fuß und schaute konzentriert in den Himmel mit den schnell ziehenden Wolken.

»Die kleine Fischerin«, so habe sie es einmal gehört von ihrer Großmutter. Aber vielleicht verwechsele sie das auch. Vielleicht habe die kleine Fischerin in eine andere Geschichte gehört. Klingt doch eher nach einem Märchen, oder? So oder so – die habe derart schön erzählen können, die kleine Fischerin, von Gott und der Welt. Nein, an mehr könne sie sich beim besten Willen nicht erinnern. Damals sei sie selbst ja noch so jung gewesen, einige Jahre nach dem Krieg, als das mit dem Teppichknüpfen erst gerade wieder anfing unter den

Russen. Mit Flachs, nicht mit Wolle. Wahrscheinlich sei sie selbst da noch nicht mal in die Schule gegangen … Und die kleine Fischerin, wenn es sie denn je gegeben habe, in echt und nicht im Märchen, wäre jedenfalls zu diesem Zeitpunkt wohl schon lange auf und davon gewesen. Frau Baltrusch trat vom Auto zurück.

Mia hupte zweimal kurz zum Abschied. So etwas hatte sie noch nie getan. Sie erkannte sich nicht wieder. Allerdings, gestand sie sich ein, musste man sich, um sich wiederzuerkennen, ja wohl ziemlich gut kennen, und Mia war sich keineswegs sicher, ob sie sich gut genug kannte, um sich wiederzuerkennen. Oder ob sie gerade erst dabei war, sich überhaupt erst kennenzulernen.

~

Sie hatte ihre alten Seminarunterlagen hervorgeholt und war gerade dabei nachzuforschen, ob es nicht Goldrute sei, die Grün statt ins Graue ins Gelbliche kippen ließ, oder in Alaun gebadetes Möhrenkraut, als das Telefon klingelte und es Katja war, die, bevor Mia sich auch nur melden konnte, fragte:

»Ist er echt?«

»Ja. – Nach allem, was ich sehen kann.«

»Ach, schade.«

»Eine Fälschung hätte dir mehr Spaß gemacht, hab ich recht?«

»Schon, aber so ist es auch nicht verkehrt.«

»Doch, irgendetwas ist verkehrt mit ihm, stimmt nicht …«

»Ja?«

»Er ist signiert. Von jemandem, den es nicht gibt.«

»Ich bitte dich …«

Wer anders als Katja hätte es so freundlich, mit drei kurzen

Worten, fertiggebracht, daran zu erinnern, dass Verrätselung von Identität als ein Teil der Identität beider Gesprächspartnerinnen betrachtet werden durfte – wie also konnte man sich davon irritieren lassen, dass es jemanden dem Namen nach nicht auf Anhieb gab?

»Ein normal echter Fischerteppich dürfte nicht jedenfalls signiert sein – noch nicht einmal von jemandem, den es nicht gibt.«

»Verstehe.«

»Nur einer war signiert. Der Dankesteppich.«

»Dankesteppich? Mon dieu.«

»Nein, nicht für Gott, für den Landrat, der diesen Teppichmeister an die Ostsee geholt hat.«

»Wie hat er das eigentlich geschafft?«

»Er hat einfach eine Anzeige aufgegeben.«

»Und dieser Österreicher hat es gelesen?«

»Ist verbürgt.«

»Wirklich? Sitzt im Kaffeehaus, bei einem kleinen Braunen, liest das und sagt sich: Warum nicht nach Vorpommern … wollt ich immer schon mal hin.«

»Café ja, aber er muss aus irgendeinem Grund schon quasi auf dem Weg gewesen sein. Jedenfalls war es Berlin, nicht Wien.«

»Als ob es in Berlin Kaffeehäuser gab.«

»Ja, schwer vorstellbar.«

»Der hat den Fischern dann das Teppichknüpfen beigebracht.«

»Und den Fischerinnen.«

»Wahnsinn. So viel Initiative …«

»Ja, das war eine richtige Bewegung. Volkskunstbewegung.«

»Kunst und Bewegung klingt gut; das Volk ist der Unsicherheitsfaktor.«

»Du meinst, wenn das Volk völkisch wird? Ja, die Nazis waren ein bisschen zu begeistert von all dem Nordischen; auf die faschistische Art.«

»Logisch. Und nach dem Krieg?«

»War die DDR ein bisschen zu begeistert, auf die sozialistische Art.«

»Und mit der Wende war dann alles vorbei?«

»Woher weißt du das?«

»War nicht schwer.«

»Also, dein Teppich. Was machst du mit ihm?«

»Ich werde ihn katalogisieren.«

»Aber der Name?«

»Ich bleib dran.«

»Sag mal, wie hieß diese nicht existente Person noch?«

Mia zögerte ein paar Sekunden. »Nina. Nina Silke Strad«, sagte sie dann.

»Wow«, antwortete Katja, »nicht schlecht gemacht.«

»Du meinst, sie hat sich den ausgedacht?«

»Natürlich. Ein Teppich ist kein Personalausweis.«

Mia spürte eine eigenartige Aufregung: Rochade. Sich einen Namen zu erfinden, in dem sie verborgen und unauffindbar war, das war ihre Position – gewesen. Nun war sie herausgefordert von einer, die selbst einen verbergenden Namen verborgen hatte und sie wiederum von einer nicht zu Findenden zu einer Suchenden machte. Jedoch, wenn sie Nina finden würde, könnte nicht auch sie, Mia, aufgespürt werden? Sie wollte das nicht denken.

Die Pause am Telefon wurde lang.

»Da wir gerade bei Namen sind«, sagte Mia, »du meintest neulich Luys Milan mit seiner Vihuela. Spanische Renaissance. Willst du wirklich noch dorthin, auf deine windige Hochebene?«

»Die Koffer sind gepackt. Ich warte nur noch auf die Scheidungspapiere.«

Und schon hatte sie wieder aufgelegt. Mia stellte sich vor,

dass es bei Katja just in diesem Moment an der Tür geklingelt hatte: der Postbote, der per Einschreiben genau diese Papiere lieferte.

~

Am nächsten Morgen nahm Mia sich das Reiseantragsformular vor, suchte einen Fineliner, geeignet dafür, die erforderlichen Daten in die viel zu schmalen Kästchen einzutragen. Als hätte das Formular in seiner musealen Erscheinung auf sie gewartet, nur um ihr zu verstehen zu geben: Du bist nicht gereist, da bin ich halt auch stehen geblieben. Sie starrte auf den Kalender. Was sollte sie eintragen? Ein Datum in der nächsten Woche? Im nächsten Monat? Und für wie lange? Zwei Tage oder drei? Wie entscheidet man sich dazu, etwas stattfinden zu lassen, wenn man so lange ein Leben gelebt hat, das einfach stattfindet?

Alles schön mittig, überlegte sie, das ist immer noch das Beste. Dienstag bis Donnerstag. In der fünfundzwanzigsten Kalenderwoche; die war nicht mehr weit weg, ließ aber noch etwas Zeit. »Transportmittel« stand in der nächsten Zeile. Sie gab sich einen Ruck und recherchierte günstige Flugverbindungen. Sie würde sehr früh aufstehen und nach Hamburg fahren müssen oder nach Berlin. Nein, keinesfalls würde sie nach Hamburg fahren. Sie sah einen Check-in-Schalter vor sich, prüfende Blicke, die durch sie hindurch auf eine frühere Identität sahen, das Boarding; selbst bei der letzten Kontrolle konnte es immer noch Schwierigkeiten geben. Natürlich. Natürlich alles Quatsch. Und dennoch war ihr jede Energie abhandengekommen, die Reise Gestalt annehmen zu lassen. Nein, es stand einfach zu viel dagegen. Stand es? Okay, wahrscheinlich wären auch alle Hotels längst ausgebucht und somit das Ende des Plans sowieso besiegelt. Ohne ihr Zutun.

Tatsächlich aber fand sie reichlich Angebote in den bekannten Hotelketten, bequem zu buchen über leicht zugängliche Reiseportale, die die fremde Währung bereits umrechneten in akzeptable Euro-Preise. Diese Zugänglichkeit steigerte die Fallhöhe in eine Mutlosigkeit hinein, die sich im Zuge der Konkretion von fliegen, buchen, Geld wechseln, Sprache wechseln in Mia ausgebreitet hatte. Eine Schnapsidee war das gewesen. Sie sollte es einfach sein lassen. Bei ihrem Whiskey bleiben. Sie würde weiterhin online recherchieren, sich über Fernleihe dies und jenes kommen lassen, lesen, abgleichen – und fertig. Katja würde es bedauern, aber Holger Berends wäre ihr auf ewig dankbar – im Namen der kontinuierlichen internationalen Verständigung in Helsingør. Sie legte das Formular auf die Ablage und war gerade dabei, sich ein »Besser so« einzureden, als das Telefon klingelte.

»Die Physio ist abgesagt«, rief eine gut gelaunte Frau Baltrusch am anderen Ende der Leitung. »Wenn Sie kommen wollen, mit dem Teppich, kann das gern auch heute sein. Ich backe gerade einen Butterkuchen – mit guter Butter.«

Mia konnte gerade noch »Ja, gern« sagen, da hatte Lieselotte Baltrusch, vermutlich zugange mit dem Hefeteig, schon aufgelegt.

Wie konnte ein noch ungebackener Kuchen, ein noch nicht aufgesetzter Kaffee einen solchen Vitalitätsschub auslösen? Mia stand auf, nahm den Teppich von den Haken, wickelte ihn sorgfältig in Packpapier und besorgte sich in der Teeküche eine große Einkaufstasche. Wenn sie mit einer Teppichrolle unterm Arm das Haus verlassen würde, könnte dies für Unmut aus den Nachbarbüros sorgen. Es gab strenge Vorschriften für Museumsstücke und solche, die es noch werden sollten. Für Letztere erst recht.

Mia lief zur Carsharing-Station, legte die Tasche auf den Rücksitz eines für ihre Zwecke überdimensionierten Fiats und fuhr los.

»Wir machen nur einen kurzen Ausflug«, sagte sie, wie um jemandem, der gerade entführt wurde, ein gewisses Grundvertrauen einzuflößen – und sah im Rückspiegel, wie die Tasche sich selbsttätig in eine Ecke der Rücksitzbank zurechtruckelte. Der Rückspiegel warf ihr ein breites Lächeln zu. Mia Sund, sagte sie sich, du spinnst.

Der Butterkuchen von Frau Baltrusch war nicht nur mit guter Butter gebacken, sondern auch reichlich mit Hagelzucker bestreut und stand noch lauwarm auf einem Teller mit indischblauem Zwiebeldekor, der mindestens drei politische Regime überlebt hatte, in der Küche.

»Zeigen Sie doch mal her«, sagte Frau Baltrusch, »ich bin wirklich sehr gespannt.«

»Oh«, meinte sie, als Mia den Teppich ausgepackt und auf den Tisch gelegt hatte: »Oh.« Und nach einer Weile: »Ja, er ist besonders.«

Lieselotte Baltrusch nahm sich Zeit. Sie betrachtete den Teppich sehr genau und wechselte dabei Nah- und Fernperspektive, nicht anders, als Mia es getan hatte. Sie schüttelte vor Begeisterung den Kopf; lachte leise auf, hatte ihre helle Freude.

»Das Grün, was sag ich, die ganze Farbe, die ist nicht von hier – aber die Seepferdchen, die Dreifische und die Disteln, die schon, und zwar hundertprozentig. Ich zeige Ihnen etwas.«

Sie holte sich einen Tritt und hangelte nach einem Pappkarton auf dem Wohnzimmerschrank, als Mia mit Blick auf den Stützverband um den rechten Fuß meinte: »Lassen Sie mich mal machen, Frau Baltrusch«, und den Karton für sie herunterholte. Lieselotte Baltrusch öffnete ihn, blätterte die obersten Papiere durch und schloss ihn rasch wieder. »Nein, hier ist es nicht, es muss die Schachtel daneben sein …«

In dem zweiten Karton waren DDR-Schulhefte aufbewahrt, in lindgrüne und mattorangene Pappe gebunden, jede einzelne Seite von oben bis unten mit Mustern ausgefüllt. Dazwischen lagen lose Blätter, vergilbt und in der Tinte hier und da verblasst, aber darauf immer noch gut sichtbar: Fische, Koggen, Seesterne und Seepferdchen. Die hielten in ihrem Wickelschwanz eine winzige Muschel fest … »Und das gibt es nur hier«, sagte Frau Baltrusch, »gab's nur hier und gibt's nur hier. Quasi unser geheimes Markenzeichen, verstehen Sie?«

»Jemand könnte sie nachmachen – nachgemacht haben«, antwortete Mia.

»Man kann immer was nachmachen. Aber das wäre dann ja immer noch von hier.«

»Stimmt.« Mia nahm sich vor, später in Ruhe darüber nachzudenken, in welcher Weise diese Stellungnahme ihre bisherigen Konzepte von Original und Fälschung betreffen würde.

»Sehen Sie mal«, sagte Frau Baltrusch, »so winzige Vierfische habe ich noch nie gesehen, aber perfekt ausgeführt.«

»Dass in diesem Zusammenhang alles immer so schnell nach Nazi-Symbol aussieht«, meinte Mia, »selbst diese tanzenden Fische.«

»Tja, das ist wohl so«, meinte Frau Baltrusch, »die Dreifische zum Beispiel sind uralt, waren Sie eigentlich mal in der Kirche von Kröslin? Aber stimmt schon, heute sehen wir sie mit anderen Augen. Apropos Augen: Dass in den Augen der Fische Wellen tanzen, das haben Sie gesehen, oder? Also, das ist kein Markenzeichen von uns. Das ist reinster Übermut.« Sie lächelte und legte die Lupe zur Seite.

»Ja, weil auch noch in jedem Auge diese Miniwelle einen etwas anderen Bogen hat.«

Frau Baltrusch nahm die Lupe wieder zur Hand. »Sie muss richtig Spaß dran gehabt haben … und viel, viel Zeit damit zugebracht haben. Für Geld hat sie das nicht geknüpft. Wäre unbezahlbar gewesen.«

»Der Dreifisch, der war dann doch später auch auf den Etiketten der Teppiche – ohne die Wellenaugen …«, meinte Mia, um das Gespräch in Gang zu halten.

»Richtig. Überhaupt haben wir zu DDR-Zeiten noch kräftig Dreifische geknüpft, und gleichzeitig sollte man ja nicht zu den Christen gehen, logisch war das alles nicht …«

Mia wusste nicht so recht, was sie antworten sollte. War sie so schnell als von Westen her Zugezogene identifiziert worden? Sie schwieg. Frau Baltrusch sah sie an und nickte nachdenklich.

»Meine Großtante zum Beispiel. Die war so was von Sozialistin. Um nicht zu sagen: Marxistin. Und ist trotzdem jeden Sonntag mit dem Bus ins nächste Dorf gefahren, weil man in ihrem die Kirche abgetakelt hatte. Der Busfahrer, auch in der Partei, grüßte sie an jedem Tag, aber nicht am Sonntag, wenn sie vorne in den Bus stieg. Da wollte er sie nicht kennen. Und sie dann durch den ganzen Bus: ›Grüß Gott, Krischan.‹ Nicht ›Moin‹ wie sonst, nein, ›Grüß Gott‹. War nie in Bayern gewesen, meine Tante Alma. Aber dieses ›Grüß Gott‹, das war mit Inbrunst gesagt. Als sie starb, kurz vor ihrem Neunzigsten, kam Krischan, riss sich die Mütze vom Kopf und sagte, während ihm die Tränen übers Gesicht liefen: ›Grüß Gott, Alma‹, und im Umdrehen: ›Auch wenn's ihn nicht gibt.‹ – Was ich sagen will, es geht manches zusammen, was nicht zusammengehört, verstehen Sie?«

Mia verstand.

»Und in diesem Prachtstück hier, da geht jedenfalls mehr zusammen, was nicht zusammengehört, als man sich überhaupt vorstellen kann …«

»Diese kleinen Kränze hier, stehen die vielleicht auch bei Ihnen in den Musterheften, Frau Baltrusch?«

»Ja, das habe ich auch gerade überlegt. Auf Anhieb würde ich sagen: nein. Lassen Sie doch noch mal sehen.« Sie nahm die Lupe wieder zur Hand und hielt sich lange bei den Kränzen auf.

»Es sind Hände, Frau Sund! Vier fest ineinander verschlungene Hände. Ähnlich wie die Vierfische, aber es sind Hände. Sehen Sie selbst!«

Sie reichte die Lupe an Mia weiter, und nachdem Mia eine Weile geschaut hatte – konnte sie den Gestaltwechsel von einem floralen Kranz zu einem Bund der Hände bestätigen.

»Das ist kein klassisches Fischerteppichmotiv.«

»Nein, ist es nicht.«

»Was ist es dann?«

»Tja, fällt mir nur ›Solidarität‹ zu ein«, meinte Frau Baltrusch. »Klingt ein bisschen nach dem, was wir gar nicht mehr hören wollen, Komitee und Zentralrat und so weiter, aber im Kern – was soll man sagen; geht ja nicht ohne … ganz hübsch übrigens, dass es vier Hände sind, nicht nur zwei. Das hat sie doch extra gemacht, damit es auf den ersten Blick wie ein Kranz aussieht.«

»Und das gibt es nicht in den Vorlagen?«

»Nein, jedenfalls nicht in denen, die ich kenne. Das hat sie anscheinend auf eigene Kappe genommen; ganz schön politisch.«

Mia strich über den Flor. An diesen Gedanken musste sie sich erst gewöhnen, dass der Teppich nicht nur ein Farbkunstwerk und ein Musterarchiv, sondern womöglich auch noch ein Bekenntnis war.

Hatte sie vielleicht noch etwas übersehen?

»Dieser Greif hier, ist der nicht vielleicht aus einem alten Stadtwappen dieser Gegend?«, fragte sie Frau Baltrusch.

Keinesfalls sei der aus dem Stadtwappen – ein Greif mit Drachenschwanz und einer Lilie im Schnabel! Lieselotte Baltrusch lachte auf: Zu dem passe nun wirklich keine der lokalen Legenden. Nein, so einen Drachengreif, den habe sie nie gesehen. Der müsse von weiter her kommen; von viel weiter her, ihrer Meinung nach.

»Ja, vielleicht eine Art Musterverschleppung«, sagte Mia.

»Schauen Sie mal, Frau Sund, wie die Farbe der Lilie changiert, von Dunkelgrün bis Hellgrün.« Wieder nickte Frau Baltrusch anerkennend. Vielleicht solle sie mal versuchen, selbst etwas in dieser Art zu knüpfen. Warum eigentlich immer nur das Vorgegebene? Ihr Jon werde sich freuen. Der habe Abwechslung geliebt.

Mia wagte nicht nachzufragen. Sie wartete ab. Bis sie nach und nach erfuhr, dass Jon Baltrusch auf See geblieben war. Vor langen Jahren schon war er auf See geblieben. Seitdem knüpfe sie jeden Teppich nur für ihn. An jenem Morgen hätten sie nicht miteinander gesprochen. Sie hätten so ihre Themen gehabt, die hätten sie manchmal stumm werden lassen. Und an einem solchen stummen Tag sei er dann nicht wiedergekommen. Jetzt spreche sie jeden Tag mit ihm, und wenn sie sehr lange dasitze, nach vielen Knüpfreihen, dann höre sie ihn auch. Sie spintisiere sich da so rein, aber stehe dazu. Früher hätte sie gelacht darüber – Spökenkiekerei, aber ihr tue das jetzt gut. Denn sie und ihr Jon, sie hätten noch viele Jahre zusammen gebraucht. Absolut hätten sie die gebraucht.

Mia hörte zu, ließ sich ins Vertrauen ziehen, hatte einen Kloß im Hals, fühlte sich inmitten einer eigentümlich unesoterischen Séance. Neben Lieselotte Baltrusch saß da Jon Baltrusch mit im Zimmer, als Dritter dieser kleinen Zusammenkunft – oder Vierter, wenn man Nina mitzählte …

»Schauen Sie mal, Frau Baltrusch, hier ist der Name, von dem ich Ihnen erzählt habe«, sagte Mia und zog mit dem Zeigefinger in der ornamentalen Borte die Buchstaben nach.

»Ach was«, rief Lieselotte Baltrusch aus, »das sieht man aber wirklich erst auf den dritten oder vierten Blick – nein, so etwas wird hier normalerweise nicht gemacht. Nur bei dem Dankesteppich. Das wissen Sie, oder?«

Mia nickte.

»Selbst wenn man es weiß, muss man genau hingucken, sonst ist er sofort wieder weg.« Frau Baltrusch drehte den Teppich, um dem fortlaufenden Namenszug genau zu folgen. »Ich hab auch eine Weile gebraucht.«

Frau Baltrusch holte eine Lupe und studierte mehrere Stellen des Teppichs. »Schauen Sie, wie sie hier die Fäden geteilt hat«, sagte sie und gab die Lupe an Mia weiter. Mia sah einen dünnen grünen Faden, der links gezwirnt war mit einem sehr dünnen silberhellen.

»Tja, kein Wunder, dass der Teppich so schillert.«

»Sie hat ganz schön was draufgehabt, diese Nina, und wahrscheinlich über eine lange Zeit an diesem Stück gearbeitet. Sonst wäre das Ganze auch einheitlicher ... Aber die Wolle ist von sehr unterschiedlicher Qualität. Fühlen Sie mal hier – und dann hier. Überhaupt, ganz anders nach oben hin, viel rauer, auch lockerer.«

Eine Weile hielten sich beide Frauen bei den Fäden und Farben des Teppichs auf. Man konnte sich schwer von ihm lösen. Er hielt Augen und Finger fest; wie Schlinggras. Schließlich rollte Mia den Teppich wieder zusammen und verstaute ihn in der Tasche.

»Wie war noch der Name? Silke? Klingt so modern. Ich kenne gar keine Silke, die älter ist als ich, dabei muss der Name älter sein als der Teppich. Eigenartig. Wie ist der eigentlich zu Ihnen gekommen?«

»Aus Zagreb, aus einer Teppichwerkstatt.«

»Vielleicht kommt da ja der Greif her – und der Trick mit den silbernen Fäden.«

»Ich werde dorthin reisen, um – noch etwas mehr rauszufinden.«

Ihr eigener Satz trieb Mia plötzlich die Schweißperlen auf die Stirn. Was hatte sie da gesagt? Im faktischsten Futur ohne auch nur die Andeutung eines Konjunktivs. Als ob nicht der

Reiseantrag noch auf ihrem Schreibtisch läge, dem Papierkorb näher als dem Büro ihres Chefs.

»Also, ich finde diesen Teppich – unglaublich schön. Passen Sie gut auf ihn auf«, sagte Frau Baltrusch.

»Das werde ich«, antwortete Mia.

»Und wenn Sie Nina gefunden haben, schreiben Sie mir dann?«

»Das verspreche ich Ihnen.«

~

Nachdem Mia den Teppich ins Büro zurückgebracht und den Reiseantrag einige Male von einer Seite des Schreibtischs auf die andere geschoben hatte, ging sie in die Wohnung und wartete auf einen Anruf von Katja.

In einem kleinen Fischerhäuschen war sie heute in ein Gespräch mit Lebenden und Toten eingestiegen, sie hatte unter einer Lupe eine in einen Seepferdchenschwanz hineingeknüpfte Muschel gesehen, links gzwirntes Grünsilber und einen Ring aus vier Händen – warum sollte sie sich darüber wundern, dass sie hier saß, um, statt bei zwei Gläsern Whiskey einen Roman von Tolstoi zu Ende zu lesen, auf ein Telefonklingeln zu warten, das so sicher kam wie das Amen in der Kirche, obwohl es dazu keine Absprache, keine Verabredung, keine noch so lose Andeutung gegeben hatte.

Nach dem ersten Ton nahm Mia ab. »Ich weiß nicht, ob ich es tun soll«, sagte sie.

»Was? Reisen? Du lieber Himmel, natürlich! Natürlich machst du das.«

»Ich bin so lange nicht gereist. Weiß gar nicht mehr, wie das geht. Für wie lange, was mitnehmen …«

»Sieben Tage und von allem anderen auch immer sieben.«

»Von allem sieben?«

»Ja. Gilt von Slip bis Aspirin, von Socken bis Bleistift. Von allem sieben, dann geht nichts schief. Eine Woche oder sieben Monate oder sieben Jahre.«

»Ich bleibe sicher nicht sieben Jahre weg.«

»Dachte ich damals auch. Jetzt sind es schon siebzehn – und es werden mehr …«

»Mit sieben Slips?«

»Könnte sein, dass ein paar dazugekommen sind, aber die Aspirin habe ich noch. Wegsein ist gut gegen Kopfweh.«

»Im Ernst: Wieso sollte ich sieben Tage weg sein?«

»Weil alles darunter sinnlos ist.«

»Zwei, drei Tage müssten eigentlich reichen. Das ist der Normalfall.«

»Sieben Tage. Sonst musst du gar nicht erst losfahren.«

»Losfliegen.«

»Fährst du denn nicht mit dem Zug?«

»Doch«, sagte Mia, »doch, doch natürlich – ich reise mit dem Zug.«

Erleichterung machte sich in ihr breit. Warum war sie nicht selbst darauf gekommen? Sie könnte in einen Zug Richtung Zagreb steigen wie in einen Zug Richtung Stralsund oder Richtung Greifswald, nicht anders, als sie es jeden Tag tat. Sie würde nur ein Stückchen weiter reisen. Sie würde nur ein wenig länger bleiben.

»Na dann sind ja keine Fragen mehr offen«, sagte Katja, »gute Reise!«

Am nächsten Morgen setzte Mia in die Kästchen des Reiseantragsformulars die Daten der Reise ein, sodass sieben Tage und sechs Übernachtungen daraus wurden. Dann ergänzte sie in ihrer »ausführlichen Begründung« die Ergebnisse der Befragung von der Zeitzeugin Lieselotte Baltrusch in einem eigens eingeschobenen Unterpunkt: »Oral History«, der seinerseits bezeugte, wie gut die Kuratorin Mia Sund ihr akademisches Handwerk gelernt hatte. Im gleichen Schwung errechnete sie die Hotel- und Reisekosten mit der Bahn. Sie unterschrieb die Formulare und brachte sie ins Sekretariat, bevor sie es sich noch einmal anders überlegen konnte, ging essen, trank Kaffee und recherchierte Grünfärbungen, verlor sich in Detailfragen wie etwa der, ob der Echte Dost tatsächlich gleichbedeutend war mit Oregano und Wildem Majoran und ob sie wirklich dieses helle Oliv ergaben, das sich in den Stacheln der Seepferdchen auf dem Teppich zeigte, der an ihrer Bürowand hing. Sie fuhr zusammen, als das Telefon klingelte.

»Der Chef lässt fragen, ob Sie grad mal rüberkommen können.«

Das war schnell gegangen. Wurden Reiseanträge bevorzugt behandelt?

Mia zog eine Jacke über – warum tat sie das, fragte sie sich – vielleicht um ihren Aufbruchswillen zu bekräftigen?

»Frau Sund, Frau Sund, warum bringen Sie mich in solche Schwierigkeiten?«, wurde sie empfangen. Der Institutsdirektor schüttelte besorgt den Kopf. Eine unauffällige, eine mehr als unauffällige Mitarbeiterin, die auf einmal mit Ansprüchen auftauchte: »Haben Sie das mal durchgerechnet?«

Mia nickte und deutete auf das Papier. Dort hatte sie die Summe notiert.

Er sah sie lange an, wie ein Problemkind, dem man mit Strenge, aber auch mit Verständnis begegnen musste. Was denn an diesem Teppich dran sei, dass man die Institutskasse derart belasten müsse.

Damit war zu rechnen gewesen. Genau wie sie es sich vorgenommen hatte, schnurrte Mia in sachlichem Ton herunter, was gehört werden wollte: Ein überaus rätselhaftes Exemplar, das das Zugpferd einer möglicherweise ganz neu aufgestellten Sammlung werden könnte. Es berge die Chance, einen faserkundlichen Aufbruch, eine Tapisserie-Forschung auf internationaler Ebene mit Museen und Universitäten anzustoßen, eine kontinuierliche Kooperation natürlich, keinen Schnellschuss. Dann seien auch EU-Fördergelder ins Auge zu fassen. Es handele sich ja bei der Teppichkunst nicht um einzelne Kulturgüter, sondern um ein Kulturerbe in großem Stil. *Die vielen Anfänge der Teppichkunst* – so etwa könne der Titel eines größeren Forschungsprojektes lauten. Ihr Chef hatte sich im Sessel zurückgelehnt und betrachtete sie, als sähe er sie zum ersten Mal. Nicht als Frau, an Frauen war er nicht interessiert, sondern als Mitarbeiterin; eine Mitarbeiterin, die vor seinen Augen von grauer Maus zum Zugpferd der Abteilung zu mutieren im Begriffe war. Mia hielt inne. Er ruckte nach vorn, sah nochmals auf die Papiere und sagte:

»Aber da reichen doch zwei Tage, Frau Sund. Fliegen Sie mit Botew Air, mit denen bin ich im letzten Sommer nach Split gereist, und das hat mich gerade mal achtzig Euro gekostet. Da sparen Sie Zeit und Geld. Warum um Himmels willen mit dem Zug? Das bekomme ich nie durch.«

»Flugscham«, antwortete Mia. Ihr Chef sah sie prüfend an. »Flugangst meine ich«, verbesserte Mia sich schnell. Er nickte. Das ließ sich notfalls unter medizinisch indizierten Mehraufwendungen erfassen. Dennoch – wie solle er das jemals – Kürzungen an allen Ecken und Enden – und die anderen Kollegen wollten schließlich auch noch …

»Ich bin seit jahrelang nicht mehr gereist, ewig nicht mehr.«

»Ich weiß, ich weiß.«

Das Telefon klingelte. Die Sekretärin erinnerte ihn daran, rechtzeitig zur Antrittsrede des neuen Prorektors aufzubrechen. Wenn er dort nicht erscheine …

»Na gut, na gut. Aber suchen Sie sich ein günstigeres Hotel, ja? Da gibt es sicher etwas für die Hälfte. Kleines Privatzimmer oder so. Ich muss los. Gute Reise, wenn wir uns nicht mehr sehen. Bin gespannt auf Ihren Bericht.«

Mia ging in ihr Büro zurück, sank auf ihren Stuhl, schaute den Teppich an und fragte sich, was sie getan hatte. »Was habe ich da bloß getan?«, fragte sie noch einmal laut in den Raum hinein – als erwarte sie mitten aus dem Vielgrün heraus eine Antwort. Die kam nicht, natürlich nicht. Regelrecht erleichtert war sie darüber. Sprechende Teppiche waren nichts für berichtverfassende wissenschaftliche Mitarbeiterinnen und Forschungsreisende im Auftrag der ältesten Universität Nordeuropas.

~

Tagelang war Mia um die Reisetasche herumgeschlichen, die sie in der kleinen Kammer im Flur gefunden hatte. Sie wies keinerlei Merkmale auf, noch nicht einmal etwas Sand oder ein Busticket aus einer anderen Stadt. Als Mia sie packte, kam ihr das auf einmal wie etwas Unstatthaftes vor. Als hätte es mit der Wohnung einen stillen Pakt gegeben für Nutzung, nicht für Entwendung. Sie räumte die Tasche wieder aus, wollte eine neue, eine eigene, kaufen. Aber statt in ein Kaufhaus zu laufen, setzte sie sich in den Sessel und trank einen Whiskey. Dann packte sie die Sachen wieder ein. Reisetaschen waren, wie der Name sagte, zum Reisen da.

Alles mal sieben. Das passte fast zu genau. Wahrscheinlich war »Alles mal sieben« nicht nur Katjas Pack-Motto, sondern ein Grundbaustein der Reisezubehörindustrie. Sie stellte die Tasche neben das Bett und legte sich schlafen, schlief aber nicht oder nur sehr wenig – obwohl sie am nächsten Morgen, als sie unter der Dusche stand, nicht ganz sicher war, ob sie nicht bloß geträumt hatte, nicht schlafen zu können. Weil sich die Schlaflosigkeit so leicht angefühlt hatte. Leichter als sonst.

Am Bahnhof versorgte sie sich mit Kaffee und Sandwiches. Als der Zug einfuhr, lärmend, Wind machend, Staub aufwirbelnd, hatte sie einen Moment lang das Gefühl, sie müsse fliehen. In letzter Sekunde die Treppen zum Bahnsteig wieder runterlaufen, in die Straßenbahn steigen und zur Arbeit fahren oder in die Wohnung, einerlei, jedenfalls zurück in ihr generalberuhigtes Leben. Aber viel zu schnell war sie inmitten einer Traube von Menschen, die sich an die Zugtür herandrängelten, als wäre es die Gewohnheit von Zügen, immer etwa die Hälfte der Fahrgäste draußen stehen zu lassen. An Umkehr war nicht mehr zu denken. Sie stieg ein, suchte ihren Platz und stellte fest, wie ungelenk sie geworden war: ungelenk in der Hektik der Zugeinsteigens, ungelenk sogar im Verstauen der Tasche. Und als sie auf ihrem Platz saß, wusste sie, während der Zug aus dem Bahnhof hinaus ins Freie glitt und Geschwindigkeit aufnahm, nicht, wie sie ihre Füße stellen sollte, ihre Arme und die Lehnen fanden nicht zueinander. Sie war ungelenk in Richtung Zukunft.

Als sie sich dennoch halbwegs eingerichtet hatte für die immerhin knapp sieben Stunden bis zum Umstieg in München nach Villach, holte sie hervor, was sie sich zum Lesen mitgenommen hatte: Wenn man von allem sieben mitnehmen sollte, laut Katja, galt das auch für Lesestoff, hatte sie sich überlegt und nicht nur eine Fachzeitschrift eingepackt, sondern auch einen Gedichtband, einen Roman (von der schmalen Sorte), einen Reiseführer für Zagreb, das Typoskript einer Magisterarbeit zum Thema Teppichtraditionen in Mittel- und Nordeuropa aus der Bibliothek, eine überregionale Tageszeitung und ein Lifestylemagazin, weil darin herumzublättern zum Reisen gehörte, ihrer Erinnerung nach. Und doch las sie nichts davon. Sie schaute aus dem Fenster, sah viel zu vieles viel zu schnell auf sich zukommen, sie wurde zittrig davon, stand auf, setzte sich auf den freien Platz gegenüber, sah jetzt, was sie hinter sich ließ, spürte, dass ihr Zittern aufhörte, aber ihr Magen sich ungut hob und senkte. Nach einer Weile wechselte sie die Plätze noch einmal zurück. Die Menschen auf den Nachbarsitzen schauten irritiert. Am liebsten, dachte Mia, würde sie sich quer zur Sitzrichtung setzen. Sie fing an, im Lifestylemagazin zu lesen. Kochrezepte, Feinschmecker-Adressen und Avantgarde-Architektur. Reportagen von einem anderen Stern. Sie schloss eine Zeit lang die Augen, versuchte in diesem abgedunkelten Innenraum auch Kopf und Magen zu beruhigen. Nach dem dritten Halt wurde ihr besser, sie aß ein Sandwich, begann in dem Roman zu lesen – und da es eine Geschichte über einen jungen Mann war, der, um das Leben kennenzulernen, nichts anderes tat, als ein Jahr lang Zug zu fahren, begann sie, sich als eine Reisende unter Reisenden zu fühlen. Bei ihrer Ankunft in München hatte sie den Roman, den sie aus einer zur Bücherbar umgebauten Telefonzelle mitgenommen hatte, durchgelesen und ließ ihn zusammen mit dem Lifestylemagazin zurück. Katja hatte nicht gesagt, dass man alles, was »mal sieben« war, immer weiter mitschleppen musste, auch wenn man es nicht mehr brauchte.

Laut Ticket sollte sie in Villach nach Zagreb umsteigen. Erst jetzt bemerkte sie, dass dort ein Nachtzug auf sie wartete. Noch nie in ihrem Leben war sie Nachtzug gefahren. Sie verspürte einen Anflug von Panik, genährt durch die Müdigkeit. Müdigkeit passte sehr gut zu ›Nachtzug‹, ihr Gefühl von Ausgesetztheit in der Fremde nicht. Auf dem Weg von einem Bahnsteig zum anderen meinte sie, eine ganz andere Luft zu atmen, eine, die mit der oft frischen und böigen, manchmal salzigen, manchmal klammen Luft der Küste nichts zu tun hatte, sondern eine, die seltsam gesättigt war, als ob der Duft von Feldern und Wäldern, zusammen mit dem der Städte: Asphalt, Häuserschächte, offene Küchen, nicht verweht, sondern in einer sanften Hin- und Herbewegung verdichtet werden würde, ihren verschwenderisch opulenten Charakter bekam. Sie atmete tief durch und stieg ein, jemand prüfte ihre Fahrkarte, wies ihr einen Liegesitz zu. Die Stimmen um sie herum sprachen viele Sprachen. Mia dachte an Nina. Ob sie eine dieser Sprachen gesprochen oder zumindest verstanden hätte. Ihr träumte, sie sähe sie auf dem Platz gegenüber. Sie hatte einen Hut auf und trug einen mehrfach um den Hals geschlungenen Schal. Saß da wie eine reisekundige Reisende, sah sie an und lächelte amüsiert. Da schau her, bis hierher hast du es schon mal geschafft, schien sie zu sagen, jetzt schlaf halt mal ein bisschen. Wenn du meinst, dachte Mia, und dieser Gedanke lief in einen Gedankenstrich aus, oder in drei Pünktchen, oder vielleicht sogar in ein kleines Fragezeichen. Eine Antwort bekam sie nicht, aber möglicherweise vertiefte sich das Lächeln der ephemeren Mitreisenden. Wie konnte man bloß im Angesicht einer geisterhaften Erscheinung so angenehm behütet einschlafen – es lag vielleicht an dieser festländischen Luft.

~

Zagreb, Gegenwart

In Zagreb, vom Bahnsteig Richtung Ausgang, überlegte Mia, ein Taxi zu nehmen. Aber dann dachte sie an die Reisekostenabrechnung, an die Blicke der Sekretärin, an einen Anruf: »Können Sie kurz mal rüberkommen, Sie müssen das Taxi erklären, mit ausführlicher Begründung, auf einem Extrablatt.« Sie ging zu einem Informationsschalter, ließ sich auf einem Faltstadtplan die öffentlichen Verkehrsmittel und ihren Zielpunkt hineinstricheln. Von der letzten Haltestelle aus sollten es fünf Minuten zu Fuß sein. Es wurden zehn, weil sie sehr langsam durch die Straßen ging, vorbei an Häusern aller Art. Einige so einfach wie auf einer Zeichnung aus Kinderhand, andere bewehrt mit moosfüßigen Löwensäulen, wieder andere verborgen in unzähligen Um- und Anbauten.

Sie hatte Angst; Angst, sie könnte in einem undurchsichtigen Haus landen. Was soll das heißen: ein undurchsichtiges Haus?, dachte sie und versuchte gegen all das anzudenken, was sich zu einer solchen Frage denken ließ: lange dunkle Flure, viel zu viele schwere Türen, schweigsame Leute mit undurchsichtigen Mienen – da war es ja schon wieder: undurchsichtig – ich drehe mich im Kreis, dachte sie. Nein, sie verspürte keinerlei Abenteuergeist, sie verspürte Sehnsucht nach ›der Wohnung‹.

Schließich stand sie doch vor der angegebenen Hausnummer, die in kleinen Mosaiksteinchen in die Türpfosten eines großen zweistöckigen Hauses eingelassen war. Die Villa sah nicht mehr so aus, wie sie erdacht gewesen war. Ein neuer Anstrich war überfällig, aber den hellen Weinreben, die sich an der Mauer emporrankten, war das egal. In einem Vorgarten, eher eine Wiese als ein Garten, wuchs, was wächst, wenn man es lässt. Auch wenn kein Mensch zu sehen war, standen Gerätschaften herum, die nach vertrauenserweckenden Rund-ums-Haus-Verrichtungen aussahen. Kaum hatte sie die Klingel außen am Tor gefunden, wurde ein Fenster im Erdgeschoss geöffnet, und mit heftig rudernden Armen wurde sie herbeigewunken von einer älteren Frau, die sich wohl schon darauf eingestellt hatte, dass ihr Schwall von Fragen unbeantwortet bleiben würde. Wer sprach Kroatisch außerhalb von Kroatien? So schien sie jede ihrer Fragen selbst zu beantworten, indem sie immer mal einen freundlichen, geradezu mütterlichen Blick in Mias Gesicht warf und daraus offenbar die wesentlichen Informationen gewann.

Sie führte Mia Treppe für Treppe hinauf in ein Dachzimmer. Klein war es, wohl nicht mehr als sechs Quadratmeter, der gedielte Boden war ins Lichtgraue ausgeblichen und hatte unübersehbare Bahnungen Richtung Fenster und Richtung Bett. Es war Platz für ein kleines Tischchen mit Wasserkocher, Kanne, Tasse und Teebeuteln und einen schmalen weißen Holzschreibtisch, vor dem ein geflochtener Stuhl stand, fast schon ein Sessel. Das Bad war auf der gegenüberliegenden Seite des Flurs; aber die Wirtin bedeutete ihr lebhaft, dass niemand außer Mia es benutzen würde. Das Bad war doppelt so groß wie das Zimmer – vielleicht war es einmal ein Trockenboden gewesen –, an der Wand eine Badewanne, wie es sie früher gegeben hatte. Daneben in einem kleinen Regal Handtücher und eine große Flasche offenbar selbst angesetzten Badeöls. Die Frau schraubte den Deckel ab und hielt es Mia unter die Nase: Melisse und Wacholder. Dann ließ sie Mia allein, kam aber noch einmal hinauf mit Kaffee und Gebäck.

Mia öffnete das Fenster, ließ die laue Luft herein, setzte sich auf das Bett. Es war aus massivem Holz, die Bettwäsche definitiv nicht aus der Kategorie ›pflegeleicht‹, sondern von der

Art, die gestärkt, luftgetrocknet, gebügelt und zwischen Lavendelsträußen gelagert wurde.

Während sie den Kaffee trank, heiß war der und tiefschwarz, versuchte sie, das Gefühl zu verstehen, dass sie gerade sehr weit gereist war, um in einer kulturellen, klimatischen, sprachlichen Fremde anzukommen, die sich unmittelbar nach Zuhause anfühlte; wie zuletzt Hof Jamme. Sie streifte die Schuhe ab, streckte sich auf dem Bett aus, deckte sich mit ihrem Schal zu und schlief augenblicklich ein; als hätte der Kaffee nicht Koffein, sondern Baldrian in ihre Adern geflößt.

Sie erwachte erst wieder, als es im Raum schon nahezu dunkel war. Mia stand auf und ging ans Fenster. Diese Pension hatte keinen einzigen Stern. Sie stand wahrscheinlich völlig außerhalb jeder Sternenvergabe überhaupt, aber weil sie auf einer kleinen Anhöhe lag und dieses Zimmer noch dazu im Dachgeschoss, vergab sie selbst Sterne ohne Ende. Das verdankte sie ihrem sparsamen Chef, dass sie jetzt nicht in einem Bettenhochhaus zwischen internationalen Reisegruppen gelandet war, sondern hier. Danke, Chef, sagte sie. Sie ging zurück ins Bett und schlief sofort wieder ein.

~

Am nächsten Morgen stieß sie das Dachfenster auf und sah ins Weite: in einen Stadtraum, der, wie eine von einer Reihe konkurrierender Theaterschreiner zusammengebastelte Kulisse, zwischen Himmel und Erde geschoben zu sein schien, beleuchtet vom großen Scheinwerfer Sonne. Sie selbst im obersten Rang, auf einem sehr günstigen Platz, aber mit sensationeller Sicht. Am vorderen Bühnenrand hatten die Ausstatter zwei Gärten angelegt. Keine niedlichen Vorgärten und auch keine weitläufigen Rasenflächen, sondern mehr oder minder gehegte Wiesen als Standorte für Bäume, Blumen und Beete. An dem offenkundig nicht ganz ernst gemeinten Zaun dazwischen, tatsächlich wenig mehr als eine Attrappe, sah Mia zwei Frauen miteinander reden, beide hatten einen Korb mit ihrer Morgenernte unterm Arm. Vielleicht mit Früchten fürs Frühstück, vielleicht mit Kräutern für die Mittagsmahlzeit. In der Übererfüllung der Sparsamkeitsvorgaben hatte Mia »ohne Frühstück« angekreuzt. Sie spürte zu ihrer eigenen Verwunderung einen Anflug von Bedauern darüber, obwohl sie doch immer sehr zufrieden gewesen war mit Café crème und Croissant im Stehen.

Sie löste sich von ihrem Ausblick, brühte sich eine Tasse Tee auf und suchte auf dem Stadtplan die Adresse der Teppichwerkstatt. So weit war es ja gar nicht. Ein langer Morgenspaziergang, dann würde sie zu einer guten Zeit am Vormittag dort vorsprechen können. Vorsprechen? Zunächst einmal sprach sie sich selbst vor – Sätze, die sie sich zwischen München und Villach mithilfe von Langenscheidt und Linguee zurechtgelegt hatte. Zumindest die Eingangskonversation wollte sie nach dem guten touristischen Prinzip der Selbstzumutung in der Sprache des Gastlandes bestreiten, dann würde es auf Englisch weitergehen. So hatte Mia es sich überlegt.

Sie verließ das Haus mit dem kleinen Stadtplan in der einen und einem Spickzettel in der anderen Jackentasche. Sie fühlte sich nicht schlecht vorbereitet. An der zweiten Ampel, an der sie auf Grün wartete, fuhr ihr ein Gedanke durchs Hirn, der längst hätte gedacht werden sollen: Sie hatte sich nicht angekündigt. Wie hatte ihr das passieren können? Vermutlich war in ihr ein Gefühl gewesen, dass man sich in Läden nicht ankündigen muss. Dass Läden und Werkstätten einfach offen haben, dass das sozusagen ihre Natur war: Zugänglichkeit zu zivilen Zeiten. Aber fuhr man achtzehn Stunden Zug, ohne sich anzukündigen? Was würde sie machen, wenn niemand da wäre? Wie andere Leute sich in Rage redeten, dachte sie sich in Resignation hinein: Wie unwahrscheinlich es eigentlich war, dass jemand da wäre, und wie wahrscheinlich dagegen, dass jemand mal für eine Woche verreist war, geschäftlich, privat; was auch immer. Oder mit beziehungsweise ohne Blinddarm im Krankenhaus. Oder von zu Hause aus arbeitete, und wer konnte wissen, wo dieses Zuhause war. Überall in der Welt konnte es sein. So wahrscheinlich schien es ihr, dass sie den Werkstattinhaber nicht antreffen, und so unwahrscheinlich, dass sie ihn antreffen würde, dass es ihr näher lag, auf der Stelle umzudrehen und ihre Taschen wieder zu packen, als vorsprechenderweise dem Kreuzchen auf dem Stadtplan zu folgen. Sie zwang sich, weiterzugehen. Sie müsste es wenigstens versuchen. Für den Bericht. Aber wenn heute niemand die Tür öffnete, morgen nicht und übermorgen auch nicht?

Bis sie auf einmal vor dieser Tür stand, die sich in ihren Szenarien niemals öffnen würde – und eher ein Tor war. Eine Klingel gab es nicht. Mia ging in die eine, dann in die andere Richtung ein Stück weit die Straße hinunter – möglicherweise gab es noch einen anderen Eingang, irgendeinen Hinweis, sagte sie sich und wusste, dass sie keine Hinweise, sondern Ausflüchte suchte. Sie sprang zwischen zwei Autos hindurch auf den Gehweg gegenüber, wie versprengtes Rotwild in der Dämmerung auf einer Bundesstraße. Von der anderen Straßenseite aus sah sie den verblassten Schriftzug »Radionica Orijentalnih Tepiha«. Eigenartigerweise brachte sie gerade diese Erinnerung an einen Screenshot zurück in eine Wirklichkeit, in der man, wenn es keine Klingel gab, einfach an eine Tür klopfen konnte. Sie wechselte wieder die Straßenseite und klopfte. Als sie von drinnen etwas hörte, das wie eine Aufforderung klang, trat sie ein.

Der plötzliche Wechsel vom hellen Tag ins Halbdunkel einer fensterlosen Diele ließ sie einige Sekunden lang nur Umrisse ahnen. Dann sah sie ihn in der offenen Tür zu einem großen Raum stehen. Im Hintergrund ihrer Gedanken musste sich, in unwillkürlicher Überblendung von Semantik und Physiognomie, das Bild von Milan Kolar als Luys Milan festgesetzt haben. Jetzt stand da jemand barfuß auf den groben Dielen einer Werkstatt, zwischen Kisten und Kästen auf der einen Seite und Teppichrollen auf der anderen Seite, in einem verwaschenen T-Shirt, verwaschenen Jeans, selbst die Haare von der Art, dass man gerade noch die Farbe ahnen konnte, die sie einmal gehabt hatten, und hatte nicht die geringste Ähnlichkeit mit einem spanischen Lautisten des 16. Jahrhunderts. Er sah Mia an, nicht unfreundlich, aber auch alles andere als entgegenkommend. Ein Mann, den man in seiner Arbeit, vor allem aber wohl in seiner Abgeschiedenheit aufgestört hatte. Das lähmte sie, und alles, was sie sich auf Kroatisch und Englisch zurechtgelegt hatte, blieb ihr in der Kehle stecken. Umdrehen wollte sie und gehen und diesen Menschen zwischen seinen Kisten und Teppichrollen in Ruhe lassen. Er sagte etwas, aus dem sich ein »Ja, bitte?« oder ein »Kann ich Ihnen helfen?« heraushören ließ.

»Dobar dan. Ja sam Mia Sund.«

Er nickte.

»I am from Greifswald – from Germany.« Ob er sie verstand?

»Are you Milan Kolar?«

Ja, das sei er. Er spreche besser Deutsch als Englisch, so leid es ihm tue. Mia verstand. Besser gesagt: hatte verstanden. Sie schluckte, nickte. »Verstehe«, sagte sie leise.

Er verstehe sie auch, antwortete er, aber er verstehe nicht, liebe Frau – er sagt tatsächlich »liebe Frau«, dachte Mia –, was sie bei ihm wolle. Ohne Teppich.

Den Teppich habe sie nicht mitnehmen können, sagte Mia und wusste, wie unsinnig ihrem Gegenüber dieser Satz vorkommen musste. Sie fühlte sich unbeholfen, ein dümmlicher Eindringling in eine schöne stille Welt.

Allerdings müsste er sie auch mit einem Teppich abweisen, denn er schließe die Werkstatt; eigentlich sei sie schon geschlossen. »Ja.« Und nach einer kurzen Pause noch einmal ein »Ja«. Aber dieses versetzte doppelte »Ja« hatte nichts von einem Seufzer, eher etwas von einem Siegel, das jemand vorsichtshalber gleich zweimal unter ein Schriftstück setzte, weil er selbst nicht hundertprozentig davon überzeugt war.

Wie gesagt, meinte Mia, sie komme aus Greifswald. Und dieser Teppich, dieser Fischerteppich, sie stockte: Ob ein kroatischer Orientteppich-Reparateur mit dieser Bezeichnung vertraut war? Also, dieser grüne, dieser *sehr* grüne Teppich, der sei von hier an die Universitätssammlung in Greifswald geschickt worden. Und eben da komme sie jetzt her.

In das lange Schweigen und aufmerksame Schauen hinein setzte sie nach: »Und jetzt bin ich hier.« Das alles war, wie sie selbst einsah, eine Beschreibung des Faktischen, keine Erklärung. Aber wie hätte sie etwas erklären können, was ihr selbst alles andere als klar war; was mit einer Vergangenheit, die ihn nichts anging, was mit Katja und Jochen und Bea und Haruki und Wenzel Guga und Holger Berends zu tun hatte …

»Möchtest du ein Glas Wasser?«, fragte Milan Kolar und schob ihr einen Stuhl hin.

Mit der Zartheit und Verständigkeit eines Menschen, der wusste, dass Erklärungen manchmal nicht zur Verfügung stehen, hakte er nicht nach, fragte nicht weiter, sondern begann stattdessen, zu erzählen und auf ungestellte Fragen zu antworten. Ein Willkommenheißen in seiner Welt war das. Und das, obwohl Milan Kolar von Kopf bis Fuß ausstrahlte, dass er kaum etwas weniger gern tat als von sich und seiner Welt zu berichten. Eine sozusagen ultimative Höflichkeit war hier im Spiel; eine von der eigenen Befindlichkeit absehende, eine wie aus der Zeit gefallene Ritterlichkeit – die passte zur »lieben Frau«, dachte Mia in ihrer grenzenlosen Verwunderung darüber, was hier stattfand.

Wer lässt Teppiche restaurieren, meinte Milan Kolar, wenn bei Amazon die Neuware, so zweifelhaft sie sein mag, den Preis jeder noch so kleinen Reparatur unterbietet? Er habe diese Räume gekündigt. Kündigen müssen. Dabei hatte er gedacht, er würde bleiben, bis er eines fernen oder nicht so fernen Tages über einem löchrigen Orientteppich zusammensacken würde. Nun, es sei anders gekommen. Er hatte zwei Gläser mit Wasser gefüllt, reichte Mia eines und behielt das andere in der Hand. Er hatte sich gegen einen langen schmalen Tisch gelehnt, der einmal ein Ladentresen gewesen sein mochte, aber nun mit Stapeln von Aktendeckeln belegt war und Papieren, die es nicht in die Aktendeckel geschafft hatten.

Ob ›anders‹ bedeute, dass es jetzt einen anderen Plan gäbe, fragte Mia.

Milan Kolar zuckte mit den Schultern. Er ging ein paar Schritte durch den Raum, lehnte sich dieses Mal gegen einen Stapel Kisten, drehte ein wenig den Kopf, schaute aus dem Fenster zu seiner rechten Seite, als erwarte er das andere, das eigentlich schon mit der Schließung der Werkstatt hätte gekommen sein sollen, etwa von dort her. Nun, eine kleine Weile könne sich das Andere ja noch Zeit lassen, sagte er. Er lächelte zum ersten Mal. Wie in dieses Gesicht, in dem Hinnahmefähigkeit und Gutmütigkeit, Melancholie und Tatkraft schon eine Weile miteinander gerungen hatten, plötzlich ein Lächeln einzog, das hatte etwas sehr Ergreifendes. Mia schossen Tränen in die Augen. Sie schämte sich dafür, blickte zur Seite, schluckte und fing sich wieder.

Einen Nachlass vom Nachlass vom Nachlass habe er hier aufzulösen, meinte Milan Kolar und zog mit dem linken Arm einen weiten Kreis. Wohl gut ein Dutzend Mal sei der Werkstattschlüssel einfach von einer Hand zur anderen weitergereicht worden. Niemand habe sich je zugemutet, etwas aufzuräumen. Dies sei nun seine Aufgabe. Er schüttelte den Kopf, als sei er noch immer erstaunt darüber, was da über ihn gekommen war: endlos, unabweisbar …

»Dieser Teppich«, sagte Mia und wusste auf einmal nicht weiter.

»Ja, dieser Teppich«, antwortete Milan und signalisierte, dass er wusste, wovon die Rede war. Er habe ihn hinten im Lagerraum gefunden. Gut eingepackt, definitiv kein Orientteppich. Obwohl …

Mia nickte. »Der Drache.«

»Der könnte armenisch sein.«

»Und die Rose, und die Lilie?«

»Türkisch, denke ich. Aber alles andere?«

»… stammt von der Ostsee.«

»Genau. Mare Balticum.« Er habe ein wenig nachgeforscht. Denn er finde ihn – besonders, speziell; und, sage man so? Unvergleichlich.

»Ja, er ist unvergleichlich«, antwortete Mia.

»Trotzdem ein Fischerteppich, oder?« Milan Kolar schien tatsächlich gespannt zu sein auf ihre Antwort.

»Trotzdem ein Fischerteppich«, sagte Mia.

Dann sei es ja richtig gewesen, ihn nach Greifswald zu schicken. Das war halb eine Frage, halb ein Resümee. Ja, das sei richtig gewesen, meinte Mia, goldrichtig. Sie lächelte, hauptsächlich über sich selbst als Antwortende, und dieses Mal war es Milan Kolar, der sich auf das Lächeln einließ. Es dauerte eine Weile an, dieses Lächeln, als wolle es einen Pfad erkunden, der von ihrem Gesicht in seines führte und von seinem wieder zurück in ihres. War es eine sichere Verbindung?

Sie sei gekommen, weil sie hoffe, hier noch mehr herauszufinden, meinte Mia. Milan Kolar nickte, das könne er gut verstehen, aber nein, aus dem Nicken heraus verfiel er ins Kopfschütteln, da müsse er sie enttäuschen. Es tue ihm leid, wirklich leid, dass sie die lange Reise gemacht habe, aber er habe keine weiteren Hinweise finden können – weshalb er eben auch nicht wisse, wie lange der Fischerteppich dort hinten im Regal gelegen hatte. Womöglich Jahre, wenn nicht Jahrzehnte. Es sei der einzige gewesen. Die Schiffe darauf hätten ihn an einen Hinweis auf eine Ausstellung von Baltischen Teppichen in einem Teppich-Journal erinnert, vor längerer Zeit schon. Aber da er alle Jahrgänge aufgehoben habe – bis jetzt –, habe er die Anzeige wiedergefunden und die Adresse, die er darauf fand, eingesetzt. Ihm bleibe nichts anderes, als auf diese Weise die Werkstatt aufzulösen: mit raschen Entscheidungen.

Er verschwand kurz im Nachbarraum, kam mit einer Karaffe frischen Wassers zurück und füllte die Gläser aufs Neue.

Ob sie gesehen habe, dass in den Augen der Fische sich eine Welle spiegele? Das gäbe es doch sicher nirgends sonst, oder? – Ja, das habe sie gesehen, und nein, das sei ohne Vorbild. Aber habe er beachtet, dass die Flaggen der Koggen reinste Fantasie sei?

Unter Hunderten von Länderflaggen, antwortete er, habe er sie nicht finden können. Da habe sich jemand wohl höchstselbst etwas auf die Fahne geschrieben …

Sie sei gekommen, sagte Mia, nicht nur, weil der Teppich von hier aus geschickt worden war, sondern weil sie vermute, dass diese Werkstatt genau die sei, in der einst der Begründer der Fischerteppiche gearbeitet habe. Damals natürlich noch mit Orientteppichen. Ob er vielleicht etwas darüber wisse.

Wirklich? Nein, darüber wisse er nichts. Das müsse ja an die hundert Jahre her sein.

Ja, in etwa. Ob es vielleicht noch Aufstellungen über Mitarbeiter, ehemalige Mitarbeiterinnen gebe, fragte sie.

Hier und da gebe es etwas. Aber es seien ja Kriege durchs Land gezogen. Und Krieg sei ein schlechter Archivar. Mia nickte zustimmend, ja, das könne sie bestätigen aus der Arbeit in den Archiven. Immer und überall habe der Zweite Weltkrieg enorme Lücken gerissen, eben auch in die Bürokratie.

Nun, er meine weniger den als die Streubomben, die man im Mai 1995 auf Zagreb hat regnen lassen. Mia schwieg, beschämt darüber, dass sie das nicht auf Liste gehabt hatte. Ob er aus diesem Krieg den schlecht zusammengewachsenen Bruch, das leichte Hinken des linken Beines mitgenommen hatte?

Mia hörte sein leises Seufzen, während er das Wasserglas abstellte – und wurde das Gefühl nicht los, dass er ihretwegen seufzte. Dass er sie als eine von denen abstempelte, die nicht über den Tellerrand von Mitteleuropa hinauszudenken vermochten.

Milan Kolar wies auf den Tisch mit seinen Akten- und Papierstapeln.

Bitteschön, sie könne alles mitnehmen, Bitteschön! Er sah das Zögern in Mias Gesicht. Er wolle das gern bis morgen ein bisschen für sie vorsortieren, meinte er, er sei ja eh gerade dabei.

»Das wäre toll. Danke.« Mia erhob sich, mit einem Kloß im Hals und dem Gefühl, einen Fehler gemacht zu haben, nicht nur einen. Und dass er sie loshaben wollte, indem er ihr alles anbot, was sie wollen könnte; wie man einem nicht mehr geliebten Ehepartner im Zuge der Scheidung Haushälften und Sparbücher hinterherwirft, nur um nicht mehr mit ihm reden zu müssen. Was hinsichtlich dieser Zwanzig-Minuten-Bekanntschaft ein ziemlich überzogener Vergleich war, aber dennoch, genauso fühlte es sich an. Sie wusste, dass das nicht stimmte, dass da allenfalls eine kleine Irritation gewesen war – und dass Milan Kolars Freigebigkeit die Freigebigkeit eines Menschen war, der mit etwas abschließen wollte – der *etwas* abschließen wollte. Sie musste sich beeilen, einen Blick auf Ninas Geschichte zu erhaschen, bevor die Tür von Milan

Kolars Werkstatt endgültig ins Schloss fiel. Sie stand auf und hob die Hand zu einem kurzen Abschiedsgruß. Vom Fenster aus, schon halb abgewandt, winkte Milan zurück und begann damit, weitere Kartons aufzustapeln. Mia fand es erleichternd, dass sie nicht zur Tür gebracht wurde. Sie wusste, wie schwer es ihr gefallen wäre, diese Geste nicht als Höflichkeit, sondern als ein Hinauskomplimentieren anzusehen, als sein Bedürfnis, zu schauen, ob sie wirklich weg war und mit etwas Glück gar nicht wieder auftauchen würde. Doch, sie würde wiederkommen. Morgen. Er hatte »bis morgen« gesagt. Bis morgen wollte er die Papiere vorsortiert haben. Auch wenn das »bis morgen« in einem ganzen Satz versteckt gewesen war, änderte das nichts daran, sagte sich Mia, dass da eine Verabredung, ja, eine Einladung kundgetan worden war. »Bis morgen« war so gesehen nichts weniger als ein Abschiedsgruß. Streng genommen war »bis morgen« fast ein Date.

~

Draußen auf der Straße sah sie zum ersten Mal seit ihrer Ankunft die Stadt so, wie man eine Stadt sieht, in der man nicht nach einer Adresse suchen musste. Dabei kam ihr erster echter Eindruck gar nicht übers Auge, sondern über die Haut: Wärme. Eine Wärme, die man nicht einfangen musste in einer kostbaren Mittagsstunde, einem leuchtenden Nachmittag im Spätsommer, sondern eine, von der ausreichend vorhanden war. Nach der man sich nicht strecken, sondern in der man sich aufhalten durfte. Den zweiten starken Eindruck lieferten die Augen: ein Rot, nicht grell, sondern satt und warm. Ein ganz und gar anderes Rot war das als das Rot der Backsteine von Greifswald und Stralsund – ein Rot, das in den Graffitis auf sonnenbeschienenen Häuserwänden zum Leuchten kam und, als sie sich dem Marktplatz näherte, in hundert leuchtenden Schirmen das Herz der Stadt pulsieren ließ. Mia fühlte sich in diesen Herzschlag der Stadt hineingezogen, als bekäme sie direkt aus dem Zusammenspiel von vormittäglicher Sonne und der intensiven Farbe, den Düften und Stimmen eine Bluttransfusion, die ihr eine Schwäche nahm – die weniger mit Blutarmut zusammenhing als mit profanem Hunger. Sie hatte ja nicht gefrühstückt. Was frühstückte man hier? Sie streifte an den Marktständen vorbei und ließ sich Früchte hinhalten, zum Probieren. Schließlich fand sie sich am Rande des Marktes an einem Stand wieder, wo sie auf das deutete, was alle anderen in der Hand hatten: *»Burek?«*, fragte der Verkäufer. *»Burek«*, sagte Mia, *»hvala.«*

Ein Gebäck, so leicht, knusprig und herzhaft, dass es ihr wie ein Wunderwerk erschien, feilgeboten am Straßenrand. Sie stellte sich vor, wie der in hauchdünnen Streifen übereinandergeschobene Teig unter den Fingern des Bäckers getanzt hatte. Warum frühstückte irgendjemand – sie – lappige Croissants, wenn es auf dieser Welt auch *Burek* gab? Während sie auf einem Klappstuhl saß, in die Sonne blinzelte und ihr fremdes Frühstück genoss, fühlte sie die Blicke der Umstehenden auf ihr ruhen. Sah man ihr an, wie gut es ihr schmeckte? Sie schaute zurück, mit einem kleinen Lächeln, und breit wurde zurückgelächelt. Jemand stellte ihr ein Glas Tee aufs Tischchen und hob abwehrend die Hände, als sie dafür bezahlen wollte.

Danach ging sie durch die Straßen, ohne auf den Stadtplan zu sehen, bog hier ab und dort, in allergrößter Leichtigkeit oder auch: Leichtsinnigkeit angesichts der Tatsache, dass es sich um eine fremde Stadt handelte und sie nicht wusste, ob es nicht irgendwelche No-go-Areale gab. Sie versuchte, die Baujahre der Häuser einzuschätzen: Welche wohl schon gestanden hatten, als Nina hier durch die Straßen gegangen war? Falls sie durch die Straßen gegangen war. Es gab sehr wenige

Hinweise, im Grunde nur schwache Anhaltspunkte dafür, und dennoch wurden Mia diese Ahnungen zu einem Ausgangspunkt einer Kette von lebhaften Vorstellungen, so bunt und weit verzweigt wie ihre Wege durch die Stadt. Sicherlich, nein, zweifellos war Nina durch diese Straßen gegangen. Und sie ging ihr nach.

Erst als die Sonne ihren Zenit schon weit überschritten hatte, zog Mia den Stadtplan aus der Tasche und suchte den Weg zurück in die Pension.

In ihrem Dachzimmerchen gab Mia die einzelnen Bestandteile des Namens NINA SILKE STRAD in verschiedene Suchmaschinen ein. Ob auch Milan Kolar die Signatur in der Bordüre erkannt hatte? Sie hatte diesen Fund noch zurückhalten wollen, aus unbestimmtem Grund, aber gleich morgen würde sie ihn fragen. Und vielleicht würde sie genau diesen Namen sogar in den Listen finden – auch wenn Katja sicher war, dass es sich um eine Erfindung handelte. Warum sollten erfundene Namen nicht in Listen stehen können? Vielleicht waren manche sogar speziell für Listen erfunden worden. Oder umgekehrt. Bis morgen würde sie noch warten müssen. Bis morgen …

~

Am nächsten Vormittag bekam sie in der Werkstatt Kaffee. Starken, duftenden Kaffee. Wie zuletzt bei Frau Baltrusch zog der Duft durch den ganzen Raum. Zum ersten Mal fiel Mia auf, dass Vollautomaten gar keinen Duft verströmten, oder doch deutlich weniger; sie waren darauf eingestellt, den Duft in Crema zu verdichten und ihn ganz nah beim Konsumenten zu lassen wie eine exklusive, eine nahezu intime Angelegenheit; ein heimlicher Genuss. Hier dagegen war offenbar eine kleine, freigebig dampfende Espresso-Kanne auf dem Herd, die etwas sehr Mitteilendes und Einladendes verströmte. Mia antwortete auf diese Einladung, indem sie sich unaufgefordert auf einem Stuhl niederließ. Kaffee dieser Art trank man nicht im Stehen und trank man nicht allein. Er hat für mich Kaffee gekocht, sagte sich Mia, jedenfalls auch für mich, die »liebe Frau«. Er hatte sich überlegt, überlegte sich Mia, wann ich komme, und er hatte richtiggelegen. Damit nicht genug: Ein Teller mit kleinen Waffeln, noch warm, stand neben ihrem Platz auf einer Holzkiste. Als ob er es ahnte, als ob er es wüsste, dass sie ungefrühstückt zu ihm kam. Kaffee und Waffeln, Stuhl und Kiste zogen sich zu einer Geste zusammen, die etwas hervorbrachte, was sie immer schon vermisst hatte, ohne es benennen zu können. Eine unbestimmte Sehnsucht, die endlich Gestalt gewann und sich durch ebendiese Gestaltwerdung selbst erfüllte. Wie ein Schrecken, der sich noch in der Schrecksekunde selbst in Erleichterung auflöste. Mia wusste sofort, dass die Schönheit dieses Moments bedeutete, dass sie sich fortan wieder danach sehnen würde, nur dass dieses Gefühl jetzt nach Kaffee und Waffeln duften würde.

Die Gastfreundschaft dieses Milan Kolar kam aus einer Selbstverständlichkeit, die in vollkommenem Gegensatz zu der Bedeutung stand, die sie für sie selbst hatte. Aber auch, wenn sie nicht wusste, was das hier alles werden sollte, so wollte sie doch mindestens eines: genauso selbstverständlich höflich, ein unaufgeregt freundlicher Gast sein. Sie nahm eine Waffel und noch eine. Vanille und Zimt. War das nicht für Weihnachten reserviert? Aber warum sollte etwas so Köstliches für Weihnachten reserviert sein? Milan lächelte sie an, als könnte er ihre Gedanken lesen.

Viel habe er nicht gefunden, sagte er. Hauptsächlich gäbe es Dokumente aus den letzten Jahren, ein paar alte Heftchen aus den Zwanzigerjahren des letzten Jahrhunderts seien ihm noch in die Hände gefallen, mit feierlich gestellten und nachkolorierten Aufnahmen; schau mal hier – er legte einige Fotos auf dem Tisch aus und, noch viel weniger, aber immerhin, ein paar Kärtchen aus dem vorletzten Jahrhundert. Die Werkstatt sei tatsächlich 1899 gegründet worden. Das habe er gar nicht gewusst. Da hätte er ja einige Jubiläen feiern können – andererseits: Wie hätte er die feiern sollen? Vielleicht gut, dass er es nicht gewusst hatte. Ein paar Probleme weniger. Hier lägen die Papiere. Sie solle sich die ganz in Ruhe durchsehen. Er müsse weiter packen. Aber davon möge sie sich, bitteschön, nicht stören lassen.

Was für eine irre, ja irreale Höflichkeit, dachte Mia, als ob es nicht sie war, die hier eine bedächtige, eine in sich gekehrte Auflösung einer Werkstatt störte. Einer Werkstatt, in der keine Jubiläen gefeiert worden waren, weil offenbar niemand über ihre Vergangenheit im Bilde war, die ein Durchgangsort war; gewesen war. Sie blätterte sich durch die Unterlagen, aber zwischendurch konnte sie nicht anders, als verstohlen einen Blick auf Milans Gesicht zu erhaschen, ob sie darin vielleicht Anzeichen dafür fände, dass es sich verändern würde, dass es nichts war als die ernste Oberfläche eines Hallodris oder die sanfte Oberfläche eines streitbaren Menschen – ob es eine Tarnung war; eine Fälschung. Nichts sprach dafür. Sein Gesicht schien nichts zu verbergen, lag in eins mit Stimme, Haltung und Bewegung, auch wenn er sich unbeobachtet fühlte. Dieses Gesicht hielt nichts zurück, versprach auch nichts, es war ganz bei sich und ganz bei der Arbeit, wenn er arbeitete; und ganz bei ihr, wenn er mit ihr sprach. Ohne ein verräterisches Zuviel oder Zuwenig. Und außer »liebe Frau« war in seiner Höflichkeit keine Schmeichelei. Und selbst »liebe Frau« schien ihr eine Direktübersetzung aus dem Kroatischen zu sein, eine längst zur freundlichen Formel geronnene Galanterie. Mia konzentrierte sich wieder auf Papiere und Namen, vorwiegend in kroatischer Sprache, hier und dort mit arabischen Anklängen. Sie blätterte durch die Papiere, sprachunkundig, auf einfache Hinweise hoffend: Irgendwo würde sie doch auftauchen müssen, diese Nina oder wenigstens irgendetwas Nina-Nahes. Die Beschäftigten der Werkstatt waren offenbar in rascher Folge gekommen und gegangen. Sie sprach Milan darauf an. »Ja, man konnte sicher nie viel zahlen. Die meisten werden nicht länger als ein halbes Jahr geblieben sein, manche vielleicht ein ganzes.«

Orte, an denen Teppiche gehandelt, repariert oder hergestellt werden, seien Orte, an denen Bettler und Bürger sich treffen. Zumindest das habe er hier begriffen, meinte Milan. Leute, die es sich leisten konnten, ihre Böden und Wände zu schmücken, und solche, die das Leben an die Webstühle spült, eine halbe Million Knoten auf den Quadratmeter, viel zu oft, immer noch, von Kinderhand. Aber soweit er informiert sei, habe es hier auch in früheren Zeiten keine Kinder an den Webrahmen gegeben. Dennoch, Arme auf der einen Seite, und Reiche auf der anderen. Teppiche machten den Unterschied. Das möge er nicht, aber dennoch habe er nie aufhören können, Teppiche zu mögen. Sie konnten ja nichts dafür.

Mia nickte, dies war der Zeitpunkt, von Nina zu sprechen.

»Hast du gesehen, dass der Teppich einen Namen trägt – dass er signiert ist?«

Milan Kolar sah erstaunt auf. »Nein. Ich habe überall danach gesucht.«

»Nicht in einer Ecke, nicht auf der Rückseite, sondern in der Borte, rundherum.«

»Wirklich?«

Mia zog einen Umschlag mit Detailaufnahmen vom Teppich aus ihrer Tasche und fuhr ganz leicht mit der Spitze ihres Bleistiftes die Konturen nach. »Siehst du?«

»Oh, ja – und jetzt suchst du sie, diese Nina? Du suchst sie hier? War sie denn nicht in Greifswald?«

»Ich habe sie nicht gefunden, nicht in den Einwohnermeldelisten, nicht in den Archiven und nicht in den Erinnerungen von Zeitzeugen. Zwei Katharinas hatte es gegeben, aber mit anderen Nachnamen.«

Sie blätterten sich durch die Hefte, die, ungeordnet, eingerissen, fleckig und morsch, doch einen Einblick gaben in das Kommen und Gehen der Menschen, die in dieser Werkstatt ihr Brot verdient hatten, vor langer Zeit. Zuweilen zeigten sie einander Eintragungen, überlegten, was die Kürzel bedeuten könnten, Milan übersetzte ihr die Randbemerkungen, sie lächelten gemeinsam über Kritzeleien – verschmitzte Botschaften, als seien sie gerade erst verfasst.

»Schau mal«, sagte Mia, »hier steht immer nur ein Vorname: Vanja. Wird Vanja nicht mit W geschrieben?«

»Ach, weißt du, wo so viele Sprachen im Spiel waren, fielen die Buchstaben wahrscheinlich nicht so ins Gewicht.«

»Vanja jedenfalls hat, anders als alle anderen, immer dasselbe Gehalt bekommen, nicht viel, aber immer dasselbe. Seltsam.«

Es war eine Beschäftigung, die Zeit und Raum vergessen ließ. Nur am Rande nahm Mia wahr, dass über Mittag eine kräftige Sonne den Raum in helles Licht tauchte, dass dieses Licht schwächer, dafür wärmer wurde, bis es nur noch ein Abglanz war. Spät war es geworden. Mia rieb sich die Augen. Milan verschränkte die Hände im Nacken und sprach darüber, dass für ihn die Geschichte der Werkstatt immer erst in der Nachkriegszeit begonnen hatte und dass nun, gleichzeitig mit ihrem nahen Ende, auch ihre frühere Vergangenheit in Sicht kam. Und wie seltsam das war.

Und dann sah Mia einen Nachnamen, den sie auch im Greifswalder Archiv aufgespürt hatte: Vayas. Oder war er dort mit einem j statt einem y geschrieben worden? Ein anderer Vorname: Margarete. Aber der gleiche Nachname: Vajas.

»Ist Vayas ein verbreiteter Name bei euch?«

»Überhaupt nicht.«

»Im Melderegister in Greifswald gab es den Namen Vajas«, sagte sie. »Katharina Vajas. Nina könnte die Kurzform von Katharina sein, und diese Margarete Vayas hier ist vielleicht eine Verwandte, die Mutter oder eine Schwester, eine Tante.«

Mia blätterte weiter, zum ersten Mal hatte sie eine Spur. Und noch bevor sie fand, was sie suchte, hätte sie schwören können, dass es die richtige Spur war, dass es jetzt nicht mehr lange dauern würde. Tatsächlich kam im Folgejahr ab Sommer ein Name dazu, der regelmäßig, wenn auch in ständig wechselnden Schriften, unter dem von Margarete Vayas stand: Nina Zepeda.

»Ich hab sie«, rief Mia. »September 1923.«

»Sicher?«

»Ja! Katharina Zepeda gab es im Greifswalder Archiv auch. Es ist Nina, nicht eine Nina, sondern: Nina. Egal, ob da Cepeda oder Zepeda oder Vayas oder Vajas steht. Oder Silke Strad. Sie ist es! Sie wählt einfach frei unter ihren Namen – wenn es überhaupt ihre sind. Es ist ein Spiel, verstehst du? Sie will sich nicht verstecken, sie spielt Verstecken.«

Milan ließ sich von ihrer Entdeckungsfreude anstecken.

»Wir könnten versuchen, die Namen im Melderegister der Stadt zu finden. Vielleicht erfahren wir dann mehr. Geburtsjahr, Adressen …«

»Du würdest mir dabei helfen?«, fragte Mia.

»Mein Cousin, Ivo, weißt du, arbeitet auf einem Amt bei der Stadt. Ich frage ihn. Wenn ich etwas erfahre, sage ich es dir morgen.«

»Morgen? Wirklich?«

Mia merkte selbst, wie übertrieben das klang, und doch konnte sie nicht anders, als noch einmal nachzufassen: »Morgen schon?«

»Ja, morgen.«

Mia kämpfte, während sie die Werkstatt verließ, noch immer gegen das Gefühl an, es sehr unwahrscheinlich zu finden, darauf vertrauen zu dürfen, dass »morgen« die Tür (die eigentlich ein Tor war) nicht doch einfach zugesperrt sein würde; und Milan von allem genug hatte, von ihr und vor allem auch von ihren Fragen, die zu nichts anderem als ungefeierten Jubiläen und fragwürdigen Schreibweisen unüblicher Namen führten. Durfte sich ein Mann, der einpackte, mit so etwas aufhalten? Würde, ja müsste er nicht der ganzen Sache einen Riegel vorschieben? Morgen schon?

~

Mia ging sehr langsam in die alte Villa zurück, suchte nach Umwegen, was in einer fremden Stadt auch schiefgehen kann. Aber nahezu schlafwandlerisch fand sie die richtigen Abbiegungen. Dann stand sie sehr lange am Fenster, sah in die Sterne, bis sie sich im Innersten beruhigt hatte.

Nina, die mit Namen spielte. Die auf sehr selbstbewusste Weise offenbar nicht im Geringsten an Identität interessiert war. Woher kamen diese Namen? Waren sie ererbt, angenommen oder ausgedacht? Oder von fremden Lippen gelesen wie ihr eigenes »Sund«?

Sie ging zu Bett und drehte sich von einer Seite auf die andere. Stand auf, kochte sich eine Tasse Tee, versuchte, sich von der Sonnetten, die sie mit auf die Reise genommen hatte, fesseln oder mindestens unterhalten zu lassen, verlor aber immerzu zwischen der dritten und vierten Strophe den Faden, bis sie irgendwann in einen unruhigen Schlaf fiel.

Am nächsten Tag stand die Tür zur Werkstatt offen, und als Mia an das Holz klopfte, hörte sie ein: »Komm doch rein.«

So lässt man nur gute Bekannte ins Haus – und Freunde,

dachte Mia. Sie trat ein und sah Milan am langen Werktisch stehen, vertieft ins Sortieren.

Leider habe er noch nichts erreichen können, meinte Milan, außer dass Ivo, der gerade im Urlaub sei, heute Abend zurückkommen und nachsehen würde, was sich machen ließe.

»Aber schau, was ich hier gefunden habe«, sagte er und deutete auf einen Haufen Fotos in der Mitte des Tisches, »ich habe alle zusammengesammelt, die hier noch verstreut waren. Vielleicht kommen wir ja so schon mal weiter.«

Mia stellte sich neben ihn, nahm aus seiner Hand Fotos entgegen, klitzekleine mit gezacktem Rand, postkartengroße, teilweise nachkoloriert in grellen Tönen, Polaroidfotos in samtiger Verblichenheit, dazwischen weißrandige Abzüge aller Formate. Eines blieb etwas länger in Milans Hand. Dann reichte er es weiter. Mia erkannte Milan sofort: gut zwanzig Jahre jünger in einer Küche stehend, ein Glas in der Hand, eine alte Frau in Tracht an der einen, eine junge Frau in engen Jeans an der anderen Seite.

»Meine Großmutter«, sagte er.

»Und…?«, fragte Mia. Sie konnte ihre eigene Indiskretion nicht fassen.

»Tamara. Vor fünf Jahren hat sie noch mal ganz neu angefangen, in jeder Hinsicht.«

Mia nickte, wie kurz sich doch eine Geschichte erzählen ließ, wenn man den richtigen Punkt zwischen Anfang und Ende erwischte.

Eine Zeit lang wanderten die Fotos still von einer Hand in die andere, bis eines ihre Aufmerksamkeit fesselte. Ganz sicher war es weit vor dem Zweiten Weltkrieg entstanden. Die damalige Werkstatt-Belegschaft saß auf dem Boden, in den Händen Teppiche und Knüpfnadeln und Fäden, an der Wand hoch und schmal ein türkischer Ofen. Aber das eigentlich Berückende war, dass da jemand im Schneidersitz auf den Teppichrollen saß und die Szene zu beherrschen schien. Sehr würdig sah diese Person auf ihrem Teppichthron aus und dennoch begriff man sofort: Es war ein Scherz.

Milan holte eine Lupe. Sie ließen sie über die lachenden Gesichter gleiten, die sich dem Fotografen zuwendeten. Zum größten Teil waren es Frauengesichter aller Altersgruppen, die Haare geflochten und aufgesteckt, aber auch einige Männer waren darunter. Bis auf einen trugen sie Bärte, einige eine Kappe, andere einen Hut. Die Lupe wanderte weiter zur Gestalt auf den Teppichrollen; selbst im Sitzen war sie hoch und schmal. War das ein großer Ohrring oder nur ein Schnörkel, den die Entwicklerflüssigkeit hinterlassen hatte? Und der Schatten über der Oberlippe? – Ob da eine Frau oder ein Mann auf den Teppichen saß, war nicht auszumachen, dass dieser Mensch sehr eindrucksvoll war, schon. Sie legten das Foto nicht auf den Stapel, sondern daneben.

»Vielleicht hebe ich dieses eine auf«, meinte Milan Kolar, »es gefällt mir.«

Nachdem sie auch die anderen Fotos durchgegangen waren, ohne einen vergleichbaren Fund, wandte sich Milan wieder den Papieren und Akten zu, die ins Altpapier oder in Kartons hineinzusortieren waren, und Mia zog weitere Listen von Mitarbeitern und Gehaltszahlungen zu sich heran und bemerkte kaum, dass Milan Kolar kam und ging, dass in dem hinteren Raum Geschirr klapperte, Fenster aufgestoßen und wieder geschlossen wurden. Wie sollte sie auch auf die Idee kommen, dass sich hinter der Tür am Ende der Werkhalle ein kleiner Raum mit einem Zwei-Platten-Herd verbarg und dass sich auf einem Zwei-Platten-Herd etwas zubereitet wurde, wie man es nur in den Restaurants bestellen konnte, die in ihrem Reiseführer unter der Rubrik »gehobene Küche« aufgelistet waren. Vielleicht bemerkte sie es nicht, weil sie es eben nicht für möglich hielt. Jedenfalls war sie unvorbereitet und sprachlos und nahezu beschämt, als Milan zwei wohlgefüllte Teller einander gegenüber auf das untere Ende des langen Werktischs stellte und zwei Stühle heranzog. Er winkte: »Komm, wir wollen es nicht kalt werden lassen«, verschwand noch einmal und kam mit einer halb vollen Flasche Wein zurück. Mia wusste nichts zu sagen, und Milan schien das sehr recht zu sein. Sie lächelten einander zu, hoben die Gläser, genossen das überbackene Gemüse mit Mandeln, Minze und Joghurt, und erst als sie das Geschirr zusammengestellt und die Weingläser mit Espressotassen vertauscht hatten, fragte Mia:

»Wieso kannst du das? So kochen?«

Mit dem Kochen sei es bei ihm wie mit dem Deutschen, antwortete Milan: Er könne es nicht nicht können. Seine Großmutter sei schuld, sie habe ihm beides beigebracht.

»Sie war eine Deutsche?«

»Schwer zu sagen. Eine deutschsprachige Slowenin. Eine jugoslawische Oberkrainerin. Eine der letzten Gottscheerinnen eben. Etwas ganz Eigenes. Aber es hatte mit Deutsch zu tun; ja.«

Eine Gottscheerin? Noch nie habe sie dieses Wort gehört, meinte Mia, und wo das sei: Oberkrain, hier in der Nähe?

Weiter westlich, viel Wald, viele Bären, die Berge nicht weit – Partisanenland. Hitler und Mussolini hätten es hin und her geschachert. Jedenfalls, sie hätten Gottscheerisch gesprochen, ein in der Zeit stehengebliebenes Deutsch. So eine Art Urbairisch. Außerhalb ihrer Dörfer habe sie kein Mensch verstanden. In Bayern nicht, in Tirol nicht, in Slowenien nicht. Dann, eines Tages, nicht lange nach dem Tod ihres Mannes, habe seine Großmutter gesagt, jetzt wolle sie die deutsche Sprache einholen. Lange genug sei die ihr davongerannt, ihr und ihrem Gottscheerisch. Und ob er ihr dabei helfen könne.

»Du konntest schon Deutsch?«

»Nein, nur Kroatisch und etwas Gottscheerisch eben. Ich bin ja in Zagreb aufgewachsen. Meine Mutter hat hierhergeheiratet und meine Großmutter nachgeholt.«

»Dann habt ihr zusammen einen Sprachkurs besucht?«

»Nein, nein, ich habe jeden Tag meine Großmutter besucht, wir haben zusammen gekocht und ich habe ihr dabei aus einem Buch vorgelesen, in dem jemand das Gottscheerische auf Deutsch erklärt und die alten Lieder in die neue Sprache übersetzt hatte. Sie hat so viel gelacht. Darüber, dass eine Sprache so viele Gesichter hat.«

»War das ein Lehrbuch? Deutsch für Gottscheer?«

»Nein, mehr ein Forschungsbericht. Ein Linguist hatte sich vor dem Ersten Weltkrieg unter die Gottscheer gemischt und ihre alten Lieder in neues Deutsch übersetzt. Ausgestellt wie Möbel in einem Freilichtmuseum, und die Gottscheer wie die Strohpuppen darin. Immerhin konnten wir dadurch einen Blick in die Zukunft der Sprache werfen, die in Wirklichkeit natürlich auch schon längst vergangen war. Trotzdem fühlte es sich nach Aufbruch an. Wir haben wirklich viel Spaß gehabt, fanden erst nur das neue Deutsch verrückt, dann auch das alte, meistens aber beides.«

»Klingt nach dem besten Sprachkurs aller Zeiten.«

»Ja, vielleicht hatte sie nur deshalb diesen Plan gefasst, damit sie nicht allein essen musste und wieder ins Lachen kam.«

»Kennst du diese Lieder noch?«

»Natürlich. ›Die Meererin‹, das hat sie am liebsten gehabt.«

»›Die Meererin‹ – mitten im Wald und nahe der Berge, bei den Bären?«

»Nun, man träumt sich doch immer woandershin, oder? Und Wasser gab's dort schon auch.«

»War sie denn eine – Fischerin, die Meererin?«

»Nein, eine Wäscherin. Sie bekommt einen Ring geschenkt und lässt sich am Fluss mitnehmen von einem vorbeikommenden Boot in ein anderes Land. Dort wird sie freundlich empfangen. Das ist alles. Andererseits ist es nicht wenig.«

Meererin. Ein dreisilbiger Zungenbrecher. Als sei dieses Wort nicht für eine feminine Endung gemacht – und doch möglich. Mia dachte an den Teppich. Genauer gesagt dachte sie, als Kuratorin, dass »Die Meererin« ein Name für den Teppich sein könnte, wenn er einen Namen bräuchte.

Dass sie dann gestorben sei, fuhr Milan fort, als sie nach einer kleineren Operation aus einem ungesicherten Krankenhausbett gefallen war, sich dabei die Hüfte angebrochen hatte und somit aus etwas sehr Harmlosem etwas sehr Gefährliches geworden war, von dem sie sich nicht mehr erholt hatte. Sie habe bis zuletzt darauf bestanden, »das neue Deutsch« mit ihm zu sprechen. Eine Art Vermächtnis. Immerhin habe dieser starke Wille ihn durch sieben Semester Germanistik getragen, bevor er dann Teppichknüpfer wurde …

Mia war gefangen von dem Bild der Großmutter, die an einer gebrochenen Hüfte gestorben war. Sie dachte an ihre Mutter. Immer wieder hatte sie sich etwas gebrochen oder angebrochen. Eine Rippe, einen Handknochen, einen Finger. Für den betagten Durchgangsarzt war das Osteoporose. Eine gewisse Hinfälligkeit vor der Zeit. Irgendwann musste er angefangen haben, sich zu wundern. Schloss eines Tages, was ungewöhnlich war, in seiner Durchgangspraxis die Durchgangstür. Mia hatte im Wartezimmer gesessen und gesehen, wie die akut lädierten Patienten der Durchgangspraxis jetzt schon bis in den Hausflur hinein anstanden, nicht wenige davon mit verstauchten Knöcheln, und die Arzthelferinnen Mühe hatten, eine gewisse Ordnung aufrechtzuerhalten. Ihre Mutter verließ mit einem Gips und leerem Gesicht die Praxis. Noch einige Male begleitete Mia ihre Mutter dort hin; die Türen blieben immer offen. Einen anderen Arzt gab es für sie nicht. So kam dieser auch, als ihre Mutter zu Hause starb – eines Tages, ohne Vorwarnung, auf einem Stuhl, inmitten ihrer Harfen und Gitarren. Diesmal hatte sie sich nichts gebrochen. Und doch schrieb der Arzt in den Totenschein: Gebrochenheit. Man dachte, er habe sich verschrieben. Dieser Durchgangsarzt, der seine Praxis offen hielt für Akut-Verletzungen aller Art, als Gleichaltrige schon längst in Rente gegangen waren, einen Seniorensitz auf Mallorca gekauft, runtergewohnt und wieder verkauft hatten. Ein Lapsus, eine Wortfindungsstörung. So sah es aus. Aber er hatte sich nicht verschrieben. Er hatte das exakt richtige Wort gefunden. Er wusste sehr wohl zu unterscheiden, was Menschen umbringt und was nicht. Gebrechlichkeit war so etwas wie ein chronischer Schnupfen, Gebrochenheit eine tödliche Erkrankung.

Milan Kolar musste ihr angesehen haben, dass sie zu irgendetwas zurückwanderte, dass sie eine Zeit lang ganz woanders war, und er unterbrach sie nicht dabei. Er hatte sich wieder den Fotos zugewandt.

»Ich war mal Bandagistin. Und bin es nicht geblieben«, sagte Mia.

Er nickte. Ein Noch-nicht-Germanist und eine Nichtmehr-Bandagistin. Etwas nicht werden und etwas nicht bleiben hatte eine gewisse Ähnlichkeit.

Sie gaben einander weiter Fotos in die Hand.

»Und wenn Nina eine von ihnen wäre?«, fragte Milan.

»Diese hier? Nein, sie hätte da noch ein jüngeres Gesicht haben müssen.«

»Warum denkst du das?«

»Mehr so ein Gefühl.«

»Dann vielleicht diese hier?«

»Ja, die schaut halb in die Kamera und halb auch nicht. Das würde zu ihr passen.«

»Wenn sie es wäre, dann könnte dieses Foto doch demnächst bei euch im Museum hängen oder im Ausstellungskatalog abgebildet sein. Ich würde es dir gern überlassen.«

»Bei euch« – da war sie wieder, diese Freigebigkeit, die sie schmerzte. Mit wenigen Worten hatte sich die Nähe, die sie in der Küche einer Hochdeutsch lernenden Großmutter anwesend sein ließ, in Unverbindlichkeit aufgelöst. Mit allzu leichter Hand wurden hier Dinge weggegeben, wurde eine Distanz herbeigeredet, die noch gar nicht wieder da war. »Bei euch« war: bedrohlich. Mia musste sich an Greifswald als etwas erinnern, das so fern lag wie die alte Heimat der Meererin. Und doch würde sie, anders als die Meererin, dorthin zurückreisen, in vier Tagen schon. Weil sie sich nicht in einem alten Lied aufhielt, sondern in der realen Gegenwart mit vorab gebuchten Fahrkarten und Reisekostenabrechnungsformularen.

»Ich fotografiere es am besten mal ab, darf ich?«, meinte Mia.

Natürlich durfte sie; oder es eben auch gleich mitnehmen. Hier gab es ja nichts mehr festzuhalten. Als könne sie dieser Auflösung Einhalt gebieten, sie rückgängig machen, einen Befehl zur Wiederherstellung der löchrig gewordenen Ordnung geben, sagte Mia:

»Danke, aber Bild vom Bild reicht erst einmal. Wer weiß.«

Warum hatte sie nicht die Hand ausgestreckt und das Foto mit einem »Wunderbar« entgegengenommen? Warum hatte sie dieses dümmliche Satzfragment von sich gegeben, das nur dazu da war, irgendetwas in der Schwebe zu halten, was im Grunde längst besiegelt war? Weil sie auf nahezu verzweifelte Weise der Vergangenheit die Chance lassen wollte, vor Ort zu bleiben und für jede Eventualität, insbesondere die des Erhalts beziehungsweise der Wiedereinrichtung der Werkstatt, bereit zu sein; in der sie, Mia, dann jeden weiteren Tag ihres Lebens ein und aus ginge und nicht schon wieder in Mecklenburg-Vorpommern angekommen sein würde.

Hatte Milan ihre Absicht – eigentlich war es mehr ein Reflex als eine Absicht – verstanden? Er sah wieder aus dem Fenster, auf seine Art, wie wenn er um eine Ecke schauen wollte. »Ja, wer weiß«, sagte er dann. Sie schwiegen gemeinsam. Dann sah Mia auf Milans Gesicht ein Lächeln auftauchen und sich vertiefen. »Ja, wer weiß«, meinte er, »vielleicht findet Ivo etwas.« Wenn sie schon den weiten Weg gemacht habe, dürfe nichts unversucht bleiben. Vielleicht wisse er bis morgen schon wieder etwas mehr.

Genau das hatte Mia hören wollen: bis morgen. »Bis morgen« klang so viel besser als: »bei euch«. Alle Tage wollte sie das sagen und sich sagen lassen: Bis morgen. Diese Brücke in den nächsten Tag – die es bald nicht mehr geben würde.

~

Mia ging durch die Straßen und dachte an eine Großmutter, die aus einem Krankenbett fällt und an gebrochener Hüfte stirbt, und an ihre Mutter, die an Gebrochenheit gestorben war, und was sie hinterlassen hatten: eine Liebe zur jungen Sprache in dem einen, eine Liebe zu alter Musik im anderen Fall.

»Jetzt habe ich nur noch dich …«, hatte ihr Vater am Grab ihrer Mutter gesagt, und Mia hatte in den Gesichtern der Umstehenden lesen können, wie diese Zuwendung im Mangelmodus des Selbstmitleids bei den einen ein Nicken, bei den anderen ein Kopfschütteln hervorgerufen hatte.

»… zum Quälen«, hatte sie den Satz ihres Vaters innerlich ergänzt. Und doch war im Schatten dieses Bedrohtseins der Gedanke aufgetaucht, dass, wenn er nur noch sie hatte, er sich niemals mehr in seine umsichtige Gewaltsamkeit hineinsteigern, sondern sich ganz auf seine freundlich-friedlichen Seiten verlegen würde. Er hörte nicht damit auf, wütete aber seltener, mit weniger Energie. Immer öfter sank seine Gereiztheit einfach in sich zusammen. Und sie selbst lernte dazu; behielt grundsätzlich jede Tür im Auge, wenn sie einander begegneten in diesem großen Haus, in dem man sich tagelang auch nicht begegnen konnte. Sie hatte ja auch nur noch ihn. Aber als sie es denken und aufschreiben konnte und sicher war, dass sie es auch würde sagen können, nicht nur ihm ins Gesicht, sondern auch allen, die danach zu fragen legitimiert wären, dass sie nämlich lieber keinen mehr als nur ihn haben wollte, zog sie aus. Hof Jamme hatte viele Zimmer. Und eines davon sicher auch für sie. Mit Betonung auf sicher.

In ihrem Dachzimmerchen sah sich Mia auf ihrem Handy das abfotografierte Foto an. Immer wieder befragte sie die Gesichter, vor allem das eine, das Nina-artige, durchlief das ganze Spektrum von »bloße Einbildung« bis »hundertprozentige Gewissheit«, bevor sie in einen unruhigen Schlaf fiel und mit dem Gefühl erwachte, Jahrhunderte durchwandert zu haben, ohne die Erinnerung daran behalten zu haben; nur die Last der Zeit hatte nicht an Gewicht verloren. Von Kopf bis Fuß trug sie an dieser bleiernen Schwere.

Mia stellte sich in die Badewanne, ließ den Wacholder-Melisse-Sud über ihren Körper rinnen, brauste sich ab, bis eine Leichtigkeit in ihren Körper zurückkam, kochte sich Tee, öffnete ihr Postfach und las die E-Mails, die aufgelaufen waren.

Ein Rundschreiben vom Chef zur neuen Schließanlage, Informationen zu den geänderten Tarifen einer Zahnzusatzversicherung, die Bestätigung der Verlängerung ihres Carsharing-Vertrages. Und dann: die Laborergebnisse der Fadenproben. Ein launiges Begleitschreiben dazu von der Laborantin, die sie einmal auf einer Ausstellungseröffnung kennengelernt hatte. Allein durch den Umstand, dass beide abseits gestanden hatten.

Also, diese Fäden seien ja quasi von gestern. Ein Versehen vielleicht? Immerhin ziemlich interessant, dass zwei der drei

Fäden aus der Wolle vom Guteschaf stammten, denn Guteschafe, *gutefår* auf Schwedisch, das habe sie mit der Referenzgruppe abgeglichen. Die hätte es zu dieser Zeit ihres Wissens nur, nur im Sinne von: ausnahmslos, in Schweden gegeben. Ähnlicher Fall wie einst bei den Islandpferden. Die Brennnessel, mit der gefärbt worden war, gäbe es ja dagegen überall. Wie immer sei auf Schweppes »Handbuch der Naturfarbstoffe« Verlass. Dann mal Prost, könne sie da nur sagen. Schöne Grüße aus dem Labor von Chrissie.

»PS: Ein Wollfaden weist Spuren von ungefärbter Seide auf. Sehr fein gesponnener Faden, wenn auch dieser unverschämt jung :)).«

Mia saß da und starrte auf den Bildschirm. Wie hatte sie so begriffsstutzig sein können? Sie öffnete ein deutsch-schwedisches Online-Lexikon und fand genau das, was sie seit wenigen Sekunden selbst wusste. Warum hatte sie nicht einfach über die Lücke zwischen zwei Wörtern springen können? Eine Lücke, die sie selbst ohne guten Grund gesetzt hatte? Warum hatte sie sich derart blind machen lassen von der bloßen Vertrautheit zweier Vornamen? Ein Postskriptum aus einem Labor hatte sie draufbringen müssen. Etwas, was noch eben schnell geschrieben worden war, als alles schon gesagt war. Hinterhergeschoben. Und doch wie eine Offenbarung: In Schweden war aus Katharina Cepeda oder Vayas oder Trattenbach oder was auch immer eine Nina Seidenfaden geworden. Weil sie es war, die einen seidenen Faden in die Welt hinein zu spinnen wusste – oder weil er es war, der sie in der Welt hielt.

Sie drückte den Reply-Button. »Danke, Chrissie«, schrieb sie, »du weißt gar nicht, wie sehr du mir geholfen hast.«

~

Am nächsten Morgen ging sie nicht in die Werkstatt, sie lief. Beschwingt von ihrem Fund vergaß sie das Klopfen und wollte berichten, als Milan, der ihr Strahlen als Hoffnung auf Neuigkeiten, die er nicht liefern konnte, missinterpretierte, sich beeilte, die Erwartung zu dämpfen: Ivo müsse erst die richtige Stelle herausfinden, die ständige neue Verteilung von Zuständigkeiten habe aus der Verwaltung ein Labyrinth gemacht …

Aber sie – sie habe etwas! Mia berichtete von ihrer Erleuchtung. Das sei in diesem Fall wirklich das richtige Wort: Es sei ihr ein Licht aufgegangen. Und die Ergebnisse des Labors legten die Spur eindeutig nach Schweden. »Sie muss emigriert sein, Milan, der Teppich ist nicht aus Vorpommern, jedenfalls nicht dort gefertigt, oder zum größten Teil nicht, das ist ein Teppich aus schwedischer Wolle und schwedischer Seide, vorwiegend jedenfalls, und mit einem schwedischen Namen. Ich habe nachgeschaut. Es scheint nur der kleine Ring über dem a zu fehlen. Faden auf Schwedisch heißt: *tråd.*«

Sie nahm die Fotos des Teppichs aus der Tasche und markierte die Lücke, wo sie eigentlich hingehörte: zwischen Nina und Silkestrad. Sie nahmen die Lupe und kamen überein, dass zumindest über einigen »a« ein Ring zu ahnen war. Und das »s« zwischen Silke und trad – vielleicht eine Art Genitiv.

Nachdem sie lange über das Spinnen von Seide, überhaupt die ersten Seidenspinnereien, über Materialmix und über Emigration gesprochen hatten, wie zwei Menschen, die nie mehr aufhören wollten, miteinander zu sprechen, wandte sich Mia noch einmal den alten Heften zu und sah, wenn sie den Blick hob, Milan zwischen dem Gärtchen und den hinteren Räumen der Werkstatt pendeln – bis er mit gefüllten Paprikaschoten, Kräuterreis und einem slowenischen Weißwein zurückkam.

Beim Espresso hielt Milan, mitten im Hin und Her über die Strapazierfähigkeit reiner Seidenteppiche, plötzlich inne. Er hätte es fast vergessen: Ein Packpapier habe es gegeben. Wohl zusammengefaltet und schon etwas brüchig. Mit zahlreichen unleserlichen Zollmarkierungen. Ihm sei es mit der Buntheit der Stempel mehr wie ein Geschenkpapier als ein Packpapier erschienen, weshalb er, bevor er es zum Altpapier gelegt habe, kurz nach der Ortsangabe in der Absenderadresse geschaut habe. *Bogu iza nogu* sei das gewesen – »hinter Gottes Füßen, oder wie sagt ihr?« –, wo sich Fuchs und Hase Gute Nacht sagen. Irgendwo in Schweden, mittendrin. Jedenfalls habe er die Verbindung bislang nicht gezogen; Teppich und Papier hätten zu weit auseinandergelegen, in jeder Hinsicht – und Aufheben stand nicht auf der Agenda einer sich in Schließung befindlichen Werkstatt.

»Wäre es groß genug gewesen für den Teppich?«, fragte Nina.

»Auf jeden Fall.«

Schweden also, mittendrin. Nadel im Heuhaufen, dachte Mia.

Als sie gemeinsam das Geschirr in die Küche räumten, sah Mia, wie Milan wohnte, und realisierte, dass ein Zimmer nicht nur ein Zimmer sein konnte, sondern tatsächlich auch eine Wohnung, in sagenhafter Verdichtung. Alles war da: Bett, Stuhl, Regal, Schrank, Herd, Spüle – und alles auf Armlänge erreichbar.

»Es war als ein Übergang geplant«, meinte Milan, »aber nun sind es doch schon ein paar Jahre geworden.«

»Es ist ein kleines Wunder«, meinte Mia mit Blick auf die Nutzung noch der winzigsten Winkel.

»Ja, so kann man es auch sagen, ein Wunder. Ein Wunder, dass es so lange gut ging.« Aber wohl auch kein Wunder, dass er regelmäßig davon träume, treppauf und treppab zu gehen und dabei seine eigenen Schritte zu hören, wie sie einen Raum, nein, wie sie Räume durchmessen, je einen Raum zum Arbeiten, zum Essen, zum Schlafen, zum Lesen …

»Aber du hast einen Garten«, sagte Mia, als sie aus dem Fenster über der Spüle sah. Ja, dafür sei er dankbar; einen Stuhl vor die Tür stellen zu können. Die alte Dame, der das Stückchen Land gehöre und auch der Schuppen, den sie dort vorne sehe, erlaube ihm eine kleine Kräuteraufzucht und einen Tisch in der Sonne. Dafür schraube er hier und da am Schuppen etwas fest. Ein Geräteschuppen und ein Motorradschuppen sei das jetzt, aber früher einmal sei es nahezu ein Haus gewesen, ein Hexenhäuschen – mit winziger Küche und einem winzigen Bad; alles noch kleiner als bei ihm – kaum vorstellbar, oder?

Doch, sie könne sich das sehr gut vorstellen, meinte Mia. Sie habe übrigens ein Dessert mitgebracht. Zwei Stück Mađarica, dünne, nein, dünnste Schichten, abwechselnd aus Teig und Schokoladenbuttercreme. Wie viele es wohl waren? Sie zählten und zählten noch einmal und noch einmal, bis sie einvernehmlich auf ein glattes Dutzend kamen. Seine Großmutter hatte viel darauf gehalten, nicht unter fünfzehn zu bleiben, meinte Milan Kolar.

»Und du kannst das auch?«

»Nein, zum Backen sind wir nicht mehr gekommen.«

Mia wusste nichts zu antworten. »Dieser Teppichmeister, er ist in der Slowakei aufgewachsen«, sagte sie dann, um etwas zu sagen. Was wohl einen jungen Menschen dazu brachte, in Zagreb Teppiche zu restaurieren? Ein Fachmann für Wiederherstellung zu werden? »Es musste hier jedenfalls schon genug kaputte Teppich gegeben haben. Ich bin mir fast sicher, dass es genau diese Werkstatt war, es wird doch nicht mehrere gegeben haben, damals, was meinst du? Ich habe Archivmaterialien gelesen, bin aber nicht ganz schlau daraus geworden. Jedenfalls, eine Adresse habe ich nicht finden können.«

»Vielleicht lässt sich ja noch ein Eintrag im Archiv der HGK finden.«

Mia schaute ihn fragend an.

»Hrvatska gospodarska komora, wie sagt ihr noch dazu? Handelsgemeinschaft?«

»Handelskammer?«

»Ja, wahrscheinlich. Ich frage nach.«

Was als Gespräch begonnen hatte, wurde nichts anderes als eine gemeinsam erzählte »Kleine Teppichgeschichte«. Von der Wiederherstellung zur Neuerfindung. Mia speiste ein, was sie nachgelesen hatte in ihrem Greifswalder Büro, was sie gehört hatte in Lieselotte Baltruschs guter Stube. Milan holte zwei Kompendien aus einer Kiste, die die Tage von einem Antiquar abgeholt werden sollte. Als sie dabei waren, zu rekonstruieren, wie genau der visionäre Teppichmeister von hier aus, und zwar genauestens von hier aus, nach Breslau und Berlin gekommen war, fehlte ihnen die Diplomarbeit, die Mia mit auf die Reise genommen hatte. Sie lief in die alte Villa zurück, hinauf in ihr Dachzimmer und wieder zurück in die Werkstatt. Nichts war jetzt so wichtig wie das.

Auch als es dunkler wurde, waren sie noch immer nicht fertig. Sie waren gerade erst in Berlin angekommen, wo ein Textilfachmann, der vor Kurzem noch in Zagreb Teppiche ausgebessert hatte, und der eben noch in Breslau täglich fünf Musterschablonen entworfen hatte, vertraglich genauestens festgelegt, weder an der Ostsee noch bei sich selbst angekommen war. Der sich, im Gegenteil, immer mehr verlor und verarmte, bis er an einem jener Wintertage, die Obdachlosen wie ihm zum Verhängnis werden können, eine Anzeige las: Teppichfachmann gesucht. An der Ostsee. Für die Fischer. Gegen die Armut. – Unfassbar. Wer, wenn nicht er?

Milan holte eine alte Stehlampe herbei, die mit aufgewickeltem Kabel schon zum Abtransport bereit in einer Ecke gestanden hatte. Sie warf einen zittrigen Lichtkegel auf zwei

Menschen, die in einer fast verlassenen Werkstatt nahe beieinandersaßen und überhaupt einander sehr nahe waren inmitten eines schon aufgekündigten Raumes.

»Übrigens ist er nie wieder zurückgekehrt. Hat nur noch sein Boot aus Glogau geholt, lese ich hier«, sagte Mia. »Und vielleicht Nina Seidenfaden – die damals noch nicht so hieß.«

»Jedenfalls hat sich Glogau auch in einem neuen Namen gefunden. Głogów ist das heute.«

Es ging schon auf Mitternacht zu, als Mia sich zum Gehen anschickte, weil sie unbedingt sagen wollte: Auf Wiedersehen. Bis morgen. Auch Milan erhob sich.

»Wir hätten das aufschreiben sollen. Diese Geschichte gibt es noch nicht. Weder in deinen noch in meinen Büchern.«

»Eines Tages vielleicht.«

»Bis Morgen?«

»Bis Morgen.«

~

Natürlich konnte sie nicht schlafen. Das hatte sie nun davon, dass sie diese zwei Worte wieder hören wollte: eine durchwachte Nacht. Sie saß schon eine Weile vor ihrem Rechner, als eine Nachricht von Frau Baltrusch eintraf. »Liebe Frau Sund«, schrieb sie, »am Telefon erreiche ich Sie ja nicht, also schreibe ich Ihnen hier alles auf.« Dieses Grün, und manches andere, habe ihr keine Ruhe gelassen – da habe sie einfach alle, von denen sie wusste, dass sie selbst einmal geknüpft hatten, oder aus Familien stammten, in denen geknüpft worden war, eingeladen und von dem Teppich erzählt. Sie hoffe, das sei in Ordnung. Ein Rätsel sei er ja, aber doch hoffentlich kein Geheimnis … Und tatsächlich, Johann Bruns, letzte Woche sei er zweiundneunzig Jahre alt geworden, aber so was von gut zu Fuß, der habe berichtet, dass sein Vater ihm und seinen Geschwistern, wenn sie keine Lust zum Fädenschneiden gehabt hatten, gesagt habe, dass es so viel besser gehe, wenn jemand einem bei der Arbeit etwas erzählt. Vor dem Krieg, so Johann, so sein Vater, habe es eine kleine Fischerin gegeben, die habe so schön erzählen können. Von anderen Welten. Ganz anderen Welten. Also, schrieb Lieselotte Baltrusch, stimme es, was ihr da neulich eingefallen sei. Aber noch etwas: Nicht umsonst habe man sich erzählen lassen. Die kleine Fischerin wurde entlohnt. Jedoch nicht mit Geld. Mit einer Mahlzeit habe man sie bezahlt. Für sie und ihren Mann; und zwar reihum: Jeden Tag wurde in einer der Knüpferfamilien für die kleine Fischerin und ihren Mann mitgekocht. Ob die kleine Fischerin nicht kochen wollte oder nicht kochen konnte, sei nicht bekannt. Sonntags bekamen die beiden von allen etwas ab. Da wurden die Kinder hingeschickt, mit kleinen Kasserollen, die montagmorgens abgewaschen zurückkamen. Eine Art Büfett müsse das gewesen sein oder wie man das heute so nenne: Brunch. Das hätte es eben in Vorpommern schon lange vor dem Krieg gegeben, so Johann Bruns … und wie er selbst über seinen Witz gelacht habe! Bis ihm die Tränen aus den Augen traten.

Sie habe natürlich, so Frau Baltrusch, genauer gefragt, was die kleine Fischerin denn erzählt habe, aber das habe sich nicht erhalten, nur eben, dass sie erzählt habe, wie niemand sonst je erzählt hatte. Und dass sie fröhlich gewesen sei und lebhaft. Und ihr Mann, ein Carl Holm, dagegen so still und zurückhaltend, vor allem nachdem der Vater wohl ein ganzes Hotel verspielt hatte, und ein Schulfreund, der war wohl Nazi geworden. Die Spur der beiden habe sich verloren. Emigriert. Hoffentlich! Hoffentlich emigriert und nicht interniert. Liz Elms jedenfalls habe ihr neulich beim Bäcker erzählt, dass ihre Oma Lisa ledig geblieben sei, weil sie den Carl immer nur kurzfristig, aber weder mittel- und schon gar nicht langfristig habe vergessen können.

Sobald sie noch mehr erfahre, melde sie sich wieder. Sie hoffe, es gehe ihr gut und sie werde finden, was sie suche. »Bleiben Sie gesund!«

Da hatte Frau Baltrusch etwas geschrieben, dessen Bedeutung als Puzzlestein sie selbst wahrscheinlich gar nicht erkannt hatte. Carl also. Carl Holm.

Nina Seidenfaden, dachte Mia, deinen Carl hätten wir jetzt auch mit im Boot. Sie lehnte sich in ihrem Stuhl weit zurück, zufrieden darüber, dass der Tapisserist aus dem Berliner Grau an die Ostsee gefunden hatte und ein Fischerpaar sich nach Schweden hatte retten können, und so erschöpft, als hätte sie höchstpersönlich an diesen Rettungsaktionen mitgewirkt, schlief Mia angezogen auf ihrem Bett ein, ohne den Computer heruntergefahren, ohne die Vorhänge zugezogen, ohne den Bettüberwurf abgedeckt zu haben.

Im Morgengrauen träumte ihr, sie ginge an einer zu drei Vierteln zugefrorenen Ostsee spazieren. Sie fror und das Packeis grummelte in tiefen Tönen.

Am nächsten Morgen las sie in den Nachrichten, dass in den frühen Morgenstunden eine Gewitterfront aus Südosten zwischen Samobor und Zagreb hindurchgezogen war.

~

Als sie am nächsten Tag die Tür zur Werkstatt öffnete, war es Milan, der sie mit einer Neuigkeit empfing:

»Schau doch mal, ich habe hier eine Mappe gefunden, eine Art Sammlung. Ob die vielleicht von eurem Greifswalder Teppichmeister ist? Es ist eine Handvoll loser Papiere, Notizen, Briefe, willst du mal schauen? Hier ist dein Kaffee. Nach dem Mittagessen kann ich mitlesen und übersetzen, was du gefunden hast. Jetzt muss ich etwas erledigen.«

»Nach dem Mittagessen«. Es war der fünfte Tag ihrer Bekanntschaft, und es gab einen Alltag mit Kaffee und Mittagessen und mit »Bis morgen«. Mia wünschte, es wären sieben mal sieben Tage gewesen, die sie ins Formular eingetragen hatte. Sieben mal sieben mal sieben, wie in einer unendlichen Glücksschlaufe.

Milan kam wieder mit einer Einkaufstüte in jeder Hand. Nickte ihr zu und verschwand in der Küche. Er wird jetzt tatsächlich für mich kochen, dachte Mia, für sich und für mich. Wahrscheinlich war die Haushälterin im Haus ihrer Eltern die Erste, Letzte und Einzige gewesen, die für Mia gekocht hatte. Aber hatte sie gekocht? Sie hatte Dosen geöffnet und war eine erklärte Anhängerin kalter Küche gewesen. Auf Hof Jamme, als Bea dort den Herd übernommen hatte, wurde gekocht: vielfältig, frisch, experimentell – aber für viele, für viele zufällig Hungrige, auch für sie, aber nicht speziell für sie. Speziell für sie hatte lange nicht mehr, vielleicht noch nie jemand gekocht. Bis jetzt. Jetzt Gerichte, deren Namen sie nicht kannte; zubereitet von einem Mann, den sie kaum kannte. An einem Ort, zu dem sie nur mithilfe eines Stadtplans gefunden hatte.

Salat gab es, mit frittierten Salbeiblättern und marinierten Walnüssen. Knödel mit frischem Spinat. Eine Flasche dalmatinischen Wein dazu.

»Es ist wie Weihnachten«, meinte Mia.

»Weihnachten? Weihnachten gäbe es Sarma – Krautwickel.«

Mia sah eine Großmutter vor sich, die Kohlblätter blanchierte, während eine vielköpfige Familie den Baum schmückte. Aber ob die Gottscheer überhaupt Weihnachtsbäume aufstellten?

»Was isst du zu Weihnachten?«, fragte Milan.

Ging Käsebrot mit Kresse als Weihnachtsessen durch? Eine vage Erinnerung hatte sie an einen Karpfen auf dem Esstisch, an einen Vater mit Anzug und Krawatte, an eine Mutter mit vorsichtigem Lächeln. Nichts sollte schiefgehen. Gerade heute nicht. Sich selbst sah sie nicht in diesem Bild. Das leere Auge des Karpfens warf ihr das eigene Angesicht nicht zurück. Was also sollte sie antworten? Stulle? Totäugiger Karpfen?

Sie schwieg.

»Espresso?«, fragte Milan.

»Lass mich das machen.«

Auf Hof Jamme waren die kleinen italienischen Alukocher nie kalt geworden. Sie ging in die Küche, setzte Kaffee auf, stellte zwei kleine Tassen aufs Tablett.

»Leider bin ich mit der Mappe nicht weitergekommen. Es sind, glaube ich, hauptsächlich Schulhefte. Mit Korrekturen und Bewertungen und einer Menge Gekritzel.«

»Ach schade.« Dafür könne er ihr jetzt sagen, welche Informationen er von Ivo erhalten habe. Fehlanzeige bei der Handelskammer, aber immerhin eine Einwohnermeldeliste nämlich, unter der Hand: »Jetzt können wir diese Namen mit der Mitarbeiterliste abgleichen.«

Nach kurzer Zeit fanden sie den Namen Vayas, gemeldet seit 4. Februar 1922, aber mit einem anderen Vornamen: Margarete. Und einen Rattenschwanz von weiteren Namen: Elena Ottilia Sanchez Cepeda Ávila zu Vayas-Trattenbach. Schwer adelig, fanden sie beide. Spanisch-österreichisch; mindestens. »Schau doch nur mal«, sagte Milan, »er füllt drei Spalten: dass die vornehmen Leute immer so viel Platz brauchen. Selbst auf Papier.« Ávila war unterstrichen. Wahrscheinlich hatte sie sich entscheiden müssen für einen Haupt-Nachnamen, überlegte Mia. Was Ávila bedeutete, müsste man wissen.

Das WLAN in der Werkstatt war längst gekündigt, der Empfang über mobile Daten hoffnungslos. Sie gingen hinaus in ein Café auf der anderen Straßenseite. Milan fand einen Eintrag und übersetzte, während er vorlas. »Ach, jetzt müsste

Jan hier sein – er könnte das viel besser als ich.« – »Ich höre dir so gern zu«, sagte Mia. Er schaute fragend hoch. »Wirklich«, sagte sie und dachte: Nur keinen Dritten hier. Keinen Jan. Keinen Ivo. Niemanden.

Sie staunten gemeinsam darüber, dass es in Ávila einst eine solche Heilige gegeben hatte: eine, die Häuser besetzte, die im Bollerwagen durch ganz Spanien reiste, die mir nichts, dir nichts soziale Unterschiede einebnete, die sich mit dem Stammorden anlegte und tatsächlich meinte, dass Gott auch zwischen den Kochtöpfen anwesend sei. Womöglich gerade dort. Die von Zeit zu Zeit schwer daniederlag. Und sich dann, schon tot geglaubt, wieder vom Lager erhob, um erneut auf Reisen zu gehen.

»Eine solche Ahnin würde gut passen – zu Nina, meine ich«, sagte Mia, »aber da sie eine Nonne war, passt es auch wieder nicht.«

»Nun«, meinte Milan, »sie wird nicht die einzige Frau in der Familie gewesen sein.Aber mir ist da noch etwas eingefallen.«

In der Werkstatt machte sich Milan daran, einige Kisten wieder zu öffnen. Er zog einige Zettel hervor und reichte sie Mia. »Das ist die Schrift aus dem Mitarbeiterbuch«, sagte er. Sie hockten sich auf den Boden und reichten einander die Blätter hin und her. Gedichte waren es, Gedichte, die sie nicht verstanden. Ungarisch gehörte zu den Sprachen mit sieben Siegeln. Aber diese kleine zarte, präzise Schrift konnten sie würdigen. Eine überraschend bescheidene Künstlerschrift war das. Zwischen den Blättern fanden sie Landschaftsskizzen, einen Stadtplan von Wien. Sie konnten nicht aufhören und packten den ganzen Karton aus – eine letzte Würdigung, bevor auch dieser die Werkstatt verlassen würde. »Vielleicht nimmst du etwas davon mit?«, fragte Milan. Er habe einfach alles einpacken müssen, nur noch Altpapier gesehen. Jetzt erscheine es ihm dagegen wie eine Handschriftensammlung, nach der Antiquare und Museen sich die Finger lecken müssten. Und doch wisse er, dass es nicht so sei. Dass kein Weg an dem vorbeigehe, was die Leute »Auflösung« nennen. Als sei die Vergangenheit ein Brausepulver und die Gegenwart ein Glas Wasser.

Es war spät geworden; also gab es noch eine weitere Mahlzeit, ein Abendbrot: Oliven, Tomaten, Käse, im Ofen geröstetes Baguette. Milan breitete ein Tischtuch auf dem Boden aus. Als sie die halbe Flasche Wein, die vom Mittagessen übrig geblieben war, ausgetrunken hatten, hatten sie fünf Kisten aus- und wieder eingepackt. Es gab nichts mehr zu tun.

»Ich bringe dich zum Hotel«, sagte Milan.

»Ach, es sind nur ein paar Schritte« – eine Abwehrreaktion, fast eine Flucht. Sie sagte sich, dass sie das jetzt gesagt hatte, weil sie unbedingt WLAN brauchte und noch etwas arbeiten wollte, um ihren Bericht gehaltvoll zu machen. Aber natürlich wusste sie, ohne es sich zu sagen, dass sie das gesagt hatte, um etwas wieder sagen zu können, was sie unbedingt wieder sagen wollte, wieder und wieder und wieder – oder wenigstens noch einmal: bis morgen.

Milan nickte, erhob sich, rangierte die Kisten wieder in die Reihe am Rande des Raumes und brachte Mia zur Tür.

»Du kommst morgen noch einmal?«, fragte er.

Dass das nur halb eine Frage war, machte es Mia leicht:

»Ja«, sagte sie, »bis morgen.«

»Bis morgen.«

Im Dachzimmer ging Mia die kurzen ausgetretenen Bahnen hin und her, bis es ihr selbst lächerlich vorkam. Wie sollte sie sonst ihre Sehnsucht bekämpfen, ihre Verwirrtheit, das Gefühl, den Fehler ihres Lebens gemacht zu haben? Kein Transport von Drogen unter Stefans Ägide, keine Mitwisserschaft, kein Fehler in ihrem Leben so schlimm wie dieser.

Sie gestand sich ein, dass es nicht nur die Sehnsucht danach war, wieder »bis morgen« zu sagen, sondern dass es eine Sehnsucht war, von der sie meinte, sie würde sie niemals mehr haben: Sehnsucht nach einem anderen Körper.

Ein paar Mal, vor vielen Jahren, war sie zu Tagungen gereist. Sie dachte, es gehöre dazu, zur Forschung, zur Fachkommunikation. Dass sie es machen müsse. Doch weder in Würzburg noch in Utrecht oder in Istanbul hatte sie etwas erfahren, was sie nicht schon wusste oder nicht sehr leicht wissen hätte können; irgendetwas, das nicht schon veröffentlicht oder wenigstens halbwegs bekannt war. Nur dass es bei den Fachtagungen im Wesentlichen um anderes ging, das war ihr neu. Es ging um Eitelkeit, und es ging um Sex. Sie traf Fachgelehrte, die erst ihr neuestes Buch präsentierten und dann nicht viel Zeit verstreichen ließen zwischen dem Lamento über ausbleibende Fördergelder, das chronisch neidische Kollegium und ihre träge gewordene Ehe. Dieses Drei-Fliegen-mit-einer-Klappe-Schlagen: Werbung in eigener Sache, etwas Psychohygiene und erotische Abwechslung, diese Heimlichkeit mit einem Anstrich von Verwegenheit, die weggedrückten Anrufe mit einem Anstrich von Verlegenheit, das Vorbauen schon beim letzten Frühstück im Tagungshotel. Damit es nicht zu kompliziert werden würde. Blättern im Tagungskalender: Bist du eigentlich in Turin auch dabei, dann lass es uns doch – vielsagendes Lächeln, etwas mokant, eine Spur zu selbstgewiss; wer könnte diesem Angebot widerstehen. Dass man in der Wissenschaft im Allgemeinen und der Faserarchäologie im Speziellen so schlicht gestrickt sein konnte. Einige Male hatte sie das Spiel mitgespielt. Der reduzierte Austausch von Privatinformation kam ihr entgegen. Sie war im Bett gelandet mit einem Akademischen Rat, der gerade ein bahnbrechendes Buch – das war seine Selbsteinschätzung: bahnbrechend – über Quartäre Ammoniumverbindungen geschrieben hatte und sich als alten Einzelgänger bezeichnete – oder hatte er *lonely wolf* gesagt? – und der am nächsten Morgen einen Anruf von der Rehaklinik erhielt, seine Frau, mit neuem Hüftgelenk, könne ihn nicht erreichen, sie bitte darum, dringlichst, die Krankenschwester am Apparat unterstützte die Dringlichkeit mit Lautstärke, noch einige Dinge von zu Hause gebracht zu bekommen. – Der frischgebackene Privatdozent, der sie mit seiner notorischen Bindungsunfähigkeit beeindruckt hatte, weil er so sensibel darüber hatte sprechen können, trug in seiner Mappe eine stattliche Sammlung von »Papa ist der Beste«-Zetteln und »Hab dich lieb«-Haftnotizen spazieren. – Der Dritte war tatsächlich frisch geschieden und offenbarte ihr am Morgen danach seine neue Lebensphilosophie: Ab jetzt nehme ich mir, was ich brauche. Schon im Fahrstuhl kannte er sie nicht mehr und versuchte in dieser absichtlich-unabsichtlichen Art, von denen nur eine bestimmte Spezies alternder Männer glauben konnte, sie sei irgendwie charmant, mit einer Doktorandin Tuchfühlung aufzunehmen. Frustriert über diese ganze Abgeschmacktheit und weil es an Anlässen fehlte, hatte sie ihr Liebesleben eingestellt, vergessen, wie das überhaupt ging, sich verlieben, und sich ganz auf den Whiskey und das Lesen verlassen.

Und jetzt sie hier in ihrem Dachzimmer und er dort in seinem Nebenzimmer.

Sie büßte ihren Aufbruch aus der Werkstatt mit nächtlicher Arbeit. Sie recherchierte. Sie surfte auf den Wellen der Familiennamen-Portale und hangelte sich zurück bis ins 16. Jahrhundert. Sie nickte ein und in ihrem Kopf entspann sich eine Romanze, nein, keine Romanze, viel mehr als das, zwischen dem begnadeten Lautenspieler Luys Milan und einer aufmüpfigen Teresa de Ávila, lange bevor er Musiker am Hofe und sie Nonne in San José wurde. Sie träumte, wachte auf, notierte, schlief wieder ein, träumte weiter von diesem unwahrscheinlichen, diesem glücklichsten aller Paare. Die Zartheit und Innigkeit der Laute, die stürmische Zuwendung und Hingabe an das Mysterium der Liebe, die alles hinter sich ließ. Sie vermeinte Milan neben sich, aber es war Stefans Zärtlichkeit, die sie spürte. Rasch wechselnde Gesichter durchzogen ihren Traum; sie sah auch ihr eigenes, aber viel jünger als jetzt, dann viel älter. Sie wachte früh auf, die Katze maunzte vor ihrer Tür. Nachdem sie sie hereingelassen hatte und die Katze auf ihr Bett gesprungen war, ging sie zum Fenster. Tränen liefen ihr übers Gesicht. Sie stand dort und ließ die Tränen laufen, unfähig, sich auch nur um ein Taschentuch zu kümmern. Sie weinte über Stefan Schmittbauer, der sie zur Zweitfrau gemacht hatte, darüber dass Tamara Milans erste Frau geworden war, nicht sie selbst, über Teresa de Ávila, die lieber Nonne geworden war, statt mit Luys Milan durchzubrennen, über ihre Mutter, die nicht nur den, sondern überhaupt einen falschen Mann geheiratet hatte.

»Nina«, sagte sie, »ich weiß absolut nicht, was ich jetzt tun soll. Vielleicht sagst du jetzt mal was.«

~

Am nächsten Tag stand sie vor verschlossener Werkstatttür. Nachdem sie zweimal geklopft und gehorcht hatte, ob sich Schritte näherten oder nicht, ahnte sie es, nein, wusste sie es, dass es so hatte kommen müssen, dass ein Traum wie dieser natürlich zerplatzen würde wie eine Seifenblase, weil es gar nicht anders sein konnte und natürlich weil sie selbst es vermasselt hatte und sie es nicht, überhaupt: nie wieder würde gutmachen können – und kam nicht darauf, dass sie an diesem letzten Tag sehr früh aufgewacht war, sie nichts anzufangen gewusst hatte mit sich selbst in dieser aufreibenden Mischung abendlichen Glücksgefühls, nächtlicher Verzweiflung und morgendlicher Unruhe, sodass sie eher als sonst losgegangen war und demzufolge auch eher als an den letzten Tagen vor dem Tor stand.

Scham fühlte sie und Beklemmung und Hilflosigkeit und Unsicherheit, ob sie noch einmal klopfen sollte, obwohl sie doch schon sehr gut wusste, dass sich auch dann die Tür nicht öffnen würde. Sie drehte sich zum Fortgehen, als sie Milan schnellen Schrittes von der gegenüberliegenden Straßenseite her kommen sah.

Er entschuldige sich, dass er zu spät gekommen sei. Sie hob abwehrend die Hände. Er müsse doch nicht … sie sei ja ohnehin nur noch … es sei ja eh der letzte Tag … Milan öffnete das Tor, schaute sie nur kurz an, wie am ersten Tag, und wieder hatte Mia dieses Gefühl, dass ihr nichts als floskelhafter Unsinn über die Lippen kam und auch er genau dies dachte: Was redet diese Frau daher? Ohne Sinn, ohne Verstand und, am schlimmsten, ohne jedes Gefühl für die Situation, für seine Gefühle, ohne Sensibilität, ohne Zartheit. Er hatte sich in ihr getäuscht. Bestimmt dachte er das. Genau so. Und blieb höflich dabei, überspielte die Situation, indem er erzählte, wo er gewesen war: in der Wohnung eines Freundes, die er betreute, wann immer der in Brüssel seine Einsätze hatte – Jan, er habe ihn schon erwähnt, sei Simultandolmetscher. Na ja, weniger die Wohnung sei zu betreuen als vielmehr die zwei Katzen. Was sollen kroatische Katzen mit Brüsseler Mäusen anfangen?, habe Jan damals gesagt, als er die Stelle bekam, und ihm die Schlüssel in die Hand gelegt. Und was hätte er dagegen sagen sollen? Milan lächelte sie an, und Mia fand langsam zurück aus der Welt der Mutmaßungen in die vertraute Werkstattwelt.

Während der letzten Tage war die Werkstatt quasi unter der Hand sehr leer geworden. Trotz vorübergehend wieder geöffneter Kisten, trotz einer warmen Küche. Die Dielen, graues, weiches Holz, sauber gefegt. Viel Platz war jetzt da, um umeinander herumzulaufen. Wie Kraniche in ihrem Tanz auf einem weiten Feld, dachte Mia. Und wurde dann das Bild nicht los. Bis auf dieses Bild war Mias Kopf leer. Sie wusste kaum etwas zu antworten auf Milans Fragen. Dieser Kopf, der so bildreich geträumt hatte, war erschöpft; kein weiteres Bild als dies der tanzenden Vögel ließ er noch zu. Und ein langsames Sichdrehen im Kreis.

Ob der Teppich im Museum hängen werde, jetzt, wo sie wieder zurückkehre. Und was für ein Text, welcher Name wohl daneben stehen werde. Überhaupt würde er so gern wissen, wie die Geschichte mit Nina Seidenfaden und ihrem Teppich wirklich war. Er würde etwas drum geben. Noch wüssten sie so wenig.

Mia antwortete nicht. Nicht, weil sie keine Ideen dazu hatte, sondern weil sie sich nicht vorstellen konnte, dass sie zurückreisen würde. Sie wollte nichts lieber als in dieser leeren Werkstatt bleiben, in der für sie gekocht wurde, in der Kataloge, Fotos, Papiere ein- und aus- und wieder eingepackt wurden; sie wollte nichts lieber als diesen Aufschub auf endlos stellen; nichts anderes wollte sie. Wie sollte sie da über ein Museum und dessen Namenspolitik für Neuzugänge nachdenken?

»Wenn es eine Ausstellung gibt, werde ich versuchen zu kommen«, sagte Milan und reichte ihr ein Stück Papier mit seiner E-Mail-Adresse. Natürlich wisse er nicht, wo er dann gerade sei, aber er werde es versuchen – vorausgesetzt, sie habe nichts dagegen.

Natürlich habe sie nichts dagegen – im Gegenteil, sagte sie und wehrte sich dagegen, was sie hier sagten: Floskeln, all dieses Abschiedsartige, und dass von einer Zeit die Rede war, die es nach Greifswald zurück geschafft haben würde, wohingegen sie selbst nicht im Mindesten wusste, wie sie es dorthin zurück schaffen sollte – sie konnte doch nicht wieder in die Wohnung, sie konnte nicht –

Und doch hatten sie beide diesen Abschied eben gerade besiegelt mit dem Austausch von Adressen und Absichtserklärungen.

Er drückte ihr einen Stapel Materialien in die Hand – alles, was noch wichtig sein könnte. Könne sie das überhaupt noch tragen? Sonst würde er es ihr auch nachschicken können. Wo er eh beim Packen sei.

Nein, nein, sie könne das tragen. Sie habe ja wenig Gepäck. Für die paar Tage …

Sie traten von einem Fuß auf den anderen. Solange man auf der Stelle trat, konnte man nicht auseinandergehen.

Er schaute aus dem Fenster, wie am ersten Tag. Dann wieder sie an. Zweifelnd. An den Umständen. Nicht an ihr. In einem anderen Leben hätten sie – vielleicht –

Mia nahm die Schachtel und wandte sich zum Gehen.

Rasch beugte Milan sich vor, gab ihr einen Kuss auf jede Wange.

Es ist höflich, das zu tun, fuhr es Mia durch den Kopf. Er ist ein höflicher Mensch, und es ist höflich, das zu tun. Es wäre unhöflich, es nicht zu tun. Höflich ist ein seltsames Wort, und höflich und küssen passt gar nicht zusammen. Aber bei ihm, bei Milan, vielleicht …

»Soll ich dich nicht doch … begleiten?«

Sie schüttelte den Kopf. Jeden Schritt, mit dem er sie begleiten würde, würde sie rückgängig machen müssen. Wie um Himmels willen sollte sie das schaffen? Nein, nicht noch weiter.

Sie ging ohne ein weiteres Wort, einen weiteren Blick.

Vor sieben Tagen, auf dem Weg vom Bahnhof zur Pension, hatte sie die Häuser angesehen, und es hatte sie eine Angst befallen vor etwas ›Undurchsichtigem‹. Was sie nun überfiel, schmerzhaft, war ›Durchsichtigkeit‹: Wie in einem plötzlich aufreißenden Nebel erhaschte sie einen kurzen klaren Blick in die Zukunft: Ab jetzt würden alle ihre Tage ohne die Werkstatt sein, ohne Milan, ohne Morgen. Sie würde zurückkehren in eine vollkommen konturlose Zeit, die einmal ihr größter Wunsch – gewesen war.

~

Dass man einfach aufstehen und gehen konnte, auch wenn man nicht aufstehen und nicht gehen wollte. Und dass man einen Bahnsteig finden und die Rolltreppe hochfahren konnte, obwohl man es nicht wollte. Dass man eine Ansage für einen pünktlich einfahrenden Zug in drei Sprachen hören und darin nichts anderes zu hören vermochte als die Ankündigung einer massiven Fehlentscheidung.

Als sie den EuroCity kommen sah, brach Mia in ein Schluchzen aus, nahezu ein Jammern, ohne Tränen. Dabei gab es hier niemanden zu verabschieden – noch nicht einmal sie selbst wurde verabschiedet – doch. Doch! Sie selbst verabschiedete eine Frau, die in den Zug einsteigen und in die Wohnung fahren würde, froh, dass das Ausnahme-Abenteuer überstanden und alles wieder »mittel« war. Sie ließ den Zug anhalten, warten und wieder abfahren – als schwebe sie als Beobachterin in dieser Szene, nicht als Beteiligte, schon gar nicht als Hauptfigur. Was hatte sie getan?

Sie drehte auf dem Absatz um, lief die Treppe hinunter, ohne sich noch einmal umzusehen, stieg in den Bus, verfolgte wie betäubt die Stationen, stieg aus, lief so rasch die Straße hinunter, dass sie schnell atmend vor der Pension ankam, wo sie in besorgte Gesichter sah. Nein, nein, nein, nichts vergessen, nichts passiert, oder doch, aber nicht so etwas, also, nun – sie wolle bleiben. Mia deutete mit dem Finger Richtung Dachgeschoss. Ob das ginge? Sie sah, wie sich Erleichterung in den Gesichtern ihrer Wirtsleute ausbreitete. Wie eine Antwort auf Mias »Nein, nein, nein«, rasch hintereinanderweg gesagt zur Beruhigung, empfing sie nun ein mehrfaches »Ja, ja, ja«, gefolgt von einem »Bitte, bitte, bitte«. »Solange Sie mögen«, sagten die Hände der Frau, die sich, vor der Brust zusammengepresst, nun lösten, um Mia ein Glas Wasser zu geben.

Wieder in ihrem Zimmer, stellte Mia ihre Reisetasche ab

und fuhr den Laptop hoch. Als Erstes schrieb sie nach Greifswald, ihre Rückkehr würde sich verzögern aufgrund einer – sie hielt inne, unsicher darüber, was ein hinreichender Grund sein könnte – Unpässlichkeit. Sie strich »Unpässlichkeit« und schrieb, sie habe ihren Pass verloren und die Klärung der Angelegenheit könne sich etwas hinziehen. Sie bitte darum, all ihre noch verfügbaren Urlaubstage in Anspruch nehmen zu dürfen; gegebenenfalls auch unbezahlte.

An Lieselotte Baltrusch schrieb sie, dass sie noch ein wenig bleibe. »Stellen Sie sich vor, es gab in der Teppichwerkstatt einen türkischen Ofen und eine Scheherazade, die ganz oben auf den Teppichrollen saß.« Außerdem: »Ich glaube, ich habe Nina gefunden. Bald mehr dazu. Was macht der Fuß?«

An Holger Berends schrieb sie: »Könntest du dich bitte um die Post der letzten Woche auf meinem Schreibtisch kümmern? Ich glaube, das aus Hamburg angefragte Leichentuch aus Vitrine 8 muss auf den Weg gebracht werden.« Und sie denke nicht, dass sie in nächster Zeit viel reisen werde, falls das für seine Planungen hilfreich sei.

Sie suchte nach der Handynummer des Hausmeisters und sandte ihm eine Nachricht: Ob er die Topfpflanze aus ihrem Büro ins Foyer stellen könnte, vielleicht würde sich dort jemand ihrer erbarmen, und in der obersten Schublade links im Schreibtisch liege noch eine Schachtel F6. Die sei sowieso für ihn gedacht gewesen.

Während sie diese Textnachricht absandte, trafen vier E-Mails auf einmal ein: Die Bibliothekarin, die ihr vor Wochen für die elektronische Nutzung des Archivs, das Fischerteppich-Materialien barg, einen Zugang für Fachpersonal freigeschaltet hatte, meldete sich mit der Nachricht, dass im Zuge ihrer Anfrage nun weitere Materialien digitalisiert werden würden, und zwischen den ewig nicht bewegten Kassetten sei ein nicht klar zuzuordnendes Schreiben, Fragment eines Schreibens besser gesagt, aufgetaucht. Wohl vom Winter 1929. Scan anbei. Bitte noch vertraulich behandeln. Normalerweise würden sie so etwas nicht machen.

Ein Hoch auf die Leute, die machen, was sie normalerweise nicht machen, dachte Mia.

Die Sekretärin hatte postwendend geantwortet: »Liebe Frau Sund, das klingt ja gar nicht gut. Wir brauchten noch eine ausführliche Darlegung der Situation. Gern auf Papier und als Einschreiben. Sie haben noch 27 Urlaubstage. MfG.«

Holger Berends schrieb: »Kein Problem, das Leichentuch ist schon in Arbeit. Sag mal, meine Nichte sucht gerade ganz dringend eine Wohnung, könnte sie nicht bei Dir eine Weile unterkommen? Wo Du doch wohl länger weg bist?«

Ohne zu zögern, antwortete Mia, dass der Schlüssel bei der Nachbarin sei. Im Übrigen wäre in der Wohnung alles vorhanden, seine Nichte könne alles benutzen.

Von Frau Baltrusch kam ein kurzer Gruß zurück mit der Frage: »Ist er eigentlich nett, dieser Werkstattinhaber?« Lieselotte und ihre Spökenkiekerei …

In einem Taubenschlag von Korrespondenz sitzt sie hier – und doch spricht sie nicht mit dem, mit dem sie jetzt sprechen müsste. Sie sitzt und sie bleibt sitzen. Denn ginge sie, ginge sie zu ihm – ginge sie immer nur in ein »Bis morgen«. Ein Aufschub, kein Aufbruch. Wieder würde alles gleich bleiben, wo sie selbst jetzt nicht mehr dieselbe bleiben kann. All diese Fäden in ihrer Hand. Die gibt sie nicht wieder her.

Schwierigkeiten bei der Einordnung eines signierten Pommerschen Fischerteppichs. Ein Forschungsbericht.

Die Überschrift hatte sie schon länger im Kopf gehabt. Wie von selbst hatte die sich gerade getippt. Und nun? Ein Abstract, eine prägnante Zusammenfassung, Angabe der Inhalte, die folgen würden. Ihre Finger rührten sich nicht. Gut, das würde sie am Schluss schreiben. Die formalen Erfordernisse eines wissenschaftlichen Beitrages waren ihr durchaus noch vertraut. Sie müsste nur ihre Recherchen rekonstruieren. Warum fielen ihr keine Worte dafür ein? Er könnte Aufsehen erregen in der kleinen Forschergemeinde und den Teppich zu einem besonderen Ausstellungsstück machen. Und wäre das nicht, nach allem, doch noch ein schöner kleiner Erfolg? Mach schon, Mia, dachte sie, erste Sätze in fachwissenschaftlichen Beiträgen sind doch im Grunde immer schon da. Sie konstatieren. Sie spiegeln das Gegebene. Sind Schablonen: »Die Fischerteppiche sind eine verhältnismäßig junge Ausprägung der Teppichkunst.« – »Die klassischen Fischerteppiche wurden zunächst als Vorpommersche, später auch als Freester Fischerteppiche bezeichnet.« – »Nicht anders als die finnischen Florteppiche und die Masurischen Teppiche sind auch die Fischerteppiche in der Regel unsigniert.« Es gab reichlich Auswahl.

Ihre Hände blieben auf dem kühlen Metall unterhalb der Tastatur liegen. Draußen maunzte die Katze. Mia stand auf und öffnete die Tür. Die Katze schlich herein und ließ sich neben dem Schreibplatz nieder, als wollte sie verfolgen, in aller Ruhe, was Mia zu sagen hatte. »Tut mir leid, ich weiß nicht weiter«, sagte Mia und streichelte den Katzenrücken. Kurz bevor sie aufgeben und mit diesem Versuch abschließen wollte, wie sie gerade mit so vielem abgeschlossen hatte, geriet etwas in Bewegung. Ihre Finger legten sich auf die Tasten, ihr Rücken richtete sich auf, ihre Füße schlangen sich um die Stuhlbeine, ihre Gedanken wollten in eine völlig unabgesprochene Richtung den Fingern davonjagen – weil

Mia eine junge Frau in Zagreb auf einem Bahnsteig stehen sah und sie nicht aus den Augen verlieren durfte: Es ist Ende Februar, und es ist sehr kalt. Nina hat ihre Hände in die Manteltaschen gesteckt. In der einen ist sehr wenig Geld, in der anderen eine sehr norddeutsche Adresse.

Der Kuss der Erinnerung an ihn malte Bilder von Liebe und Licht an die Wand. Hier war Friede. Sie holte ihren Horizont ein wie ein großes Fischnetz. Holte ihn ein vom Bund der Welt und warf ihn sich über die Schulter. So viel Leben in seinen Maschen! Sie rief ihre Seele, schauen zu kommen.

Zora Neale Hurston,
Vor ihren Augen sahen sie Gott

Zagreb, Winter 1929

Die Adresse hatte in einem Umschlag gesteckt, der wiederum adressiert war an: Katharina Beatriz Terese Josefa Ava Cepeda zu Vayas-Trattenbach. Schloss Thaya. Als ob sie das sei. Als ob nicht auch ein Schloss eine Straße, eine Straßennummer, eine Postleitzahl und einen Hinweis brauchte, in welchem Land es stand. Und doch hat dieser Brief sie erreicht. Ein Wunder war das, zumal sie schon lange ganz woanders war; in jeder Hinsicht. Nicht länger eine aus dem Nichts aufgetauchte Trabantin höherer und allerhöchster Kreise, sondern eine selbst ernannte freie Bürgerin, die sich mutwillig aus ihrer Bahn hinausgeschleudert hatte, mitten ins Chaos einer zerfallenden Doppelmonarchie hinein. Die sich einen bis zur Lächerlichkeit opulenten Namen auf vier Silben zusammengeschnurrt hatte: Nina Vayas. Zunächst einmal. Sie liebt die Republik.

In dem Brief war sie gefragt worden, ob sie sich vorstellen könne, weit zu reisen, nach Norden zumal? Vielleicht suche sie ja sogar gerade eine Beschäftigung? Jetzt, wo ihre Mutter ins Transsilvanische geheiratet habe, wie man über fünf Ecken gehört habe. Auch, dass die Werkstatt geschlossen sei – er hoffe doch sehr, nur vorübergehend. Also schreibe er ihr offiziell an die letzte, genauer gesagt vorletzte Adresse – recht bange, ob ihr das recht sei. Nach alledem. Jedenfalls, hier, hoch im Norden, sehr hoch im Norden, gäbe es zu tun. Und zwar reichlich. Denn den Fischern fehle es an Fischen, nicht aber an Geschick mit Garn und Knoten. Dennoch sei es eine Umstellung vom Handwerklichen ins Künstlerische, eine kleine Wendung, eine große Aufgabe. Er könne ihre Unterstützung gut gebrauchen. Und ihr Talent. Ob sie nicht vielleicht an die Ostsee kommen wolle. Herzlich willkommen sei sie. Mit Kost und Logis. Und einem, zugegebenermaßen, winzigen Gehalt. Adresse anbei.

Nicht eine Sekunde hatte sie gezögert. Viel hatte sie nicht zusammenzupacken, und lang würde ihr die Fahrt schon nicht werden. Wenn nur endlich der Zug einfahren und sie mitnehmen würde. Es ist zu kalt, um herumzustehen. Endlich wird er ausgerufen.

Eine gute Stunde nachdem sie Wien passiert haben, taucht weit im Osten Schloss Thaya auf. Darauf ist sie vorbereitet. Sie kennt die Strecke. Nur dass sie dieses Mal nicht aussteigt. Wie viele Jahre lang hatte sie dort gelebt? Eine, wie ihr scheint, endlose Kette von Tagen, nicht glücklich, nicht unglücklich. Freundlich aufgenommen durch eine teilweise Deckung ihres Nachnamens mit dem der gräflichen Familie, in mütterlicher Linie. Ohne viel Aufhebens mitlaufend im regen Betrieb des von einer ohnehin vielköpfigen Familie besiedelten Landschlosses. Im Mitlaufen kann die Zeit keine Kontur gewinnen und ein Ort keine Gestalt. Läuft man selbst, dagegen schon. Und wie.

An Spanien, an Ávila, hatte sie nur wenige Erinnerungen. Eine lange Mauer mit Toren, dahinter: Wind und Weite. Als sie später das Wort »Weltraum« lernte, schien es ihr angemessen oder überhaupt erfunden worden zu sein für die Landschaft jenseits der Mauern von Ávila: steinig und hügellos und leer, wie vorbereitet für die Landung von Bewohnern fremder Gestirne. Außerhalb dieses Weltraumes und innerhalb der Mauern gab es ein Haus; ein großes Haus, nahezu ein Palast – oder kam ihr das nur so vor, weil sie damals noch so klein gewesen war? –, in dem Geschrei und Gezeter und das Murmeln und Surren der Gebete unaufhörlich ineinander übergingen. Eines folgte auf das andere, so sicher wie auf den Tag die Nacht und auf die Nacht ein neuer Tag.

Eines Morgens jedoch zog ihr die Mutter ein Mäntelchen an und eine Mütze auf den Kopf und sagte: »Wir gehen nach Norden, nein: nach Nordosten.« Nina wusste noch genau, dass sie damals dachte, dass es eine Stadt namens Nordosten gab und dass die ihr Ziel sei. Bevor sie dieses »Nordosten« erreichten, in dem ihre Mutter einmal zu Hause gewesen war, kamen sie durch Städte und Städtchen. In Saragossa, Toulouse, Genf und Wien blieben sie ein Weilchen, aber gerade als Namen und Wege, Springbrunnen, Gasthäuser, Parks, Brücken und Denkmäler sich in ihrem Kopf zu groben Stadtplänen zusammenzufügen begannen, ging es auch von dort aus weiter. Um den kleinen Koffer, in dem sie das Notwendigste mit sich trugen, hatte ihre Mutter Stricke geschnürt, sodass sie ihn auf dem Rücken tragen konnte und die Hände frei hatte. Eine Hand für sie, Nina, und eine zum Lösen von Fahrkarten und Öffnen von Eisenbahntüren.

Warum sie aus Ávila weggingen, hatte Nina nie gefragt. Vielleicht aus Angst, dass es sich die Mutter dann noch einmal überlegen würde? Oder auch, weil man manche Sachen unmittelbar verstand, auch wenn man noch sehr klein war? Bücher hatte sie zum Zeitpunkt dieses glückseligen Weggehens noch nicht lesen können, Gesichter schon. Im Gesicht ihrer Großmutter hatte sie lesen können, wie Wut sich den Platz erobert hatte, der der Trauer gehört hatte. So sehr hatte sich dort nach und nach die Wut eingerichtet, dass sie bald im Gesicht der Nana gar nicht mehr genug Platz hatte, sondern noch den ganzen Raum um sie herum einnehmen musste. Sie bewegte sich in dieser Wut, nahm sie überall mit hin; sie umhüllte sie wie ein weiter Mantel, den sie niemals ablegte. Besser, man kam ihr nicht zu nahe. Im Gesicht ihrer Mutter las sie Traurigkeit, Abwehr und Verzweiflung.

Dazu passten Worte, die sie wieder und wieder gehört hatte: aus verschiedenen Zimmern, zu verschiedenen Zeiten am Tag und auch mitten in der Nacht, aber immer solche, die heftig waren und Böses wollten. Dass ihre Mutter – war sie nicht überhaupt schuld am Tod von Miguel und dass jetzt ein kleines Kind ohne Vater aufwachse – nicht zu beten wisse, noch nicht einmal im Nachhinein, noch nicht einmal zur Buße. Und dass, wer nicht zu beten wisse, eine Last sei in diesem Haus, das einstmals die heilige Teresa beherbergt habe.

Warum sie nicht richtig beten könne, hatte Nina ihre Mutter irgendwann auf der Reise gefragt. »Und wie ich beten kann«, hatte ihre Mutter geantwortet. »Aber die Großmutter …?«, hatte Nina gefragt. »Nun,« hatte ihre Mutter geantwortet, »Gott sei ihrer Seele gnädig.«

Ihre Mutter hatte nicht an dieses Beten geglaubt, das murmelnd anfing und in Geschrei mündete, sondern an ein anderes. Wie anders?, hatte Nina gefragt, das müsse sie wissen, sonst würde sie ja nicht wissen, woran sie selbst glauben solle. Sie glaube an ein Beten, das innerlich sei, nicht äußerlich; das freiwillig sei, nicht angeordnet, sie glaube an ein Beten, wann und wo man wolle, so Ninas Mutter, und wenn nicht, dann nicht. – Und die heilige Teresa, die in dem Haus zu Hause gewesen sei? Die habe sie noch nie gesehen. Ob die vielleicht nur nachts komme? – Die sei, zumindest erzähle man sich das, so etwas wie eine Tante ihres Vaters gewesen, aber eine, die vor langer, wirklich sehr langer Zeit gelebt habe, und eine wundersame und wunderbare Frau gewesen. Oft krank, dann plötzlich wieder gesund. Nahe zu Gott. Deshalb: heilig.

Ob sie dann auch zu ihr beten könne statt zu Gott, hatte Nina gefragt.

Ja, warum nicht, hatte ihre Mutter geantwortet, Hauptsache, sie habe jemanden, an den sie sich wenden könne – Gott und Tía Teresa, die beiden würden sich schon verständigen.

Und dann hatte Nina, als sie zu weit weg waren, um umzukehren, die Frage aller Fragen gestellt: Ob ihre Mutter schuld sei am Tod ihres Vaters. Diese Schuld hätte die Guardia Civil auf sich geladen, so Ninas Mutter. Allerdings habe sie nicht genug getan, ihn zurückzuhalten. Sie denke jedoch, dass es ihr wohl niemals gelungen wäre, und sie könne auch nicht sagen, was dann passiert wäre.

Mit dieser Auskunft konnte Nina leben und weitergehen.

An der Hand ihrer Mutter lernte Nina nicht nur Entscheidendes über das Verhältnis zu äußerem und innerem Beten, sondern eine weitere wichtige Lektion: Man darf, ja, man muss auf Herbergen vertrauen. Manche sind mehr als einfach, da ist schon das Wort Schlafplatz fast zu groß, manche sind so schön, dass man Bleiben denkt. Aber Herbergen sind nicht für Bleibende, sondern für Reisende. In manchen Herbergen schlang die Mutter nachts ihren langen Schal mit den orangeroten Blüten um sie beide: nicht dass ihr, Santa Teresa!, das Kind doch einmal abhandenkam.

Fürs Nicht-Bleiben wird man mit Viel-Sehen entschädigt: Berge, die mitten im Sommer Schnee haben, Städte an türkisfarbenen Seen, Wege, an denen man die Oliven von den Sträuchern pflücken und danach in der Sonne schlafen kann. Straßen, Gesichter, Episoden zogen an Nina vorüber und direkt in ihr Gedächtnis hinein, wo sich vollkommen mühelos eine Schatztruhe füllte. Am sandigen Ufer eines Flusses eine Forelle essen, direkt aus der Räucherkammer des Fischers, oder Kastanien, noch heiß aus der Pfanne eines Maronibraters in Zeitungspapier gefüllt, oder eine Suppe im Stehen aus ehrenamtlichen Händen in einer Bahnhofsmission; ein belegtes Brot im Zugabteil. Unterwegssein hatte nicht nur einen Geschmack. Am schönsten war es, die Stimmen in fremden Sprachen sprechen zu hören – was Stimmen alles sein konnten außerhalb von Gemurmel und Geschrei. Sie konnte sich nicht satthören an der Welt. Sie schlief ein, indem sie auf das

Farbspiel der Blüten auf dem Schal ihrer Mutter sah und immer Neues darin entdeckte. Und wenn es zu dunkel war, um die Blüten zu sehen, und malte sie sich welche aus; ohne Papier und Stift.

Eines Tages erreichten sie ihr Ziel: »Nordosten«. Vom Bahnhof aus waren sie langsam bergan gelaufen, auf ein helles hohes Haus zu, das auf einem Felsvorsprung errichtet worden war. Endlos war ihr der Anstieg in der Mittagssonne vorgekommen, aber schließlich waren sie in einen schattigen Innenhof gelangt. Im zweiten Stockwerk ging ein Fenster auf, ihre Mutter rief etwas hinauf, helle, aufgeregte Stimmen, Getrappel, sie wurden umringt und begrüßt mit Fragen und Aufforderungen: Warum hast du nicht …? Von wo seid ihr denn …? Du musst erzählen …! Jetzt kommt doch erst einmal … Und ja, sie traten ein, erklärten sich, erzählten, was gewesen war. Die kleine Nina wurde herumgereicht in die Arme und auf die Arme genommen, geherzt und geküsst, bis sie irgendwann in irgendeinem Zimmer auf einer Chaiselongue einschlief. Vielleicht hatte jemand eine Decke über sie geworfen? Vielleicht hatte sich ein Hund dazugelegt? Vielleicht war sie von der Morgenkühle erwacht und hatte sich selbst ihr Reisemäntelchen übergelegt? Wenn schon die Mutter mit ihrem Schal nicht da war … Deren Stimme, eingebettet in andere, hörte sie aus dem Nebenraum. So war es, so würde es wohl sein, wenn man ankam und blieb.

~

Wie auf einer speziellen Umlaufbahn zwischen zwei Planeten kreiste Nina zwischen der gräflichen Familie und den Dienstboten. Der Herr Graf und die Frau Gräfin heißen für sie Onkel Hans und Tante Gretl, das Gesinde heißt Moni und Liesl und Hubertl und Franzl und hat offenbar keinerlei Nachnamen und schon gar nicht mehr als einen.

Niemand in dieser unüberschaubaren, unbeschwert-ignoranten Großfamilie kommt darauf, ihnen eine Beschäftigung zu geben – oder ein Zimmer. Betten, Sofas und Chaiselongues stehen reichlich herum. Irgendein Kleid passt immer, wird freigebig überlassen. Nina und ihre Mutter setzen sich an die Tafel, wo gerade Platz ist. Zwischen die Stammplätze. Niemand muss hier frieren oder hungern. In der großen Küche im Untergeschoss wird immerzu gekocht: Für die jungen Männer, die von der Jagd kommen. Für die alten Männer, die von ihren Versammlungen kommen, für die Mädchen, die vom Ball kommen, für den Hausherrn, der vom Poker kommt, für die Hausherrin, die vom Einkaufen aus der Stadt kommt. Irgendjemand steht auch spät am Abend noch auf oder nach Mitternacht und kocht »a bissl was«. Mitten aus dem Traum heraus. Weil man sich das gräflicherseits nicht anders vorstellen kann, als dass da jemand immer für einen da ist und eine kleine Stärkung auftischt, damit man recht lange in den nächsten Tag hineinschlafen kann.

Aber das war nicht deine Art, oder? Spät aufstehen, das ist etwas für Bleibende, und das wolltest du nicht – obwohl …

Obwohl es ein Ort ohnegleichen ist, einer, an dem man sehr glücklich werden könnte, den man nie und nimmer verlassen wollen würde. Aus den hinteren Fenstern sieht man zu einem dunkelgrün schimmernden Fluss hinunter, in dem sich baden lässt, wann immer man will. Am Abend und am Morgen hält der nahe Wald die Nebelschwaden lange fest: Man sieht sie zwischen den Stämmen auf- und absteigen und an manchen Tagen gewähren sie kurze Blicke auf den Tanz eigenwilliger Elfen mit versprengten Prinzen vor schemenhaften Palästen, die beim ersten Sonnenstrahl versinken. Bei einer solchen Kulisse wundert es nicht, dass zweimal im Jahr Schauspieler aus der Stadt kommen und Schloss und Schlossgarten zur Bühne werden. Einmal zur Akazienblüte und einmal, wenn die Haselnüsse zu Boden fallen. Kostümierte Künstler stromern lachend und rufend durchs Haus, stoßen die Fenster weit auf, man hört sie deklamieren und singen. Sie führen eine Welt auf, die es nicht mehr gibt. Aber sie wissen genau, wann der Vorhang fällt. Nichts möchte Nina mehr, als mit ihnen weiterzuziehen. Für sie sind diese Menschen, die kommen und gehen, die weiterreisen und wiederkehren, nur, um erneut aufzubrechen, die echten Bewohner von Thaya. Ihnen fühlt sie sich nahe.

In den Hauslehrerstunden setzt sie sich dazu, lernt viel und wird nie einen Abschluss in irgendetwas haben. Ihre Mutter nimmt die Stickerei wieder auf. Sie stickt und stickt und stickt. Die spanischen Muster sind hier etwas Besonderes. Zunächst bestickt sie Tücher, Blusen und Kleider für Schwestern, Stiefschwestern, Tanten und Cousinen. Dann für Freundinnen und zunächst für gute, dann für weitläufige Bekannte von Schwestern, Stiefschwestern, Tanten und Cousinen. Die Nachfrage ist so groß, dass sie Übergänge zur Gier aufweist. Es etabliert sich ein Fron mit Nadel und Faden für Kost und Logis, der von niemandem so genannt, aber gern angenommen und mit der Zeit auch erwartet wird. Wenn Nina neben ihrer Mutter sitzt, tut sie es ihr nach. Sie lernt die Nadeln durch feinste Seide oder grobes Tuch zu führen und auf große Bögen Papier die Muster festzuhalten, die die Fantasie oder der Blick in den Garten ihr eingibt. Manchmal sieht sie ihre Mutter innehalten, nachdenklich, als ob sie ein Problem mit den Fäden, dem Muster oder dem Tuch habe, aber Mia erkennt darin den Reiseblick. Ihre Mutter erkennt, dass Nina das erkennt, lächelt ihr zu und sagt: »Aber wir bleiben.«

Der Krieg, der ins Land zieht, zieht an ihnen vorüber. Man fährt etwas seltener in die Stadt, aber die Kühe kalben, die

Hühner legen unbeeindruckt ihre Eier, ein paar Jünglinge werden eingezogen und wie durch ein Wunder kommen einige von ihnen wieder; noch halbwegs beieinander. Ein Kornspeicher wird für Gefangene eingerichtet. Letzter Hort für die Vielsprachigkeit des aus allen Ecken und Enden umkämpften und allmählich in sich zusammensinkenden Reiches.

Ninas Mutter war durch nichts und niemanden davon abzubringen, nicht nur Decken und Medizin vorbeibringen zu lassen, sondern persönlich dort vorzusprechen und nachzusehen, was noch fehlte, um die Menschen Menschen sein zu lassen. Sie versorgte einen Sozialisten, der, des Kommunismus und der Revolution verdächtig, Asyl zusammen mit einem Haftplatz erhalten hatte: Für sie war es ein Mann, der sie an ihren Mann erinnerte und den sie mit Tabak und Büchern versorgte, die sie ohne einen Anflug von Gewissensbissen aus der Schlossbibliothek entwendete. Wie Ninas Vater hat er eine wechselvolle Abstammungsgeschichte und diesen unglaublichen Hang zum Protest. Hatte in einer Arbeiterversicherung gearbeitet und eine sozialistische Zeitung herausgegeben, mitgemischt in Aufständen aller Art. Das konnte nicht gut gehen. Dann wenigstens Tabak und Bücher.

In diesem letzten Kriegswinter, der eigentlich schon ein erster Nachkriegswinter war, erfuhr Nina von ihrer Mutter, dass ihr Vater, der drei Monate vor ihrer Geburt gestorben war, von seiner Familie nicht nur ein Bekenntnis zur jüdischen Familiengeschichte gefordert hatte: dass sie einmal auch Sanchez gewesen waren, nicht immer Cepedas, und sich dann auch noch einer dem Anarchismus zugeneigten und dennoch oder gerade deshalb Schulen gründenden Organisation verschrieben hatte.

»Wirklich?«, fragte Nina, halb abwehrend. »Schulen?«

Das Republikanische lag in der Luft, auch wenn das Schloss sich zu imprägnieren wusste. Einfach, indem man dort weitermachte wie bisher. Aber Ninas Mutter wollte nicht mehr weitermachen wie bisher. Eines Tages brach sie auf, allein. Nina solle genug essen und schlafen und auf den Brief warten, den sie schreiben würde. Es könne etwas dauern. Wochen vergingen und Monate. Nina fühlte sich erst verlassen, dann verraten, schließlich vergessen. Und konnte mit Warten doch nicht aufhören. Sie hatte so viel Zeit zu warten. Zeit, am Fenster zu sitzen und auf die Nebel zu schauen, bis aus dem Nebel Figuren aufstiegen und wieder vergingen. Zeit, endlose Ranken auf kariertes Papier zu zeichnen für die Zeit, in der man wieder gemeinsam sticken würde, oder als Erinnerung an die Zeit, in der man gemeinsam gestickt hatte. Eines Tages war der Brief da: Sie möge zu ihr nach Zagreb kommen. »Geld für die Fahrkarte liegt bei. Du steigst um in Brünn und Wien.« Sie habe eine Bleibe für sie beide gefunden. Es sei einmal ein Schuppen gewesen und nun ein Häuschen und beileibe kein schlechtes! Vormittags solle sie zur Handelsschule gehen, *nein, Nina, keine Widerrede,* und nachmittags mit ihnen gemeinsam knüpfen in einer Werkstatt, in der man Teppiche ausbessere. Es sei nur eine Handvoll Knoten, im Handumdrehen zu lernen und Vanja vertreibe ihnen die Zeit. *Wie gut Dir das gefallen wird, Töchterchen, Täubchen …*

Nina konnte gar nicht schnell genug fortkommen, vergaß augenblicklich, wie vergessen sie sich gefühlt hatte.

Als sie aufbrach, rief sie es allen zu, die sie auf den Fluren traf, aber erst nach gut einem Monat realisierte man auf Schloss Thaya, dass die beiden nicht mehr da waren. Gekommen, Jahre geblieben, weitergezogen. In welchem Flügel des Schlosses hatten sie eigentlich gewohnt?

~

Zagreb, 1923–1929

Nina fuhr mit wechselnden Zügen durch einen zerfallenden Vielvölkerstaat, der eine Republik geworden war, in einen Vielvölkerstaat hinein, in dem sich eine Monarchie an die Macht geputscht hatte. Die Teppichwerkstatt aber war eine republikanische Enklave, so, wie Schloss Thaya eine monarchistische gewesen war. In der Werkstatt arbeitete und entschied man gemeinsam über das, was wann zu tun war. Besitzer und Leiter der Werkstatt waren Entsandte, die sich im gemeinsamen Interesse um Teppichankäufe, Voranschläge und Abrechnungen kümmerten. Man saß auf einem Schemel am Rahmen oder auf dem Boden, der, wie konnte es anders sein, mit Teppich ausgelegt war, aber mit solchen, die man beim besten Willen nicht mehr reparieren konnte. Die, die sich reparieren ließen, kamen mehrmals im Jahr in riesigen Ballen aus Wien, zum Quadratmeterpreis. Sie konnten Billigstes vom Billigen enthalten, bloße Fetzen, oder auch sensationelle Exemplare, die, sorgsam ausgebessert, ein Hauptgewinn waren. Ein Buchara mit herrlichster Bordüre, ein Täbriz, der einen persischen Garten in Vollendung zeigte. Überraschung gehörte zum täglich Brot, auch in dem Sinne, dass das täglich Brot mal ausreichte und mal nicht. Die Kunden jedenfalls, die auf die Annoncen der Werkstatt hin kamen, um ihre Teppiche wieder herrichten zu lassen, feilschten um den Preis der Reparatur, als ob jemand ihnen eingeredet hätte, dass Feilschen und Teppich untrennbar zusammengehörten, oder weil sie sich einfach nicht vorstellen konnten, dass sich ihr Teppich hinten in der Werkstatt nicht von allein zusammenflickte.

Dennoch, obwohl das Geld oft knapp und die Räume beengt waren, freute sich Nina in der Handelsschule von der ersten bis zur letzten Stunde nur aufs Knüpfen und Wiederherstellen. Durch die offenen Fenster zum Garten hörte man im Sommer eine türkische Frauencombo ihre Jazzrhythmen proben, im Winter bullerte ein Messingkessel mit hohem Deckel, auf dessen Rand sich Kaffeeschälchen abstellen ließen, und verströmte Holzkohlenwärme. Der Schuppen im Garten der Werkstatt, der ihr neues Zuhause geworden war, war die Puppenstube, die sie nie gehabt hatte.

Und dann dieser Einbruch klingender Namen in ihr tägliches Leben: Täbriz und Buchara und Isfahan, auch Smyrna und Senneh, gaben ihr das Gefühl, sesshaft und dennoch nomadisch zugleich zu sein.

Mit anderen Worten: Es gab nicht den geringsten Grund, weiterzuziehen oder auch nur weiterziehen zu wollen.

Eines Tages, als sie das Gefühl hatte, sie könne nun in der Schule nichts mehr lernen, beschloss sie, nicht mehr hinzugehen und anständigerweise dies auch der Schulleiterin persönlich mitzuteilen. Ob sie denn keinen Abschluss wolle, zumindest ein Jahreszeugnis?, wurde sie gefragt. Einen Abschluss? Nein, gerade nicht, alles solle so weitergehen wie bisher. Abschluss passe nicht in ihr Leben. Das klang neunmalklüger, als es gemeint war. »Nun ja – mit diesem Namen …«, wurde ihr bedeutet, das Lächeln dazu war nicht freundlich. Je länger der Name, desto länger die Liste der Privilegien. Das sagte dieses Lächeln. Einen Namen zu besitzen, der einem Türöffner gleichkam, beschämte Nina und sie beschloss augenblicklich, dieses Prinzip zu unterlaufen, indem sie sich ihres angestammten Namens fortan nur noch als eines Steinbruchs bedienen würde.

Deshalb habe ich jetzt all die Mühe, murmelte Mia, aber nun bist du immerhin da – beziehungsweise hier, wo ich dich brauche: in Zagreb. Endlich von Thaya aufgebrochen, nicht länger ein Dauerzaungast im Leben anderer. Das passt auch überhaupt nicht zu dir. – Ach, kennst du mich schon so gut? – Besser als mich selbst jedenfalls. – Und das Beste kommt ja gerade erst – Vanja …

Vanja kam täglich am späten Vormittag, setzte sich auf die Teppichrollen an der Stirnseite des Raumes und schloss ihnen eine Welt auf, in der geliebt, gehasst, gelacht, geweint, geboren und gestorben wurde, wie man es kannte – und gleichzeitig war alles auf berückende Weise anders: weil diese Geschichten in ein unabsehbar weites Netz hineingewoben wurden, in dem mehr Welten Platz hatten, als die eine vertraute: Unsterblich sein, wiedergeboren werden, durch die Zeit reisen, Berge versetzen und die Gestirne am Himmel – nichts leichter als das. Vanja saß da in schlichten langen Gewändern, mit wechselndem Schmuck, bunten Tüchern, um Kopf oder Stirn geschlungen, Tag für Tag, Stunde um Stunde, in der Werkstatt, als wäre es keine Werkstatt, sondern ein Serail: eine Figur von uneinschätzbarem Alter, uneinschätzbarem Geschlecht und uneinschätzbarer Herkunft, die, sobald sie sich auf dem Teppichstapel eingerichtet hatte, fragte: »Wo war ich stehen geblieben?« und auf Zuruf die zarteste Verbindung knüpfte, die sich denken ließ. Anschluss wäre ein viel zu grobes Wort für diese Verknüpfung, die immerzu einen neuen Pfad legte. »Wo war ich stehen geblieben?« war nichts weniger als eine Frage. Weder eine echte noch eine künstliche. Sie war ein Anrufen der Vorvergangenheit, sie möge der Zukunft ein Stichwort geben. Nicht mehr und nicht weniger. Die Werkstatt, die, voll besetzt, zu eng war, selbst dafür, eine Tasse neben sich abzustellen, wurde weit, und die Weite ließ sich mitnehmen. Im Kopf. Sie hatte nichts mit der Großzügigkeit der Räume zu tun, durch die Nina als Kind gegangen war; der hatte sie sich nicht anvertrauen dürfen. Dieser hier schon. Allein deshalb würde es ihr niemals und nirgendwo eng werden. Solange man an dem offenbar unerschöpflichen Vorrat von Erzählfäden teilhaben durfte, konnte ihr weder im Stehenbleiben noch im Weitergehen etwas passieren. Nina folgte den Geschichten atemlos. Das Gefühl, dass sie hier, am Boden, mit bunten Fäden in der Hand, etwas Lebensentscheidendes lernte; etwas, von dem sie nicht gewusst hatte, dass es existierte, das ihr hier geschenkt und nie wieder genommen werden würde, hatte ihr mehr als einmal vor Dankbarkeit die Kehle zugeschnürt.

Eines Tages war Vanja nicht erschienen, und erst im Nachhinein kam man darauf, dass Vanja am Tag zuvor nicht danach gefragt hatte, wo man stehen geblieben war, sondern von sich aus eine Geschichte vom Fortgehen zu erzählen begonnen hatte, über die sie herzlich gelacht hatten, weil es in ihr um Menschen ging, die meinten fortzugehen und doch, in urkomischen Kreisen, wieder exakt an dem Platz ihres Aufbruchs landeten: »bis eines Tages doch einer von ihnen« – und da hätte es weitergehen müssen, wenn Vanja nicht fortgegangen wäre …

Und wie viele hatte sie nicht mit den Jahren fortgehen sehen aus der Werkstatt. Nun brach sie selbst auf. Als würde ihr Vanja von irgendwoher doch noch mit leichter Hand helfen, die Fäden hierhin und dorthin zu spannen, erzählte sich Nina auf dieser Zugfahrt selbst aus Wien, aus Breslau, aus Berlin und aus Wolgast heraus. Wo man nicht überall zum Stehen kam auf dieser schier endlosen Strecke nach Norden. Bis sie das letzte Mal stehen blieb: in Freest.

~

Ostsee, Winter 1929

Santa Teresa! In welcher Eishölle war sie hier gelandet? Einen warmen langen Mantel hat sie und einen Hut mit Fell und Handschuhe aus dicker Wolle, aber die frostige Luft nimmt ihr fast den Atem. Sie stellt den Koffer neben sich auf den schneebedeckten Boden und sieht sich um.

Sie hatte erwartet, am Meer anzukommen, dass kleine Wellen ihr um die Füße spülen würden, und nun nichts als Berge von Schnee und Eis. Einen Moment lang überfällt sie die Angst, sie sei in die falsche Richtung gefahren und habe es nicht gemerkt. Da kommt ihr ein Junge entgegen, hoch aufgeschossen und doch fast noch ein Kind, nähert sich, mit Handwagen und einem Holzstab, an dem ein Pappschild befestigt ist, auf dem in großen Buchstaben ihr Name steht: NINA.

Das wäre nicht nötig gewesen, denn sie ist die einzige Reisende, die hier aus dem Bähnchen steigt, und doch freut sie sich über die vier Buchstaben. Hier braucht es offenbar keinen Nachnamen. Noch nicht einmal einen kurzen. Sie lächelt und winkt.

Nils, der halbwüchsige Junge, der ihr den Koffer abnimmt, ist nicht gesprächig. Er ist verlegen. Man merkt es ihm an: Nicht alle Tage holt er eine Dame ab; eine Dame im Mantel und mit Hut – die auch noch eine andere Sprache spricht, zumindest ein sehr anderes Deutsch als das, das er selbst spricht: eines, in dem die Wörter mit langen Ooos und Aaas und Üüüüs kräftig und bedächtig gegen Wind und Wetter gesprochen werden, sondern eines, das über Stock und Stein zu hüpfen scheint und überall noch einen kleinen Schnörkel an die Wörter heftet. Sie ist von dort angereist, von wo auch der schmale kleine Mann hergekommen ist, der ihnen im Dorf das Teppichknüpfen beibringt. Bei aller Seltsamkeit ist er freundlich, und freundlich ist auch die Frau, die hier vor ihm steht. Sie scheint gleich zu begreifen, dass er nicht sprechen mag, und hat sich aufs Lächeln verlegt. Und das ist, Teufel auch, ein sehr munteres Lächeln aus sehr dunklen Augen.

Es geht etwas vor sich, und er ist ein Teil davon. Etwas, was gegen die Armut angeht. Gibt es keine Fische, gibt es nichts. Das ist die erste große Lektion seines Lebens gewesen. Die See gibt nicht her, wenn man ihr zu viel nimmt. Die neuen Boote mit ihren riesigen Netzen, wie sie die Fischer des Dorfes hier aus allen ihren Netzen nicht zusammenknüpfen könnten, kennen das Maß nicht. Und nun darf keiner mehr fischen, drei Jahre lang nicht. In drei Jahren wird er die Schule schon verlassen haben. So lange ist das noch hin. Trotzdem geht sein Vater jeden Tag nach dem Boot schauen, das arbeitslos ist wie er selbst. Außerdem verpfändet an den Fischhändler. Trotzdem seines. Aufpassen muss man, dass es sich bei Nordost nicht losreißt. Manchmal kommt er mit roten Augen wieder, auch wenn kein kalter Wind weht. Die Mutter putzt im Gasthaus; eine Stunde mit dem Rad hin, eine Stunde zurück. Sie schläft ein, sobald sie auf einem Stuhl zum Sitzen kommt.

Aber nun passiert etwas; etwas Gutes. Fische kann man auch mit Garn herstellen, an einem Webrahmen, und wie echte Fische lassen sie sich auch verkaufen. Nicht so fix wie sonst: raus aus den Netzen, rein in die Eimer, noch im kleinen Hafen werden Fische zu Geld. Bis dagegen aus Garn Fische werden und aus Fischen Teppiche, das dauert. Aber besser langsam als gar nicht – denkt der Junge, als er schweigend neben Nina hergeht, bis sie vor dem Gasthaus ankommen. Zu beiden Seiten des Eingangs türmt sich der aufgeschaufelte Schnee, aber der Gastraum, das hat Nina schon von Weitem gesehen, ist warm erleuchtet und aus dem Schornstein steigt in einer dicken Säule Rauch auf.

Jetzt hört sie ein Auf und Ab von Stimmen, ein Lachen dazwischen, ein lautes Rufen. Ziemlich fremd klingt das in ihren Ohren. Nun wird ihr doch etwas klamm ums Herz, aber der Junge zieht sie am Ärmel hinein, er will seinen Auftrag zu Ende ausführen. »Hier ist sie«, sagt er und will schnell abtauchen im Gewimmel des Saales. Dabei fängt er den Blick von Vater und Mutter auf. »Gut gemacht« sagt dieser Blick, so, dass nur er das lesen kann. Im Schutz der anderen Kinder, die sich in einer Saalecke zusammengefunden haben, sieht er, wie der Teppichmeister die junge Frau begrüßt – freudig, lebhaft, mit einem Schwall von Worten, die er nicht versteht. Wie hat er mit den anderen anfangs heimlich über ihn gelacht – bis er das erste Mal zu ihnen in die Schule gekommen war und sie nicht an ihren Tischen hocken bleiben mussten, sondern ihn umringen und selbst Muster zeichnen durften. Was und wie es ihnen gerade einfiel: Stranddistel, Eichhörnchen, Schiffe. Alles auf kariertem Papier. Und nicht nur zum Spaß, sondern im Ernst. Weil das alles auf die Teppiche drauf- oder in die Teppiche reinsollte. So wie die Kinder in der Schule, so umringen jetzt die Erwachsenen in diesem großen Saal, in dem man sich sonst nur zu hohen Festen und wichtigen Versammlungen zusammenfindet, die beiden Menschen, die ihnen etwas zu zeigen haben.

Die Kinder sehen sich das an wie ein Theaterstück: Der Wirtshausboden ist die Bühne, sie selbst sind Komparsen. Das Stück hat noch keinen Namen. Aber es wird einen geben. Das spüren sie deutlich.

Die junge Frau, die Nils vom Bahnhof durch Eis und Schnee hierhergebracht hat, setzt sich in Hut und Mantel an einen der Webstühle, an einen anderen setzt sich der Mann, der ihr Vater sein könnte, obwohl er es nicht ist, aber väterlich wirkt er trotzdem. Das Publikum teilt sich auf und schaut auf Finger und Fäden. Senneh und Smyrna. Das sind fremde Namen, aber die Technik ist nicht schwierig für Hände, die gewohnt sind, Netze zu reparieren. Für Finger, die mit Netznadel und Schotstek umzugehen wissen, die geübt darin sind, Fadenreihe mit Fadenfolge zu verknoten, die wissen, wie man es darauf anlegt, dass die Knoten durch Zug in jede Fadenrichtung fester schließen und genau dadurch Festigkeit ergeben. Warum sollten sie nicht mit einem asymmetrischen Umschlag um zwei Kettfäden fertigwerden und einem symmetrischen am Ende jeder Reihe? Und Muster auszählen, Fäden färben und Fäden schneiden, das werden sie wohl auch noch hinbekommen. Wenn dann nur das Geld reichen wird, sie über die Runden zu bringen, Woche für Woche, Monat für Monat, Jahr für Jahr – bis Hering, Butt und Flunder zurück sind, bis sie wieder rauskönnen auf See. Bis dahin werden sie sich die Fische herbeiknüpfen. Denn Fische sollen sie knüpfen, nicht fremde Fabelwesen aus Ländern, in denen sie nie gewesen sind. Nicht ein fernes Vorbild möge ihnen vor Augen stehen, sondern die Farben und Muster ihrer vertrauten Landschaft, so der Teppichmeister: »Knüpft euch eure Welt in diese Rahmen«, sagt er, »nur dann wird es gut, nur dann ist es echt.« Ob es nicht viel leichter wäre für ihn, er brächte ihnen die alten persischen Muster bei? Natürlich wird er genau das gefragt. Aber nein, er sei hierhergekommen, um eine andere Welt zu sehen – und zu sehen zu geben, eine ganz und gar andere: ihre.

Das wiederholt er so oft, dass sie es, erst ungläubig, ihm schließlich doch glauben. Anders, als alle dachten, macht er keinerlei Anstalten, wieder nach Süden aufzubrechen, im Gegenteil, er richtet sich ein, wird sein Boot holen, sagt er. Das liegt noch im Binnenland, oderaufwärts. Dafür hat er jetzt schon mal jemand anders nachgeholt, direkt aus seiner alten Heimat in seine neue: Nina, die hier in Hut und Mantel am Webrahmen sitzt und deren Augen jedes Mal, wenn sie in die Runde blickt, etwas weniger Scheu zeigen und etwas mehr von Frohsinn und Lachbereitschaft, selbst wenn sie hoch konzentriert am Rahmen sitzt; wie jetzt. Otto Prien dagegen, Inhaber des Textilkaufhauses am Ring, sitzt am Tresen. Seine Bilanzen sind nicht schlecht, er jedenfalls wird nicht knüpfen müssen, dafür womöglich beim Verkaufen helfen. Er schaut sehr interessiert. Weniger auf die Webrahmen und Garne als auf Nina. Das spürt sie, und kurz blickt sie zurück. Kaufmann Prien ist ermutigt, deutet eine kleine Verbeugung an und nickt ihr zu. Nina lächelt in sich hinein. Diese Art Blicke. Gibt es offenbar überall.

Nach dem Lehrgang – es ist spät geworden, schon fast Mitternacht und niemand mag in die Kälte hinaus – schenkt die Wirtin eine Runde Schnaps aus. Es ist ein Anfang gemacht. Wenn der nicht begossen wird, wird am Ende doch nichts draus.

Witwe Tönning hat Nina beim Arm gefasst und bedeutet ihr, sie zu begleiten, denn bei ihr wird sie erst einmal wohnen. Sie hat schon einen warmen Ziegelstein ins Bett gelegt für die junge Frau aus dem Süden. Sie verabschieden sich von den Umstehenden und gehen Richtung Saaltür, die jemand für sie öffnet. Nina schaut hoch, zur Seite, erhascht das Profil einer hohen, leicht gebeugten Gestalt und ein freundliches Lächeln, wie ein Willkommensgruß, obwohl es ja eigentlich ein Abschiedsgruß sein müsste, jedenfalls für den heutigen Tag: »Dann komm mal gut durch die Kälte«, sagt dieser Blick, »bis morgen.« Er wiederum sieht nicht viel mehr als einen Hut, unter dem ein paar Haarsträhnen hervorkommen, und diesen kurzen, überraschten Blick, der für ihn selbst überraschend ist, denn in diesem Blick schauen beide Augen nicht ganz in die gleiche Richtung – und doch ist er gemeint.

Es ist eine Momentaufnahme, ein leicht verwackelter Schnappschuss – jedenfalls aus der Perspektive von Lisa Elms, in deren Hirn sich dieses flüchtige Bild gerade einbrennt, aus keinem anderen Grund als dem, dass sie lange schon für Carl Holm schwärmt und sie, seit er sie so nett gegrüßt hat neulich am Neujahrstag, heimlich auf einem Blatt geübt hat, wie das wohl aussieht: Lisa Holm. Gut sieht das aus. Da hat sie sich in eine Ehe hineingeträumt, wie ein Backfisch das macht, hat sich im Hochzeitskleid gesehen an seiner Seite, beide groß und beide blond und beide stattlich; stattlich ist eigentlich das Beste, was einem passieren kann, ja, Carl Holm wäre das Beste, was ihr passieren kann. Und jetzt passiert das. Schon hat sich dieses Bild in ihrem Kopf festgesetzt, dessen Bedeutung sie schneller und klarer erkennt als die beiden Beteiligten, weil es eine bestimmte Schönheit hat oder eine schöne Bestimmtheit. In diesem Bild liest Lisa Elms eine Zukunft, in der sie nicht vorkommt. Tränen stürzen aus ihren Augen, laufen über ihre Wangen und sie muss einen umgeknickten Fuß erfinden, um den Umstehenden das zu erklären. Die holen einen Stuhl und eine Salbe. Und beides wird nicht helfen. Aber sie darf weinen.

So lange dauerte es nicht, bis auch Nina und Carl begriffen, was Lisa bereits wusste: dass sie nicht ohne einander sein wollten.

Wenn es nicht schon an der Saaltür begonnen hätte, dann hätte es spätestens an einem der nächsten Tage begonnen, als Nina Carl durch diese Tür kommen und gehen sah, auf unverkennbare Weise: weil er groß ist und seine linke Schulter ein bisschen nach unten zieht, wodurch der ganze Mann leicht zur Seite geneigt ist – als hätte sich das fortwährende Einziehen des Kopfes angesichts niedriger Haustüren der Einfachheit halber selbst auf Dauer gestellt. Sein Lächeln ist nahe daran, entschuldigend zu sein, als wolle er seiner Größe Abbruch tun, selbst wenn eine Tür hoch genug ist, wie etwa im Falle dieser Saaltür. Carl wiederum gehen diese Augen nach, die zwar nicht ganz in eine Richtung schauen, aber doch die Menschen so geradeheraus ansehen und in ihnen so viel mehr zu erkennen scheinen als Augen, deren Iris ordnungsgemäß auf einer Achse liegen. Er kann nicht anders, er will einen solchen Blick einfangen. Und es gelingt ihm auch.

Was mache ich hier?, dachte Mia, ich sitze in Zagreb, und statt eines Forschungsberichtes schreibe ich einen Liebesroman, einen mit Herzklopfen und Herzschmerz und Silberblick. Sie stand auf, ging ans Fenster und sah die vertrauten Formationen: den Gürtel des Orion, den Großen Wagen, Sirius. Stoisch am selben Ort. Wenn sich inzwischen ein Stern verabschiedet hätte – sie wüsste es noch nicht. Auch wenn ausgerechnet an den Sternen wieder etwas mehr Bodenhaftung zu finden vielleicht nicht ganz folgerichtig war, kam ihr doch der Gedanke, dass der Große Wagen schon 1929 am Ostsee-Himmel gestanden hatte, als der Frost das Meer über Monate fest im Griff hatte, so hilfreich vor, dass sie mit einem Mal keinerlei Schwierigkeiten hatte, sich hinzusetzen und weiterzuschreiben. Nicht Papier ist geduldig, dachte sie, die Zeit selbst ist es. Sie hat mit sich selbst mehr Geduld als ich mit mir jedenfalls. – Jedenfalls scheint dich der Anfang der Liebe mindestens so sehr zu interessieren wie der Anfang der Fischerteppiche –

~

Witwe Tönning hatte dafür gesorgt, dass sich Nina ordnungsgemäß auf dem Amt anmeldete. Wobei »ordnungsgemäß« es nicht genau traf.

Als Nina zum Gemeindesekretär vorgelassen wurde und den Bogen zur Anmeldung vor sich hatte, zögerte sie eine Sekunde. Wie viel Freiheit hatte sie in einem fremden Land? Sie beschloss: alle Freiheit. Sie lächelte die Frage nach dem Ausweis weg und setzte in sicherem Schwung »Katharina Avila« ein. Hatte sie nicht eine satte Auswahl? Wenn einen die Geburtsumstände mit sage und schreibe vierundzwanzig Silben beschwert hatten, dann durfte man ja wohl hier und dort ein paar sparen, wenn einem danach war. Und ihr war sehr danach. Aus dem adligen Rattenschwanz ließ sich immer wieder ein schöner kurzer republikanischer Name zusammensetzen. Heute dieser.

Weil Witwe Tönning in zwei Monaten zu ihrem Sohn nach Wismar ziehen wird – tatsächlich ist das Haus schon verkauft –, beginnt für Nina eine Zeit des Herumziehens. Immer findet man etwas für sie. Sogar auf einem Hausboot wird sie für einige Tage wohnen. Sie liebt es, wie es schwankt und sich das Mondlicht auf dem Wasser spiegelt. Aber gern wird das nicht gesehen. Eine junge Frau allein auf einem Hausboot. Das geht ja nicht an. Mit großer Entschiedenheit wird sie eine Zeit lang von solider Bleibe zu solider Bleibe gereicht; wo immer und wann immer ein Zimmer frei ist, richtet man es ihr gern ein. Und sie ist zufrieden. Denn alles, was ihre Welt ausmacht, trägt sie sowieso in ihrem Kopf spazieren und mit sich, wohin es sie auch verschlägt. Das hatte man hier schon begriffen, dass sie immer was zu erzählen hat, und nicht bloß etwas von der letzten Gemeindeversammlung oder vom Wetter nächster Woche oder wer gerade krank zu Bette liegt, sondern etwas, was einen Zeit und Raum vergessen lässt, richtige Geschichten, so wie die Märchen im Grundschullesebuch, auch wenn diese hier gar nicht mal immer mit »Es war einmal« anfangen und mit »Fortan lebten sie« aufhören.

Natürlich wird Nina befragt: Ob sie Sehnsucht nach ihrer Heimat habe.

Frage sich nur, nach welcher, antwortete Nina, sie habe so

viele. Es dauerte eine Weile, bis Fischer und Fischerinnen diese Mitteilung verarbeitet hatten. Wie viele es denn seien?

»Lasst mich mal zählen.«

Amüsierte Blicke wanderten hin und her. Hier wurde ja wohl versucht, ihnen einen Bären aufzubinden.

»So fünf oder sechs«, antwortete Nina.

Nach Dafürhalten der Knüpfenden war sie da schon mitten im Fabulieren. Heimat hatte man im echten Leben auf jeden Fall nur eine. Und am besten diese hier. Trotz allem. Aber sie spielten das Spiel mit. Und bedeuteten ihr, sie möge mit der ersten beginnen. Wo immer die sei. Sie zwinkerten einander zu.

»In diesem Fall«, so Nina, »erzähle ich euch von einer Stadt mitten in Spanien. Dort steht, auf einer hohen Ebene, aus dem Fels geschlagen, eine Burg aus Glas. Ohne einen Wall, ohne einen Graben, ohne eine Ziehbrücke, denn dieses Glas ist härter als der mächtigste Stein. Zuweilen sieht man ein Mäuschen über die gläsernen Treppen huschen, und natürlich ist die Sonne zu Gast, nicht weniger der Mond und die Sterne. Regelmäßig, naturgemäß jedoch nur vorübergehend. Ansonsten ist die so gut geschützte Burg unbewohnt.«

»Wirklich? So ganz ohne Bewohner?«, wurde Nina gefragt.

Wie man es eben sähe, meinte Nina. Es seien nicht Menschen aus Fleisch und Blut, es seien die Seelen, die in diese Burg aufgenommen würden. Und zwar nur solche, die, ihrer selbst noch kaum einsichtig, jedoch endlich offenbar werden wollten, eine jede für sich und dann auch noch füreinander. Die seien hier beherbergt, bis sie es mit der undurchsichtigen Welt wieder aufnehmen könnten.

Eine Burg aus Glas für suchende Seelen. Das bekam man also als Antwort auf die Frage, wo die Deern eigentlich herkomme. Aber warum nicht? Während man die Knoten schlang, das Garn immer um zwei Kettfäden und den Schussfaden herum, hatte man genügend Zeit selbst für durchsichtige Häuser und umherirrende Seelen im fernen Spanien. Für all das Seemannsgarn, gesponnen von der fremden kleinen Fischerin. Sehr fein gesponnen – das musste man ihr wirklich lassen. Wie sie diese lichten Gemächer beschrieb: bis in die kleinsten Winkel hinein, wo Spinnnetze aus glitzernden Kristallfäden schweben, nur um zu zeigen, wie wundersam noch das hinterste Eckchen dieser Burg ist. Und dann diese Schlossherrin, eine gewisse Tía Teresa, die, selbst ein guter Geist, auf nackten Füßen durch die Burg streift, um die Seelen etwas über sich selbst zu lehren. In einem unangreifbaren Raum.

Diese Bilder nahm man mit nach Hause. In den Katen sah man diese Burg vor sich, beim Kartoffelschälen, beim Pfeiferauchen am Fenster. Kam dabei ins Nachdenken über Erscheinungsformen von Häusern überhaupt. Was es nicht alles so gab, wenn man es recht bedachte. War nicht einst das Hotel Holm, wenn abends alle Fenster erleuchtet waren, auch gar nicht so weit weg gewesen von einer Burg aus Glas? Hätte jedenfalls eine Tía Teresa nötig gehabt, so viel stand fest ...

Am nächsten Morgen hieß es: »Erzähl weiter, Nina!« Und Nina, gerade dabei, ihre Fäden zu ordnen, fragte: »Wo war ich stehen geblieben?« – »Bei dem Wanderer, der eines Tages mit seinem Stab kräftig an das Tor der gläsernen Burg schlug ...«

»Richtig«, meinte Nina, »am Tor wurde er gefragt, was ihn hierherbrächte. Er suche das Glück und wünsche auf dem Weg dorthin eine Herberge für die Nacht. Tía Teresa nickte freundlich. Nun, antwortete sie, dies sei ein besonderes Haus, reserviert für Suchende von bestimmter Art. Sie müsse zunächst wissen: Suche er *das* Glück oder *sein* Glück?

Der Gast, frohen Mutes: Natürlich das seine, würde er sonst die weite Wanderschaft auf sich nehmen?

In diesem Fall käme er zu früh, antwortete Tía Teresa und zog schon die Tür ein wenig zu, aber sollte er eines Tages in

Zweifel über sein Glück geraten, sei er willkommen. So blieb der Wanderer draußen stehen und sah Tía Teresa nach, die die Treppen hinaufstieg, ohne sich nach ihm noch einmal umzusehen. Er schüttelte den Kopf und zog weiter, sein Glück zu suchen, obwohl er nun den Gedanken, dass, wenn er sein Glück suche, er es vielleicht irgendwann besessen und irgendwo verloren haben müsse, nicht mehr aus dem Kopf bekam. Und das brachte ihn dazu, lange nachdem er die gläserne Burg aus den Augen verloren hatte, etwas zu tun, von dem er nicht gedacht hätte, dass es überhaupt möglich sei …«

Und damit würde am nächsten Morgen eine völlig neue Etappe beginnen; denn egal, wo sie stehen geblieben war, diese Erzählerin änderte täglich die Richtung. Fortsetzung war Verheißung.

Eines Tages kam die Frage auf, ob man nicht, wie beim Gottesdienst, wo man auch im wesentlichen zuhörte, etwas spenden sollte. Und von einigen Webrahmen her hörte man ein: »Lieber noch, lieber noch.«

»Nein, um Gottes willen«, antwortete Nina, »nur nicht! Aber wenn ihr mir einen Happs vom Mittagessen geben wollt.«

»Einen Happs?«

»Einfach einen Schlag davon, ein paar Bissen.«

Natürlich, daran hatte man nicht gedacht, dass die junge Frau ja möbliert lebte, wie sollte sie denn kochen? Von da ab kochte reihum jemand eine Portion für sie mit: Suppe, Kartoffeln mit Stippe, Matjes, Spinat und Ei; dass sie nur ja bei Kräften blieb und am nächsten Tag weitererzählen konnte.

~

Als an einem Aprilmorgen ein warmer Wind aus Westen die Eisschollen aufs Meer hinaustrieb wie weiße Wattebäuschchen, als die Sonne den Sand freigab, als wäre er nicht wochenlang eine einzige Vereisung gewesen, entdeckte sie die Ostsee, so, wie sie gemeint gewesen sein musste: erst die Luft, die jetzt nach der See duftete, dann den Ton des Meeres, nicht den dumpfen, grollenden des Packeises, sondern den des ewigen Wellengangs, dann, oben von der Düne, alles in allem: das Meer als Ganzes; wobei das Ganze keine Grenzen hatte, eben gerade nicht. Ihr Herz fing an, heftig zu klopfen. Sie war auf dem Festland Spaniens geboren worden, auf einer Hochebene. Nach allen Himmelsrichtungen war es mindestens eine Tagesreise vom Meer entfernt. Gab es festeres Land als solches? Und jetzt diese stürmische Liebe zur See. Wie etwas, auf das man sehr gewartet hat, ohne es zu kennen, ja, ohne zu wissen, dass diese Welt es bereithält. Aber so, wie sie offenbar auf Carl gewartet hatte, so musste sie wohl auch auf das Meer gewartet haben. Der Wechsel der Farbe ist beständig, doch immer ist es: ein Grün. Aber ist es denn eine Farbe? Kann Wasser überhaupt – Farbe haben? Egal, ob nur eine oder viele? Oder ist das Ganze eine Täuschung, eine verwirrend schöne Sinnestäuschung? Jedenfalls kann sie sich nicht sattsehen. Jeden Abend geht sie ans Meer. Und bald schon nicht mehr allein.

Seit Carl sie am dritten Tag nach ihrer Ankunft angesprochen und sie am siebten Tag nach ihrer Ankunft nach Hause begleitet hat, hatten sie einander nicht mehr aus den Augen gelassen. Und so fuhr Nina nicht einfach eines Tages zurück in den Süden, sondern blieb, wo sie jetzt war, und ging stattdessen alle Tage zum Meer. Mit Carl.

Eines Abends fasste sich Carl ein Herz.

»Und wenn jetzt ein verzauberter Fisch auftauchen würde, sagen wir mal, ein schöner Butt, und fragte, was dir wohl fehlt zum Glück … was würdest du antworten?«

»Dass ich die Schuhe ausziehen dürfte am Strand, auch im Winter, ohne dass die Leute reden.«

»Nur das?«

»Nur das.«

Lange liefen sie weiter am Strand, die Schuhe in der Hand, spürten das Rollholz, die gewaschenen Steine, den feinkieseligen Übergang von Sand zu Meer unter ihren Füßen, bis Nina den Faden wieder aufnahm:

»Und du, Carl?«

»Ich hab doch dich gefragt.«

»Und jetzt frag ich dich.«

Längst wusste Nina, dass ein Bild in Carls Seele fest eingelassen war, ein Erinnerungsbild, das Haus seiner Kindheit.

»Das Haus?«, fragte sie.

»Das Haus«, antwortete er.

»Carl, wie kann man ein Haus wollen, wenn man das Meer vor der Tür hat?«

»Vor der *Haus*tür, meinst du …«

Vor der Haustür das Meer. So war einst das Hotel Holm in Berliner Tageszeitungen beworben worden. Morgens weckte das schillernde Ostseelicht die Gäste, abends hielten die Lüster in den Salons sie wach. Diese Lüster würde er wieder aufhängen. Ihr funkelndes Kristall hatte seine Kindheit verzaubert, zusammen mit dem Stimmengemurmel und dem Duft feiner Zigarren, dem Hin und Her auf der großen geschwungenen Treppe. Selbst die zornigen lauten Reden aus dem Saal, in dem die politischen Versammlungen stattfanden, hatte er nicht weniger gemocht als die beschwingten Familienfeiern – die manchmal gleichermaßen laut und zornig endeten. Sein Großvater, sein Vater: beide tolerant, aber unerbittlich, wenn jemand den Frieden des Hauses störte. Noch heute sprach man im Dorf von Hinrich Holm, der infolge einer sich tätlich zuspitzenden Debatte den Monarchisten rechts, den Anarchisten links nahm und die beiden fest untergehakt ans Meer verbracht und gemeint hatte, hier sei der richtige Ort zum Sich-Aussprechen. Und mindestens er höre zu; und zwar beiden. Carl war ihnen gefolgt und hatte sich in die Dünen gekauert und belauscht, wie aus einem Streit ein Gespräch geworden war. Sein eigener Vater, Hanno Holm, wiederum hatte, ganz in den Fußstapfen seines eigenen Vaters, ein blindwütiges Eifersuchtsdrama, wohlgemerkt im Rahmen einer silbernen Hochzeit, beendet, indem er, da sowieso alle alles gehört hatten, eine Art geordnete Anhörung anberaumte, in der die Hauptbeteiligten sachlich-behutsam befragt und zu ebensolcher Sachlichkeit im Antworten angehalten worden waren – was insgesamt auf eine faszinierend wirkungsvolle Befriedung der Lage zulief. Den Leuten aus dem Dorf waren Großvater Holm und Vater Holm eine Instanz gewesen – man kam zu ihnen, wenn man Rat brauchte; eher als zum Pfarrer.

Genau so jemand hatte Carl auch werden wollen.

Bis der Krieg den Betrieb zum Erliegen brachte. Im kaum geheizten Haus setzte sich Schimmel fest. Den hätte man vielleicht noch bezwingen können, aber das Dach war jahrelang nach den Herbststürmen nur halbwegs ausgebessert worden, und nun tropfte es an fünf Stellen in die oberste Etage. Wo früher Koffer und Reisetaschen gestanden hatten, standen jetzt Wannen und Eimer. Und reichten nicht aus. Längst gehörte das Hotel Holm der Bank, aber auch der fiel es nicht ein, Dachdecker vorbeizuschicken. Sowieso hatte man auch die Dachdecker in den Krieg geschickt und nicht alle waren wiedergekommen und wenn, dann nicht unbedingt so, dass sie noch ein Dach hätten decken können. Hanno Holms letzte Hoffnung war, das Glück beim Schopf zu packen.

Das Glück liebt die Verzweifelten nicht. Nicht lange, und Hotel Holm war als Spieleinsatz verloren an einen Berliner Tabakfabrikanten. Weil die Fabrikantenfrau die milde Luft der norditalienischen Seen dem ruppigen Klima der Ostsee vorzog, wurde es weiterverhökert. Zwei Jahre lang ging das Haus von Hand zu Hand, bis es die inzwischen mit Großwäschereien zu Geld gekommene Familie Glowe kaufte, während die Familie Holm in ein kleines Fischerhäuschen gezogen war, mit ihrem letzten Geld ein Boot gekauft und Carl zu einem Fischer in die Lehre gegeben hatte. Gerds Vater wiederum ging mit dem ehemaligen Haus Holm um wie jemand, der mit Häusern nichts anzufangen weiß. Ein neues Schild wurde angebracht: »Strandperle«, aber eine Perle war es nicht mehr. Zu billig wurde gekocht, zu unfreundlich ausgeschenkt, zu herrisch und gleichzeitig nachlässig waren die neuen Besitzer. Es kamen Gäste, die nicht wiederkamen. Dafür kamen andere. Touristen wachsen in den warmen Sommerwochen nach wie Blaualgen im August. Die Glowes pressten das Haus aus, und das ausgepresste Haus wurde ihnen lästig. Sie stellten den Betrieb ein, verkauften das Interieur an einen Hamburger Hotelier und machten sich danach noch nicht einmal die Mühe, das Haus noch abzuschließen.

»Dieses Haus war meine Heimat. Jetzt ist sie leer«, sagte Carl.

»Das Haus ist leer, nicht deine Heimat«, antwortete Nina.

»Aber meine Heimat hat kein Zuhause mehr.«

»Passt denn deine Heimat in vier Wände?«

»Ich bin wohl mehr Fischers Frau als du, Nina«, meinte Carl lächelnd.

»Bin ich das denn, Fischers Frau?«

»Das wollte ich dich gerade fragen. Ob du das sein willst.«

~

Freest, 1930–1935

Nachdem Nina und Carl ihre abendlichen Spaziergänge am Strand in eine angemessen lange Verlobungszeit umgedeutet hatten und sie eines schönen Tages bei Hannes Beer im Gemeindebüro aufgetaucht waren, um das Aufgebot zu bestellen, und ihm über einige fehlende Papiere und ein gewisses Namenswirrwarr mit viel Gelächter und einer Flasche Rum hinweggeholfen hatten; und nachdem sie eines noch schöneren Tages in der kleinen Dorfkirche zueinander laut und deutlich »Ja« gesagt hatten, nachdem sie zuvor dem alten Pfarrer Baltrusch über den Graben zwischen katholisch und evangelisch hinweggeholfen hatten mit einer neuen hohlsaumgestickten Altardecke und einer Flasche Doppelkorn; nachdem also Nina in Carls Kate eingezogen war und sie seitdem »die kleine Fischerin« genannt wurde, meinte die Knüpfergemeinschaft mit den Essenslieferungen aufhören zu müssen, woraufhin Nina erschrocken fragte:

»Wollt ihr denn nichts mehr hören?«

Doch, natürlich wollten sie weiter Geschichten genau dieser Art hören, wollten sie weiter Stichwörter geben, für rasante Reisen durch Zeit und Raum, während sie selbst fest und still an ihren Rahmen saßen. Aber sorgt nicht eine Fischerfrau am eigenen Herd für eigene Mahlzeiten? Nina bestand darauf, dass sich ihrerseits – nicht ganz klar war, ob sie im Singular oder im Plural sprach – nichts ändern würde, was allerdings vom Ältestenrat im Dorfkrug beratschlagt werden musste. Carl wurde vom Tresen an den Tisch mit den alten Fischern gebeten: »Auf ein Wort, Carl.« Tatsächlich brauchte man hierzulande wenig mehr als ein Wort fürs Wesentliche:

»Mittag: sach mal.«

»Sie kocht nicht«, antwortete Carl, und damit war die Sache erledigt. Ab dem nächsten Tag gab es Mittagessen für zwei, Carl zahlte einen Obolus für seinen Anteil in die Gemeindekasse, der wiederum anteilig an die kochenden Familien weitergereicht wurde, und Nina fragte alle Tage weiter, wo sie stehen geblieben war. Gut so. Nur wenn man irgendwo auch mal stehen bleibt, kann es weitergehen. Sonst geht man einfach. Und kommt am Ende nicht wirklich weiter.

Wie in Ninas Geschichte vom Händler, der mit Pferd und Wagen die Märkte bereiste, aber nicht, wie die anderen, von Tag zu Tag weiterzog, um Woche für Woche wiederzukehren, sondern Tag für Tag blieb, sich nicht von der Stelle rührte, bis das letzte Stück seiner Ware verkauft war. Inzwischen hatte er so lange dagesessen, dem Treiben der Menschen zugesehen und ihnen zugehört, dass er wie von selbst erfahren hatte, was in der Welt wo gebraucht wurde. Dann füllte er seinen Wagen mit genau dieser Ware und zog dorthin, wo sie vonnöten war. Eines Tages hörte er von einem Ort, wo es an nichts fehle …

Nina machte eine Pause, ordnete ihre Garne. Die Knüpfenden hingen dem letzten Satz nach. Tja, wenn es einem nur einmal an nichts fehlen würde …

»Das wollte er doch mal sehen«, fuhr Nina fort, »mit leerem Wagen brach er dorthin auf. Da war kein Dorf und kein Marktplatz, da war nur ein hohes Haus, halb Burg, halb Schloss, auf einen Felsvorsprung gebaut. Mit seinem leeren Wagen fuhr er in den Hof – ein prächtiger Hof war das, mit Balustraden und in den Balustraden orangerote Blumen und buntglasige Fenster – und wurde umringt. Was er denn auf seinem Wagen habe? Nichts? Gar nichts? – Es fehle ihnen ja an nichts, wie er gehört habe, sagte der Händler. Das habe er nur mal mit eigenen Augen sehen wollen. Da jagten sie ihn vom Hof. Ob er sie hochnehmen wolle? Wo es an nichts fehle, wünsche man sich umso mehr! Er möge schleunigst seiner Wege ziehen …«

»So ist das ja wohl mit den Herrschaften, aber Nina, du musst doch dort gewesen sein, sonst lässt sich das doch gar nicht beschreiben. Diesen Hof mit all den Blumen und den prächtigen Fenstern. Das sieht man genau vor sich. Hast du nicht doch immerzu in Schlössern und Burgen gelebt?«

Nun, es habe sich zuweilen so ergeben. Aber ein eigenes Zimmer habe sie nie gehabt. Nina lächelte in die Runde. Wie froh sie war, dies wahrheitsgemäß sagen zu können. Außerdem habe sie auch schon in einem Schuppen gewohnt; und das sei nicht die schlechteste Zeit gewesen.

»In einem Schuppen?«

»Ja, in einem Schuppen, aber einem, in dem es alles gab, was man zum Leben brauchte: einen gemauerten Herd mit Kochgeschirr. Draußen Kräuterbeete, in denen die Schmetterlinge tanzten, dazu zwei Reihen Erdäpfel, rote Rüben und Salat. Schmale Betten, aber die Decken so dick mit Entenfedern gefüllt, dass ich des nachts nicht einmal gefroren habe, noch nicht mal im Februar. Und Teppiche auf dem Boden! Die nicht zu vergessen. Die lagen genau so übereinander, dass der eine die Löcher des anderen verdeckte. Und gerade dies ergab ein Muster von solch verwirrender Schönheit, dass …«

»Ach, Nina, jetzt bist du doch schon wieder mittenmang in einer von deinen Geschichten …«, hieß es. Aber nur zu gern ließ man sich weiter von Teppichmustern erzählen, die ihrerseits erzählten von einem seltsamen Strauch hoch in den kaukasischen Bergen, dort, wo die trockenen Winde mit dem Sand der Steppen spielen, der schon früh im Jahr blühte und leuchtend rote Beeren trug. Der wurde bewacht von einem Drachengreif, der eine Lilie im Schnabel trug, die sich in ein Schwert verwandeln würde, sobald jemand sich ihm näherte. Denn aus den seidigen Fasern dieses Strauchs ließen sich Lebensfäden spinnen, in denen die Fasern so fest ineinandergriffen, dass sie niemals reißen und niemals enden würden. Wer diese Pflanze in den Händen halte, wäre im Besitz seiner eigenen Unsterblichkeit. Viele hätten danach getrachtet, keiner war je zurückgekehrt. Nun waren die Wege zugewachsen, lange hatte kein Mensch die Stille gestört. Dennoch hatte der Drachengreif kein Auge je zugetan, bis er eines Tages jenen Tross von Reitern erspähte, der im flimmernden Mittagslicht aussah, als habe alles Silber und Gold, das die Erde in ihren Adern verborgen hielt, sich zu einem Strom verbunden und unaufhaltsam in Bewegung gesetzt …

»Wo hast du das nur her?«, wurde Nina gefragt.

»Jetzt sagt sie gleich wieder: von Vanja …«

»Ja, genau, von Vanja«, sagte Nina, »die kam ja von dort, aus Bergkarabach …«

»Wat denn nu«, fiel man ihr ins Wort, »neulich war Vanja noch ein Er, nun eine Sie …« Der Zwischenruf kam mit gutmütigem Spott; jetzt hatte man sie aber mal erwischt im freihändigen Fabulieren, wobei freihändig konnte man gerade auch nicht sagen, wenn beide Hände zwischen Kette und Schuss zugange sind.

»Schwierige Frage.«

»Was soll nun daran wohl schwierig sein?« Heiterkeit machte sich breit.

»Mal sehen – wo war ich stehen geblieben?«

»Im Kaukasus bist du zum Stehen gekommen, Deern.«

»Bei diesem Berg.«

»Richtig. In Bergkarabach.«

Aber noch ließ man sie nicht weiterreisen: »War das auch einmal deine Heimat, Nina?«, wurde sie gefragt. In Bergkaradings …?

Man wollte wirklich wissen, ob sie wusste, wovon sie sprach. Konnte einerseits nicht sein und andererseits auch nicht nicht sein. Aber letzten Endes traute man ihr alles zu: alle Wege, vom spanischen Hochland bis in die kaukasischen Berge …

Nina schaute auf, blickte in die Runde, zögerlich – und entschied sich für die Welt der Tatsachen.

»Nur in Gedanken.«

»Das gilt ja wohl auch, will ich meinen«, meinte eine Fischerin.

»Da kannst du immer hin, kann dir keiner nicht verbieten, was?«, rief einer der Fischer.

»Jetzt lasst sie doch mal weitererzählen. Wie war das mit dem Greif und dem Seidelbast; ist doch Seidelbast, oder?«

»Da war ich stehen geblieben?«

»Genau da. Wo der Greif sieht, dass der Tross den Berg hochzieht …«

»Seit mehr als tausend Jahren war kein Mensch in jenem Gebiet, das Schnee und Adler sich teilen, zu sehen gewesen«, fuhr Nina fort, »aber nun kamen sie gleich zu Hunderten und schienen vollkommen mühelos einen Pfad zu finden, den es eigentlich gar nicht geben durfte …«

~

So ging die Zeit hin, erst bis zum Mittagessen, dann bis zum Abendbrot. Von Montagmorgen bis Samstagmittag wird das Garn um die Kettfäden geschlungen, werden Hunderte von Knoten in die Reihen geschlagen, dann die Reihen festgeklopft und der Flor auf gleiche Höhe geschnitten. Vom ersten Entwurf des Teppichs bis zu dem Moment, an dem er vom Rahmen geschnitten wird und noch ein paar Tage im Haus bleibt, bevor Abschied genommen wird.

Liegen nicht die ersten verzweifelten Monate des Fangverbots weit hinter ihnen? Nein, fast hätten sie es nicht geschafft nach dem ersten guten Jahr, da blieb die öffentliche Unterstützung aus, aber sie haben die Zähne zusammengebissen, für wenig, sehr wenig Lohn die Teppiche geknüpft, bis die Händler, die Sammler, all die Gutbetuchten erkannten, dass hier etwas Besonderes entstand – und dann ging es wie von selbst. Sie kamen ja gar nicht mehr nach. Demnächst dürften sie wieder raus, ihren Hering fangen und Flunder und Scholle. Das Große Garn auslegen, wie ihre Väter und Vorväter, nicht hier am Rahmen, sondern in der See.

Aber man konnte ja das eine tun und das andere nicht lassen. Jetzt, wo alle Welt die Teppiche haben wollte. Nicht nur nebenan, auf der Seebrücke von Lubmin, sondern auch in Hamburg, Bremen und Berlin, auf den großen Passagierdampfern und sogar in Übersee: in Amerika und Japan. Man stelle sich das mal vor.

Da kommen die Ideen ja auf einmal von allein, wie Fische und Schiffe, wie Greif und Möwen noch zu immer neuen Mustern werden können. Warum sollte man jetzt damit aufhören? Wo man sitzen und arbeiten und in Ninas Geschichten die Welt bereisen konnte, für 'nen Appel und 'n Ei.

Die Fischerinnen blieben dabei, im Winter kamen die Männer wieder dazu. Die Kinder lernten das Handwerk nebenbei. Es hatte sich ganz schön was verändert in ihrem Leben. Nicht, dass einer immer rausmusste und die andere immer wartete. Sondern man Seite an Seite war bei der Arbeit und sich auch mal anlächeln konnte; von der Seite eben. Oder auch nicht. Wenn man einander gehörig auf die Nerven ging, immerzu zusammen. Das kannte man ja gar nicht. Und man kannte ja einander gar nicht – so gut.

Dass Butt und Hering wieder da waren, war jedenfalls ein Segen, und dass es mit den Teppichen weiterging, auch. Da durfte man weiterhin in anderen Welten unterwegs sein, in Städte reisen, von denen man nicht annehmen durfte, sie einmal mit eigenen Augen zu sehen. Wenn es sie überhaupt gab. Es gab sie jedenfalls vor den inneren Augen, Satz für Satz, sorgfältig errichtet von der Städtebaumeisterin Nina. Städte in Andalusien, ganz in Mosaik, Städte, hineinfantasiert in eine Meerenge zwischen Europa und Asien, Städte im unwirklichen Licht eines nördlichen Afrika – sie alle werden reinerzählt in die Köpfe der Knüpfenden. Während sie fest auf ihren Schemeln vor den Rahmen sitzen, schlendern sie über Marktplätze, auf denen kunstvoll geprägte Münzen von Hand zu Hand gehen. Die Seiden, auf langen Wegen vom fernen China nach Westen transportiert, rufen helles Entzücken hervor. Die Stickerei wie von Zauberhand, so Nina, nicht weniger herrlich als die kostbarsten Gemälde. Künstler würden in der Stadt, von der sie hier berichte, nicht weniger geschätzt als die Händler, denn es gäbe niemanden, der nicht wisse, dass ohne sie die Welt ihre Farbe verlöre. Weshalb auch jenen, die die Schalmei erklingen ließen und die ihre Stimmen miteinander zum Tanzen brächten, als gäben himmlische Wesen es ihnen ein, ihr Werk reich vergolten werde …

Genauso stelle er sich Vineta vor, sagte auf einmal Henning Tönjes, der vor sich am Rahmen eine schöne Kogge entstehen ließ. In Rostbraun, der Farbe der Zeesensegel. Die knüpft er am liebsten.

Entgeisterte Blicke richteten sich auf den Fischer, der einmal Vorstand ihrer Fischereigenossenschaft gewesen war und nun so oder so nicht mehr rauskonnte wegen seines Rheumas. Was denn, Henning stellte sich Vineta vor? Man hätte darauf gewettet, dass er sich noch nicht einmal den nächsten Tag, die nächste Fangroute vorstellte, bevor es unbedingt erforderlich war. Weil er ja noch nie den Mund aufgemacht hatte, ohne Not.

»Vineta?«, fragte Nina, »was ist das: Vineta?«

Nun wurde die junge Frau aus dem Süden aber ordentlich ins Bild gesetzt über jene Stadt, die nahezu ein Reich gewesen war, bis sie im Zuge einer Strafaktion gegen Habgier und Hochmut, verschärft durch Sturmhochwasser, quasi vor ihrer Haustür untergegangen war; in alter, aber nicht allzu alter Zeit. Man könne ja die Glocken noch hören in manchen Nächten, sagte Johanna. Keiner widersprach. Wer von ihnen hätte auch die Glocken noch niemals gehört? Direkt an der Odermündung. Steinwurf von hier.

Direkt gesprächig wurde man. Auch wenn sie eigentlich ihrer Erzählerin erzählten, erfuhren doch auf diese Weise die Fischerleute, was sie bislang nicht voneinander wussten, dass sich in ihrem Dorf nämlich ein jeder und eine jede ein eigenes Vineta erträumte: eine arabische Stadt aus Tausendundeiner Nacht, so, wie Henning Tönjes sie sah, als ein silberngoldenes Schlösser-Ensemble wie bei Königs, ein vielfarbiges und vielgestaltiges Schlaraffenland, von dem man als Kind geträumt hatte, oder eben als eine solide restaurierte und mäßig erweiterte Version von Stralsund.

»So ist das also.« Nina lächelte und freute sich über die Umkehr der Erzählrichtung, wohl wissend, dass ihre Geschichten den Menschen in diesem Raum die Zunge gelöst hatten. Genauso war es auch mit Vanja und ihr selbst gewesen. Erzählen war ansteckender als Husten und Schnupfen.

»Nun aber wieder du, Nina!«

»Wo war ich denn stehen geblieben?«, fragte sie.

»Bei dem, was Henning wie Vineta findet, wo Vanja hin ist …«

»Nun, dort war für Vanja kein Bleiben. An einem hellen, fast frostigen Tag – ja, auch in arabischen Ländern kann es frieren und schneien – brach er auf, denn es ging die Kunde, hoch im Norden gäbe es ein Reich, das an Glanz und Wohlleben alles bisher Gesehene überträfe, aber nun vom Untergang bedroht sei …«

Das lege ich ihr jetzt nur in den Mund, weil ich Holger Berends dankbar bin, dass er mir den Teppich vorbeigebracht hat, ohne den ich nicht hier wäre, dachte Mia. – Woher willst du denn wissen, dass es nicht genauso war? – Und jetzt höre ich auch noch Stimmen. Außerdem habe ich den Faden verloren. – Gott sei Dank – und wenn sie mir jetzt noch ›Gott sei Dank‹ einflüstert und dass Pausen zum Erzählen gehören, dann weiß ich, dass ich wirklich eine Pause brauche. Mia klappte ihr

Notebook zu. Seit wann hatte sie nicht mehr gegessen, nicht mehr geschlafen? – Ja, sagte sie. Ich hab's verstanden …
Am nächsten Morgen stieg sie die Treppe runter und bat darum, fortan Frühstück zu bekommen, und bot eine Vorauszahlung für die kommende Woche an. Dies wurde mit Entrüstung zurückgewiesen. Als ob man sich es bezahlen lassen würde, einen Kaffee für die liebe Frau mitzukochen und ein Stückchen vom Strudel für sie abzuschneiden.
So würde ihre Klausur jetzt weitergehen: mit Kaffee und Gebäck; den Katzen und ein paar Gängen auf und ab am Abend. Sie setzte sich an den kleinen Schreibtisch – und wusste jetzt, nachdem sie alles so organisiert hatte, dass nichts sie mehr stören würde, auf einmal nicht weiter. Sie konnte sich doch nicht immer tiefer in eine Tausendundeine Nacht hineinschreiben, nach Vineta und Byzanz und zu kaukasischen Zaubersträuchern, nur weil es Spaß machte. Es ging hier um einen grünen Teppich und seine Schöpferin, und da war ganz gewiss nicht einfach alles so weitergegangen, sagenhaft schön und immer mit den besten Wendungen … Natürlich nicht. Du musst den anderen Faden bedenken, den, der schon längst mitläuft; du hast nicht auf ihn geachtet. Viele haben nicht darauf geachtet, und das war ein Fehler. – Am liebsten möchte ich das überspringen. – Erzählen ist nicht für Feiglinge. – Leicht gesagt, hast du ihn denn im Blick gehabt? Ich stelle mir vor, du hast darüber gelacht, wie sich der braune Faden da überall reingeschlängelt und überall Undeutsches gewittert hat. Bestimmt hast du es erst kaum beachtet, und ausgerechnet ich soll das nun hererzählen, ja? – Wer sonst? Es ist höchste Zeit. Mach schon.

~

Freest, Herbst 1935

Äußerst gut gefielen den neuen Machthabern die Fischerteppiche. Wahrhaft nordisch. Höchst heimatverbunden. Unbedingt wollte man selbst einen besitzen. Haben und herzeigen. Gern unterstützte man den Verkauf an Gleichgesinnte und die, die es werden könnten. Und bemerkten kaum, dass ihre Begeisterung von den Knüpfenden nicht geteilt wurde. Jedenfalls von den meisten nicht, und gerade von dem nicht, der sie erfunden hat. Der neigte politisch ganz auf die andere Seite. Und der, der zuerst daran gedacht hatte, dass Fischer nicht nur Netze, sondern auch Teppiche knüpfen könnten, der hatte es sicher auch nicht gewollt. Der war nämlich Sozialdemokrat gewesen, und hier war man eigentlich immer sozialdemokratisch gewesen, seit es die Sozialdemokratie gab. Noch fühlte es sich gar nicht wie ein Verhängnis an, nur wie eine Verkennung. Und darauf kamen die Nazis allmählich auch, dass die, die diese nordischen Teppiche machten, sie womöglich in einem anderen Geist knüpften. Reinste Irreführung. Sie wurden hellhörig; wie es ihre Art war. Vor allem Gerd Glowe. Einer der Ersten, die eine braune Uniform hatten.

Eines Abends setzte der sich im Wirtshaus an den Knüpfer-Tisch und drängte sich auf: Es ließe sich auch mal über die Anschaffung eines Volksempfängers für den Gemeindesaal nachdenken.

»Ach, lat man.«

Ärgerlich wurde er über diese Abfuhr. Was er nun zu gern mal wissen wolle, sei, was ihnen da an den Webrahmen für Geschichten erzählt würden. Ihm sei zu Ohren gekommen:

undeutsches Zeug. Als ob es nicht genug heimische Sagen und Legenden gebe, die man hochhalten müsse. »Überhaupt: das deutsche Liedgut«, sagte Gerd Glowe, von dem jeder hier wusste, dass er beim Auswendiglernen in der Volksschule selten über die erste Strophe hinausgekommen war.

Abwartendes Schweigen. Jemand bestellte eine Runde Doppelkorn.

Als ob es Grimms Märchen nicht gäbe, legte Gerd nach. »Zum Beispiel das vom Fischer und seiner Frau. Ist doch alles da und vorhanden. Warum in die Ferne schweifen?«

Das Schweigen wurde lang, bevor einer der Fischer das Wort ergriff:

»Dascha nu der feine Unterschied, Gerd: Im Märchen wird vom Fischer un sine Fru vertellt, bei uns vertellt Fischers Fru.«

»Und wie die vertellt. Dat dat dat gifft.«

»Besser geit dat nich.«

Schweigen.

Außerdem wüssten sie gar nicht, ob das Knüpfen ohne Geschichten überhaupt ginge. Segel flicken könne man ja schließlich auch nur mit: Seemannnsgarn. Und das sei links gewickelt: »Is nu mal so, Gerd.«

Gerd Glowe erhob sich einigermaßen ungehalten. Während er im Stehen sein Glas leerte, musste er sich noch etwas anhören:

»Außerdem, Gerd, unsere kleine Fischerin, die will goa nix. Nur ihre lütte Kate und ihren Carl will die. Sie will noch nicht einmal das, was ihr Carl will.«

Allseitiges bedächtiges Nicken. Zuckten hier und da die Mundwinkel?

»Die will wohl nicht, wie er wohl will.«

»Jo, gerad annersrum. So ist das, Gerd.«

Da setzte sich Gerd Glowe wieder hin. Und warf eine Runde.

Sollte der Vorwitz hier am Tisch doch im Schnaps ertränkt werden. Sie würden schon sehen. Ihm war da gerade eine Idee gekommen.

Eigentlich war es noch keine Idee, mehr so ein Gefühl, eine böse kleine Leistung seines Instinktes.

~

Dass sich nämlich etwas anfangen ließ mit dem Wissen, dass Fischers Frau nicht so wollte, wie Carl wohl wollte. Und was Carl will, das weiß Gerd Glowe nur zu gut. Carl Holm will das Hotel zurück, das vom Großvater errichtet, vom Vater erst erweitert und dann verspielt wurde, und es wieder zu dem machen, was es einmal war: ein pulsierender Ort von Rang und Namen. Genau das hatte Carl vor. Aber inzwischen war ja wohl eher die Familie Glowe zu Rang und Namen gekommen – und hatte dazu die Strandperle durchaus nicht gebraucht. Nur die Wäschereien in Stralsund und Berlin. Und ihre Grundsympathie zu den Nazis, die hatte sich auch bezahlt gemacht.

Er hatte Wind davon bekommen, dass jetzt von ganz oben Teppiche in Auftrag gegeben wurden. Warum sollte nicht auch er, Gerd Glowe, so einen bekommen. Für das Hotel, mit dem er auch Großes vorhat, oder sein Büro – das demnächst sowieso auch größer und noch dazu in Berlin sein würde. Wie gut sich da ein Küstenwaldteppich machen würde: Hirsche, Hasen und Wildschweine. Er träumt sich hinein in eine Jagdszenerie, die zugleich eine Eintrittskarte wäre in den inneren Zirkel derer, die schon etwas gefestigter im Sattel saßen als er selbst.

Das war es, was sich Gerd Glowe an jenem Abend gemerkt hatte. Für später. Das Spiel, im Stillen eröffnet, war für zwei Personen. Zwei, die unbedingt etwas haben wollten. Die sich etwas vielleicht zu sehr wünschten. Carl das Hotel, Gerd die Macht.

Am Abend des Erlasses der Nürnberger Rassengesetze gab es, fand Gerd Glowe, etwas zu feiern. Dass man nun einen bedeutenden Schritt weitergekommen war auf dem rechten Weg. Heute war es so weit. Von der Theke des Gasthauses aus sprach er Carl an. Einen reinrassigen Fischerteppich, den würde er jetzt mal in Auftrag geben wollen. Einen mit Wildschweinen, Hirschen und wenn es sein müsste, dürften auch ein paar Schiffe dabei sein, alles im Zeichen der Partei, versteht sich. Ob nun Dreifisch oder ein vierarmiges Kreuz, in Weiß und Rot, wer sein Handwerk verstehe, würde das wohl hinbekommen. Groß müsste er sein. »Du weißt ja, Carl, die Halle – im Hotel, da darf er nicht verschwinden, von den Ausmaßen her.« Gerd Glowe machte eine Pause und versuchte, in Carls Gesicht zu lesen. Als er darin nichts fand, was sich deuten ließ, legte er nach: Dort könne, dort müsse er schon etwas hermachen, wenn man das ganze Gebäude mal wieder herrichte, jetzt, wo alles aufwärtsginge.

»Deine Frau, hört man, kann das doch so gut. Vielleicht sprichst du mal mit ihr?« Sein Lächeln war nicht freundlich.

»Das werde ich tun«, sagte Carl, tippte an seine Mütze, verließ das Gasthaus und ging raschen Schrittes nach Hause.

Noch in Schuhen und Jacke begann Carl, mit Nina zu sprechen.

»Nina«, sagte er, »wir müssen darüber sprechen, woher du kommst.«

»Aus Zagreb, das weißt du doch – direkt mit dem Zug von Zagreb nach Freest, zu dir ins Gasthaus …«

»Woher du stammst …«

»Carl! Dieser Spuk ist doch demnächst vorbei … Und mit den Heiratspapieren hat's doch eh wunderbar geklappt …«

»Jetzt ist eine andere Zeit. Hannes haben sie schon entlassen, das weißt du doch. Und Benno Kuhn von der Gewerkschaft lassen sie nicht in Ruhe, und ich sage dir, auch bei uns, in der Knüpferei – sie werden die künstlerische Leitung absetzen …«

»Carl, du malst doch den Teufel an die Wand!«

»Wir müssen alles jetzt nachweisen: Wer sind deine Eltern, deine Großeltern, Urgroßeltern …«

»Ich bitte dich, das ist alles so lange her.«

»Lange her spielt bei denen keine Rolle – beim Blut steht für sie die Zeit still.«

»Also, vor langer Zeit, vor *sehr* langer Zeit …« Sie setzte sich auf, nahm Erzählhaltung ein.

Carl hob abwehrend eine Hand: »Nein, Nina, nicht *eine* Geschichte, sondern *die* Geschichte. Bitte.«

Nun gut, ihre Mutter, die ins Transsilvanische geheiratet habe – »verrückt eigentlich, dass du sie noch gar nicht kennengelernt hast und ich nicht ihren Grafen. Sein Nachname hat nur zwei – stell dir vor, Carl! – nur zwei Buchstaben: K und Y! Ich glaube, er hat sich einfach in Mutters langen Namen verliebt. Alles ein bisschen seltsam, aber auch sehr unverdächtig, oder?« Jedenfalls, was die Rassengesetze angehe – ihre Mutter sei in Österreich geboren, ganz wie dieser kleine Schnauzbart auch. Katholisch natürlich, wenn auch auf selbstständige Art.

»Und dein Vater?«

»Ich habe ihn nicht gekannt.«

»Aber was weißt du über ihn?«

»Nicht viel.«

»Aber das wenige?«

Er habe sein Leben gelassen, weil er die Fahne der Solidarität hochgehalten habe, bei einer Arbeiterkundgebung, noch vor ihrer Geburt. Die habe übrigens ihre Mutter bestickt, über und über mit den Zeichen verschlungener Hände.

»Nina ...«

»Ja, ist schon gut.« Jedenfalls stamme er aus dem Geschlecht der Cepeda. Einem unfassbar katholischen Geschlecht, kein Wunder, denn die heilige Teresa de Ávila sei eine Vorfahrin. Sie hatte Visionen und ging barfuß, eine Karmeliterin eben, sie hatte einfach nicht eingesehen, warum nur die Mönche ohne Schuhe sein durften und die Frauen nicht, und um baufällige Häuser zu kapern, um Klöster draus zu machen, hätte sie Schuhe tatsächlich nicht gebraucht. Nina sah, wie angespannt Carls Gesicht war. »Aber wer weiß, ob das überhaupt stimmt«, sagte sie, »da gab es ja so viel Gerede und Verwirrung. Am Ende wohl auch nicht mehr als eine Familienlegende.«

Carl nickte vorsichtig und war bemüht, nicht zu zeigen, dass er fand, dies alles höre sich gar nicht gut an, jedenfalls nicht in den Ohren der neuen Machthaber, mutmaßlich.

Diese Tante dürfte doch kein Problem sein, meinte Nina – sie sehe ein, sehr viel Katholisches sei da im Spiel, aber katholisch seien viele, wenn auch nicht hier.

»Lass uns mal alles genau durchdenken«, meinte Carl, »wie lange ist denn das her, das Barfußgehen und Häuserklauen?«

»Jedenfalls so lange, dass es schon gar nicht mehr wahr ist.« Nina strahlte Carl an – hatte sie nicht soeben die perfekte Formel gefunden? Als sie sah, dass Carl weiterhin ernstlich besorgt war, wollte sie ihm ihren Teil Ernst nicht schuldig bleiben. Froh, etwas, was schon gar nicht mehr wahr war, so genau zu wissen, sagte sie, Tía Teresa sei 1515 geboren. Wie könnte man sich eine solche Zahl auch nicht merken? Eine besondere Jahreszahl, die auch eine sehr besondere Frau hervorgebracht habe. Ein bisschen überspannt, doch weichen Herzens. Seherisch, aber eben mit beiden Füßen fest auf der Erde. Diese Ausschläge seien wohl etwas unverträglich für ihre leider schwache Gesundheit gewesen, da sie öfter sterbenselendig daniederlag, aber wiederholte Male von den Toten auferstand. Alles aber irgendwie gar nicht so selten unter den Conversos, so habe ihre Mutter immer gesagt …

»Conversos?«

Nun, all die konvertierten Familien eben. Es werde immer leicht eine Übertreibung daraus, wenn auch nicht immer so sympathisch wie bei ihrer Tante; dies sei die Einschätzung ihrer Mutter gewesen. Die einmal hierherzulocken man übrigens nun wirklich versuchen müsste. Es würde ihr sehr gefallen, wie hier alle zusammenhocken und knüpfen …

»Konversion? Vom Evangelischen her?«

Stille.

Carl rechnete nach. Luthers Thesen waren von 1517. Das stand vorne in der Kirche. Er sah es jeden Sonntag. Da war jene Tante Teresa zwei Jahre alt gewesen.

»Konversion?«, fragte er noch einmal.

Nina schwieg.

»Wie lange ist das her?«

»Es war schon ihr Großvater, Carl, wir sprechen von einer Zeit, da war Amerika noch nicht entdeckt, verstehst du nicht?«

»Oh, doch.«

»Weißt du, Carl, es gibt doch überhaupt keine Dokumente. Niemand wird das herausfinden.«

Carl dachte an Ninas Geburtsurkunde und daran, wie Jan Geerdes auf dem Amt große Augen bekommen hatte. Nie hatte er einen vergleichbaren Namen gesehen. Und wie sich das herumgesprochen hatte im Dorf, dass die kleine Fischerin mehr Namen hatte, als in ihre zierliche Gestalt hineinpassten.

Hätte doch ebenso gut sein können, dass sie selbst das alles gar nicht mehr wüsste, meinte Nina. Und ihre Mutter sei sowieso unerreichbar hinter den sieben Bergen: Karawanken und Karpaten!

Wer unliebsam sei, antwortete Carl, der werde jetzt verfolgt bis in die zigste Generation, bis nach Spanien mindestens und bis hin zu einem Urururgroßvater, der seinen

Glauben aufgibt im Glauben daran, dass es ihm weiterhilft. Alles Wasser auf ihre Mühlen.

»Bin ich unliebsam?«

»Die Nazis mögen die Fantasie nicht.«

»Aber die Teppiche.«

Carl zögerte. »Ja, du hast recht«, sagte er dann, »es wird schon gut gehen. Sie spielen sich nur auf.«

~

In dieser Nacht lag Carl sehr lange wach. Früh am nächsten Morgen fuhr er mit dem Boot raus und kam ohne Fische wieder. Auf See hatte er geankert, ein Heft mit kariertem Papier aus seiner Tasche gezogen und einen Teppich entworfen. Einen Teppich, wie er ihn niemals aus freien Stücken knüpfen und niemals aufhängen würde, der aber für einen passionierten Jäger wie Gerd Glowe, der den Küstenwald mehr liebte als die Küste, reinste Begehrlichkeit wäre.

Die obersten Reihen bestehen aus Stranddisteln, die wie ein stacheliger Saum den Weg zum Meer verwehren. Das Meer bekommt er nicht: keinen Fisch, keinen Anker, keine Möwe.

Auf einem zweiten Blatt kopierte Carl die Muster detailgetreu – bis auf den oberen Saum. Aus den hellen Stranddisteln werden rot-weiße Hakenkreuze; die würden zu allerletzt geknüpft werden. Er hat sich genau ausgerechnet, dass man für diesen letzten Abschnitt nicht mehr als zwei bis drei Wochen brauchen würde. Über Wildschweinen, Hirschen und Hasen würden die Hakenkreuze eine Kante setzen, die an Klarheit nicht zu wünschen übrig ließ. Das wird Gerd Glowe gefallen. So gut, dass er gar nicht merken wird, dass sein Fischerteppich überhaupt kein Fischerteppich ist. Beziehungsweise ein falscher, wenn nicht gefälschter.

Im Morgengrauen tuckerte Carl zurück, vor allen anderen. Nicht, dass er erklären müsste, warum er keine Fische mitgebracht hat. Nur Rehe, Hasen und Wildschweine hat er mitgebracht, eine Handvoll Stranddisteln, die gleichzeitig Hakenkreuze waren. Mit dieser Ausbeute ging er zu seiner Patentante, die zur Genossenschaft der Knüpferinnen gehörte. Unverzichtbar gehörte sie zu denen, als eine der besten. Ihre Hände so schnell wie ihr Verstand. Johanna, verwitwete Schulte, geborene Baltrusch, entstammte einer mecklenburgischen Pfarrerdynastie und hatte in Kindheit und Jugend eine liturgische Überdosis abbekommen, weshalb sie sich als junge Frau zum Ausgleich sehr viel Freiheiten genommen und ziemlich viele Denkrichtungen ausprobiert hatte, von denen sie jeweils gewisse Anteile in ihr Weltbild übernommen hatte. Niemand wusste je, welcher Anteil gerade der tagesaktuelle war. Das machten Gespräche mit ihr unberechenbar. Manche im Dorf sprachen mit ihr nur noch übers Wetter.

Carl schob ihr ohne viel Worte erst die eine, dann die andere Zeichnung über den Küchentisch. »Kannst du das für mich tun?«, fragte er sie. »Für mich und für Nina?«

»Gib her, Junge«, sagte sie. »Etwa zwanzig Wochen, in dieser Größe! – Und wenn ich es heimlich mache. Ich sage dir Bescheid.«

Sie wusste unmittelbar, dass Carl den richtigen Plan gefasst hatte. Und Carl wiederum hegte keinerlei Zweifel, dass Johanna, um ihm dabei zu helfen, nichts lieber tun würde, als mit der allergrößten Verachtung diese Hakenkreuze in den Teppich zu knüpfen. Statt Stranddisteln.

~

Zwanzig Wochen lang hatte Carl Holm Angst. Das war eine neue Erfahrung in seinem Leben. Angstmomente – wenn plötzlich Sturm aufkam, wenn ein Gewitter aus dem Nichts sich aufbaute und man noch weit draußen war, wenn ein Fangverbot ausgesprochen wurde, wie vor sieben Jahren, und erst mal überhaupt nicht klar war, wie es weitergehen sollte mit siebenundzwanzig Pfennigen Stundenlohn fürs Knüpfen –, das ja. Aber nicht diese bohrende, diese ständige, diese alles zermürbende Angst, die jeder Stunde die Farbe nahm. Die überhaupt alle Farbe aus der Welt zog. Die, obwohl man dachte: größer kann sie ja nun nicht mehr werden, sich weiter auswuchs, wenn man eine Zeitung aufschlug; die bodenlos wurde, wenn er Gerd Glowes ansichtig wurde und dessen Kameraden. Für eine Weile war er verschwunden gewesen. Aber er war wiedergekommen, befördert und ausgestattet mit einer Entourage, die Schrecken zu verbreiten wusste.

Eines Abends, als Carl nach Hause kam, saß seine Tante am Tisch mit Nina. Lachend und palavernd schoben sie Musterbögen hin und her. Möwen, Fische, Seepferdchen, Eichhörnchen. Was einem noch alles einfallen könnte, zum Beispiel eine Vineta-Rose: »Ach, die gibt es noch gar nicht?« Heiterste Fachsimpelei. Carl setzte sich dazu, nahm die Teetasse, die ihm angeboten wurde, in beide Hände. Denn seine Hände waren kalt. Sein Kopf dagegen heiß. Die ganze Situation hatte etwas Fieberhaftes. Beim Abschied sagte Johanna: »Ist fertig, Junge.«

Als Carl seine Teetasse absetzte, zitterten seine Finger. Darauf hatte er gewartet, und davor hatte er sich gefürchtet. Er begleitete Johanna nach Hause, um sich den Teppich anzusehen. Er war schon vom Rahmen geschnitten und stand eingerollt hinter dem Schlafkammerschrank.

»Wie schön er wäre, wenn er stattdessen die Disteln hätte«, sagte Carl.

»Ja, Junge, aber für den Zweck ist er richtig. Daran denk mal immer.«

Als seine Tante den Teppich wieder verstaut hatte, ging Carl ins Wirtshaus, trank langsam und maßvoll, ließ Gerd, der mit seinen Kumpanen deutlich weniger maßvoll trank, nicht aus den Augen, fing ihn, als der sich zum Gehen anschickte, an der Tür ab und gab ihm etwas zu verstehen. Gerd Glowe zog die Augenbrauen hoch: geschmeichelt, sadistisch, machttrunken. Carl Holm wollte also aus ihren Händeln einen Handel machen. Nun denn.

Als er nach Hause kam, saß Nina am Tisch, hatte das Licht nicht angemacht, auf dem Tisch lag ein Buch, sie hatte es beiseitegelegt. Sie sprach keinen Gruß. Als er sich zu ihr an den Tisch gesetzt hatte, meinte Nina: »Du hättest mich fragen können. Ob ich überhaupt mitmöchte, Carl. Vielleicht möchte ich ja gar nicht.«

»Du kannst nicht hierbleiben wollen.«

»Doch.«

»Es wäre – sehr gefährlich.«

»Sehr gefährlich ist vieles. Rausfahren mit dem Boot, das ein Leck hat ...«

»Woher weißt du das?«

»... die Laterne draußen beim Holz zu vergessen, Teppiche mit Hakenkreuzen, an die man nicht glaubt, zu verhökern.«

Schweigen. Dann sagte Carl:

»Du siehst es doch selbst, Nina. Lehrer Paulsen haben sie jetzt auch schon entlassen. Vor einem Monat abgeholt. Keiner weiß, wo er ist. Mariannes Tochter haben sie in ein Heim gebracht. Schreckliches hört man. Niemand ist sicher. Noch nicht einmal er, der ihnen die Fischerteppiche erfunden hat, mit denen sie jetzt so prahlen. Sie haben ihn aus allem herausgedrängt, er ist ins Visier geraten, verstehst du?«

»Deshalb müssten wir ja hierbleiben – um ihnen zu helfen.«

»Niemandem kannst du mehr helfen, wenn sie dich, wenn

sie … Nina, sie werden uns hier nicht mehr in Ruhe lassen. Sie werden uns nicht hierlassen *und* sie werden uns nicht in Ruhe lassen. Wir haben sie nicht ernst genommen.«

»Ich bitt dich, warum sollten wir? Sie knallen die Stiefel zusammen und sagen nicht ›Moin‹, sondern ›Heit'ler‹. Sie strecken die Hand aus, als segneten sie den Raum zwischen ihrer Nase und dem großen Zeh.«

»Nina, ich kenne mich hier aus. Ich weiß, wer mit ihnen marschiert, und weiß, wer nicht, und ich weiß, dass es … es gibt Orte, Nina … es ist gefährlich. Sie sind lächerlich, sie sind schrecklich. Niemand wird sie mehr aufhalten. Du nicht, ich nicht, keiner. Wir müssen gehen.«

Nina schwieg. Carl verfolgte, wie sie erst durchs Fenster nach draußen sah, dann in sein Gesicht. Stärker als sonst erschien ihm die Uneinigkeit ihrer Augen in diesem Blick.

»Im nächsten Frühling? Bis dahin können wir ja noch abwarten, oder?«

»Nächste Woche, Nina. Alles andere könnte zu spät sein.«

Nina saß still da. Kein Nicken, kein Kopfschütteln.

»Wenn man uns überhaupt noch lässt, Nina. Ich habe alles auf eine Karte gesetzt. Der Preis für den Teppich sind Passierscheine.«

»Passierscheine wohin?«

»Johannas Vater hatte einen Freund in Schweden. Seine Tochter und ihr Mann bürgen für uns. Sie heißen Wilma und Christian Lovén.«

In dieser Nacht tat keiner der beiden ein Auge zu. Sie lagen nebeneinander und hielten das Gespräch in Gang mit langen Pausen, nach denen es dort weiterging, wo sie stehen geblieben waren, nur mit einigen Überlegungen mehr im Kopf: Was bleiben hieß und was: gehen; was aufgeben hieß und was: aufbrechen; was sich selbst retten hieß und was: andere schützen; was im Stich lassen hieß und was: einen Stich machen; was Zeichen setzen hieß und was: Zeichen missbrauchen.

Einig waren sie sich darin, dass man nicht mit sich einig sein konnte in dieser Entscheidung, und auch wenn keiner von beiden es aussprach, spürten sie beide, dass dieser Riss des Mitsichnichteinsseins sich in ihr Paarsein hinein verdoppelt hatte. Wie diese haarfeinen Sprünge in der glatten Lasur einer Schüssel, die dennoch weiter zu gebrauchen sein würde, dachte Nina. Keiner von beiden konnte oder wollte dem anderen die Schuld zuschieben, die ja von einer fremden Bösartigkeit herrührte, die so oder so ihr Leben fortan zeichnen würde; auf unabsehbare Weise.

Als sie nach dieser Nacht ohne Schlaf aufstanden, hatte sich das Aneinanderfesthalten von einer Selbstverständlichkeit in einen Entschluss verwandelt. Dies war die erste Passage einer Reise gewesen, die ihnen noch bevorstand.

~

Wenige Tage später wurde Carl in das Büro des örtlichen Parteivorsitzenden Glowe bestellt und nach einer kurzen quälenden Zeit des Wartens vorgelassen.

Gerd saß in voll dekorierter Uniform hinter einem Schreibtisch, der offenkundig eher ein Requisit als ein Gebrauchsgegenstand war, und bot Carl mit einer Jovialität, die dazu passte, auftrumpfend und ungelenk zugleich, einen Stuhl an. Während er Platz nahm, sah Carl in der Mitte des Tisches zwei Passierscheine liegen, auf denen das doppelte ›S‹ noch denen zu drohen schienen, die drauf und dran waren, zu entkommen. Über Sassnitz nach Schweden. Bereits gestempelt und unterschrieben. Aber wenn die nicht echt wären? Wenn Gerd nicht eine Sekunde daran gedacht hätte, für diese Flucht geradezustehen, und nur einen Köder platziert hätte? Wenn hinter der Tür, durch die er gerade eingetreten war, bereits zwei Wachposten darauf warteten, ihn, egal, was in diesem Gespräch gesagt werden würde, umstandslos in ihre Mitte zu nehmen und abzuführen? In ein Gefängnis? In ein Lager?

Angst hatte sich in Carls Nacken festgesetzt. Er musste der Angst ein Verhandlungsgesicht geben, sie überstreichen mit der Selbstverständlichkeit einer gemeinsamen Kindheit und Jugend im Dorf. Sein Gesicht müsste zu gleichen Teilen Achtung und innere Freiheit ausdrücken, auch wenn er beides nicht empfand. Er versuchte, den Mann vor ihm mit dem Freund von damals zu überblenden, Gerd, der, wenn er am Strand Feuersteine sammelte, Zeit und Raum vergaß, der manchen Tag auf ihn gewartet hatte und hoch oben auf einem Treibholzstapel winkte und johlte, wenn er ihn sah. Gerd, mit dem er, in einer Sandburg hockend, teilte, was ihre Hosentaschen so hergaben: Einen Kanten Brot, ein Stück Schlackwurst. Und mit dem er sich um die Mönchguter Spitze herum träumen konnte, und auch dorthin, was auf der anderen Seite des Meeres lag: Schweden. Er fand die Sprache, die zu diesen Erinnerungen passte:

»Gerd«, sagte er, »hier bin ich. Und ich hab auch dabei, was du dir wünschst.« Er hielt dem abwartenden Blick stand. Sah in die Augen, die nicht verrieten, was den Mann auf der anderen Seite des Schreibtisches antrieb. Der tatsächliche Wunsch, einen Fischerteppich als Trophäe in sein Büro zu hängen? Oder die Lust zu erniedrigen? Oder die Erinnerung daran, wie er mit Carl zusammen Strandgut gesammelt und Lagerfeuer gemacht hatte – und die Hoffnung, ihn doch noch auf seine Seite zu ziehen?

»Warum willst du fort?«, fragte Gerd.

»Du weißt, ich passe zu keiner Partei, auch zu deiner nicht. Das wird mich in Schwierigkeiten bringen über kurz oder lang.«

»Ich bitte dich, wir werden doch nicht …«

»Was man so hört …«, sagte Carl.

Gerd schwieg. Sah Carl lange an.

»Mit deiner Frau hängt das nicht zusammen?«

»Natürlich nicht. Warum sollte es?«

»Familie und so weiter?«

»Ich habe nie einen astreineren Stammbaum gesehen, wenn du das meinst …«

Gerd Glowe nickte und schwieg. Fixierte Carl.

»Zeig doch mal her«, sagte er dann.

»Wir brauchen etwas zum Aufhängen.«

Gerd Glowe stand auf, sah sich um und – offenbar keine andere Möglichkeit, als Hitler vom Haken zu nehmen. Carl legte die beiden Schlaufen um die Haken und trat zurück, neben Gerd Glowe. In Rot und Gold fielen die Hakenkreuze aus gedeckten Jägerfarben heraus sofort ins Auge. Carl Holm betrachtete Gerd Glowe, wie der den Teppich betrachtete. Angetan war er. Überaus angetan. Zum ersten Mal an diesem Abend wurden aus den zwei Passierscheinen auf dem Tisch mehr als zwei Pro-forma-Spielsteine. Gerd Glowe nahm wieder Platz und winkte auch Carl auf den Stuhl zurück.

»Wenn du ihn mir überlässt und hierbleibst, könnten wir darüber reden, dass du das Haus wiederbekommst. Zu einem guten Preis. Oder mit Kredit auf lange Zeit. Oder auch Pacht erst mal. Vieles ist möglich. Unter dem Schutz der Partei, Carl. Wir sind gar nicht so. Es soll dein Nachteil nicht sein.«

In Carls Kopf liefen Vergangenheit und Zukunft aufeinander zu: Die dem Verfall anheimgegebene Strandperle würde wieder Haus Holm sein. Und damit ein Begriff, wie man sagte; eine Welt für sich; seine Welt.

Seit der Zwangsversteigerung damals war nicht ein Tag verstrichen, an dem er nicht davon geträumt, nicht darauf hingearbeitet hatte, dass er, Carl Holm, dieses Haus seiner Väter wiederaufrichten würde, und zwar in jeder Hinsicht wiederaufrichten würde, nicht nur mit Ziegel und Mörtel, sondern mit Stil und Gefühl, mit Haltung und Großzügigkeit.

Sein Gegenüber wusste, was Carl dachte. Wie oft war er an dessen Seite gewesen, bevor es mit Hotel Holm zu Ende gegangen war und Großvater Glowe es ersteigert hatte. Als sein Schatten folgte er ihm durch die Flure des schönen Hauses, in dem Carl seinen Erinnerungen freien Lauf ließ, und Carl wusste das und konnte es nicht verhindern. Er wusste auch um die lauernde Erwartung, dass er der Versuchung nicht würde widerstehen können. Er wusste, Gerd fühlte sich kurz vor dem Sieg. Er streckte die Hand nach den Passierscheinen aus. Gerd Glowe nickte mit dem mokanten Lächeln eines Verlierers, der nicht zugeben wollte, dass er überhaupt gespielt hatte.

Carl verließ das Büro ohne Gruß, ohne sich umzusehen, aber auch ohne verhaftet zu werden. Er spürte seine Beine nicht, aber sie trugen ihn durch den Flur, eine Treppe hinunter. Seine Schuhe schlugen hart und laut auf den Boden, wie um ihm zu sagen: Wir sind da und wir kennen den Weg. Verlass dich auf uns.

Draußen wurde ihm wohler, mit der Hand in der Jackentasche, in die er die Passierscheine gesteckt hatte, ging Carl die Straße hinunter, blieb gegenüber von dem Haus stehen, das einmal sein Zuhause und außerdem Hotel Holm gewesen war, und prägte sich alles ganz genau ein. Als wenn ausgerechnet das Dämmerlicht alles scharf gestellt hätte, sah er die Kontur überdeutlich: die kleinen Vorsprünge in den Fensterrahmen, jeden Schnörkel der kleinen Erker in der obersten Etage. Systematisch verabschiedete er sich. Sechs Fenster in jeder Etage rechts und links der hohen Tür, Seiten und Rückfront musste er sich dazudenken. Wichtig war ihm, dass er den aufgehenden Mond mit einbegriff. Der hatte für ihn schon immer dazugehört – als wäre dieses Haus Teil des Firmaments: gebaut für die Ewigkeit. Noch einmal tauchte er in die Welt ein, die ihm einmal alles bedeutet hatte, noch einmal überließ er sich ihr mit geschlossenen Augen. Holte sich die Düfte dazu, die Klänge, bis die Fülle von Licht, Klang, Duft fast nicht mehr auszuhalten war. Denn er wusste, wie man es nur wissen kann, mit Sinn und Verstand und mit jeder Faser des Körpers, dass es das letzte Mal war. Er nahm sich Zeit. Genau so viel Zeit, bis das Bild in ihm fertig erinnert war, es einen Platz gefunden hatte, an dem es gut verwahrt war, ihn aber nicht aufhalten würde. Dann drehte er sich um und ging zurück, vorbei an dem Haus, in dem er eben einen Hakenkreuzteppich gegen zwei Papiere getauscht hatte, in dem noch Licht brannte und ein Mann, genauso alt wie er selbst, sich in eine glänzende politische Karriere hineinträumte.

Die Wolken hatten sich vor den Mond geschoben, als er in die Kate trat und Nina weckte, die sich angezogen aufs Bett gelegt hatte und eingeschlafen war. »Nina«, sagte er, »wir müssen los.« Sie setzte sich auf, zog zwei Koffer unterm Bett hervor.

»Gehen wir«, sagte sie.

»Wart noch einen kleinen Augenblick.« Er nahm eine Zigarrenkiste vom Küchenbord, in die er als Junge einen doppelten Boden eingearbeitet hatte, um einen Schlüssel vom Hotel dort aufzubewahren; der helfen würde, den Zugang zum Haus offen zu halten; mindestens in Gedanken. Niemand hatte daran gedacht, dass der halbwüchsige Carl womöglich noch über einen Schlüssel verfügte, als das Haus offiziell übergeben wurde. Aber er hatte ihn fest mit der Faust umschlungen gehalten, wild entschlossen, ihn niemals herzugeben. Carl öffnete die Schnallen eines der beiden Koffer und schob die kleine Kiste hinein. Es war weniger Platz darin, als er erwartet hatte. Was konnten sie schon mitnehmen? Im Licht der Funzel sah er nicht, was den Koffer derart füllte, aber er fühlte Zwirn und Garn und einen Stapel Musterpapiere.

»Hast du einen Teppich mitgenommen?«, fragte er.

»Nur ein bisschen was davon«, antwortete Nina.

Als sie im ersten Morgenlicht im Zug zum Fähranleger nach Sassnitz saßen, sah Carl, dass zwei grüne Fäden sich in den Schnallen des Koffers verheddert hatten.

»Ein bisschen was von einem Teppich«, wiederholte er und sah Nina an. »Von einem, der war, oder von einem, der werden soll?«

»Beides«, antwortete sie.

Da sitze ich hier, dachte Mia, kraule Katzen und lasse die beiden auswandern. Einfach so. Wie mag sich das angefühlt haben, zu emigrieren, im Frühling 1936? In die frühen Morgenstunden hineingereist sind sie, nicht mehr ganz jung, noch lange nicht alt: davongekommen. Aber davongekommen ist man immer im Nachhinein. Davonkommen ist naturgemäß nichts Gegenwärtiges. Diese Erleichterung, die ich gerade für die beiden Davongekommenen fühle, die können sie noch gar nicht gefühlt haben. Unmöglich. Haben sie überhaupt etwas gefühlt oder waren sie wie betäubt von der Tragweite dessen, was sie taten? Alles hinter sich zu lassen, in eine ungewisse Zukunft hinein.

Wenigstens das Wetter will ich ihnen zuträglich machen, dachte Mia, ich will, dass es frisch und sonnig ist, dass es im Hafen von Sassnitz nicht nur nach Teer und Maschinenöl riecht, sondern auch nach Freiheit und Aufbruch. Nein, das darf ich mir keinesfalls erlauben – andererseits: Wer will es mir verbieten …

~

An einem kühlen, aber sonnigen Morgen lassen Carl und Nina Holm auf einem Dampfer der Königslinie nach Trelleborg das deutsche Festland hinter sich. In Trelleborg ist die Reise noch lange nicht zu Ende. Sie steigen in einen Zug nach Stockholm. In Stockholm steigen sie in einen Zug nach Överhogdal. Mehr als sechzehn Stunden lang werden sie unterwegs sein. Auf der Höhe von Orsa sagte Carl, während er in die vorbeiziehende Landschaft schaute, die nichts von einem Meer ahnen lässt, weder zur Rechten noch zur Linken: »Es war einmal ein Fischer und seine Frau …«

»… die hatten nichts als sich selbst und ihre Geschichte.«

»Ihre Geschichten«, wendete der Mann ein.

»Ja, es sind zwei«, antwortete die Frau.

Bis Sveg findet keiner eine nächste Zeile. Sie schweigen. Danach sprechen sie von etwas anderem.

Aber nun ist es nicht mehr nur ein Gefühl, sondern es ist ausgesprochen, eine Tatsache im Gewand eines Märchens, dass eine Zweiheit an die Stelle einer Einheit getreten ist. Und keiner von beiden weiß bereits, was das bedeutet – ob es der Anfang von etwas Neuem ist oder der Anfang vom Ende. Noch nicht einmal, dass diese angefangene und offen gelassene Erzählung für lange Zeit die letzte gewesen sein wird. Vielleicht, weil Carl mit »Es war einmal …« angefangen hatte. »Es war einmal« lag Nina nicht. Sie erzählt nicht von A bis O, sie erzählt von wo sie stehen geblieben war bis wohin sie gerade kommt. Hatte er das schon vergessen?

Ach, das will ich eigentlich alles gar nicht wissen. Mia stand unwillig auf, ließ die beiden Katzen aus dem Zimmer, öffnete das Fenster und schaute in die Dämmerung, in der immer mehr Lichter aufschienen: von oben Mond und Sterne, von unten: Lampen und Laternen. Nein, das geht wirklich nur die beiden etwas an, sagte sie laut in den Raum hinein. Außerdem macht es mich traurig, schob sie hinterher. – Ja, das war traurig. Schreib das ruhig auf. Es gehört dazu. – Du weißt schon, dass es der Teppich ist, auf dessen Spur ich bin, nicht deine Ehe. – Wie kann man so haarspalterisch sein? Leben, lieben, arbeiten, das ist doch alles eins. – Wirklich? – Wenn es gut läuft.

Als der fortwährende Wechsel von Seen und Wäldern sie in eine Stimmung silbrig grüner Unendlichkeit eintauchen ließ, in der sich ihre Müdigkeit ausbreiten durfte und es nahezu egal erschien, ob man noch dreißig Minuten oder dreißig Tage unterwegs sein würde, wurde Överhogdal ausgerufen und Carl holte die beiden Koffer aus der Ablage. Einen davon band sich Nina auf den Rücken. Beide Hände hatte sie jetzt frei, eine für die Tür und eine … ein Kind ist nicht da, aber sie ist nicht ohne Hoffnung. Vorerst hält sie fest die von Carl.

So kamen sie in jenem kleinen Ort an, der nicht nur inmitten von Wald und Wiesen direkt an der Inlandsbahn liegt, sondern noch dazu nahezu in der geografischen Mitte des Landes. Sie folgten der Wegbeschreibung zum Haus von Wilma und Christian Lovén, deren Kinder aus dem Haus sind und die somit im Dachgeschoss zwei Zimmer frei haben für den Patensohn von Hinrich Baltruschs Tochter; Hinrich Baltrusch, der als junger Vikar vier Sommer lang zu Gast bei seinem Studienfreund Adrian Lovén war, um mit ihm über die Auslegung des Fünften Buch Mose zu streiten, Fische zu fangen und abends Schach zu spielen: beide nahezu zeitgleich abberufen, womöglich ein höherer Plan zur Vollendung eines hermeneutischen Disputs und einer letzten Partie Schach – so Christian Lovén, als sie am ersten Abend zusammensaßen. Die Lovéns nickten ihren Gästen freundlich zu; aber zurückhaltend, abwartend, wie es sich mit den Holms entwickeln würde, die Hand in Hand hier angekommen sind, wo Leute in ihrem Alter sich eigentlich nicht mehr an den Händen halten.

Wie das wohl werden wird, wenn man zusammenrücken muss, ohne einander überhaupt zu kennen? Wie es wohl sein wird, zu Gast zu sein, nicht für Tage, sondern auf unabsehbare Zeit? Als sie die steile Treppe hinaufsteigen, stößt Carl sich gleich zweimal den Kopf. Nina sieht mit einem Blick, dass sie etwa halb so viel Platz haben wie in der Kate, die sie verlassen haben. »Passt!«, sagte sie und legte ihre Hände, die kalt waren vor Müdigkeit und von der nördlichen Luft, auf Carls Stirn.

Die Mahlzeiten nehmen sie gemeinsam ein. Wilma Lovén ist froh, dass Nina ihre Kreise nicht stört. Davor hat sie Angst gehabt, dass sich da eine zweite Frau in ihrer Küche zu schaffen macht und alles besser weiß oder mindestens alles anders machen will. Aber nein, wie gut, sie macht nicht alles anders, sie macht sich nützlich, im Garten und mit Handarbeiten, die sie verkauft und ohne Abzug in den Haushalt einspeist.

Wilma Lovén stammt aus Gotland und hat zwei Schafe mit in die Ehe gebracht. Beide gehörnt. An gutmütigem Spott hatte es damals nicht gefehlt. Die Wolle der Schafe ist weiß, was selten ist, und war bislang in eine Werkstatt nach Östersund verkauft worden. Ob sie die vielleicht färben und verarbeiten dürfe, fragte Nina eines Tages. Sie würde den gleichen Preis zahlen wie die Werkstatt.

Wenn sie von ihrem Dachfenster aus über die Wiesen schaut und die Augen halb schließt, sehen sie bei tief stehender Sonne manchmal so aus wie eine leicht bewegte Ostsee. Genau die will sie festhalten, in allen Farben von Grün. Sie bittet Carl, der begonnen hat, mit Christian Lovén in den Wald zu gehen, und als Holzarbeiter angelernt wird, um einen Webrahmen. Eines Tages stand er da: aus Birkenholz.

Mit Wilma Lovén streift Nina durch Wald und Flur, legt ein Kräuterbeet an, färbt mit Spinat, Bohnen, Erbsen, Wermut und Waldmeister; Zwiebelschalen und Birkenblätter für einen Ton ins Gelbe; Kornblume und Malve für den ins Blaue. Ein Stück vom Garten wird zur Trockenwiese für das Garn.

Nur aus Wolle schimmert die Ostsee nicht. Es braucht Seide. Wilma kann sich nicht vorstellen, dass es in diesen Zeiten Seide gibt zu einem erschwinglichen Preis. Aber sie fragt nach und lässt nachfragen. Und dann erreichen Ausschussfäden und Fadenenden aus einer alten Seidenfabrik im Süden in schmalen Umschlägen, die von Hand zu Hand gereicht werden, im Abstand von mehreren Monaten das kleine Häuschen der Lovéns. Jetzt hat Nina alles beisammen, was sie braucht, und kommt doch nicht weiter. Nur ein paar Reihen hat sie geknüpft, da verlässt sie der Mut, der Lebensmut. Sie sitzt da, schaut aus dem Fenster und schaut auf ihre Hände und schaut auf den hellen Webrahmen und in das Gesicht ihres Mannes – und findet nirgendwo etwas, was ihr hilft, in der Welt zu bleiben. Es befällt sie eine Leere, für die sie keine Worte hat. Eine Leere, die wächst. Wie kann etwas, das nichts ist, wachsen? Ein dumpfes Ziehen, das irgendwo in ihrem Körper angefangen hat, wo eigentlich?, greift auf Rücken, Füße, Hände über: Etwas hat alles von ihr im Griff, um es von Lebendigem abzuschneiden. Furchtbar und auch auf furchtbare Weise richtig fühlt es sich an. Dass es ihr recht geschehe. Dass ihr das zukommt, wie einst das Glück ihr zugekommen war. Darf sie hier sein? Darf sie – sein?

Stundenlang sitzt sie vor dem Rahmen und legt die Hände in den Schoß.

Dann zwirbelt sie Fäden auf und zwirnt sie wieder zusammen. Mischt Wolle mit Seide und Seide mit Wolle. Stunde um Stunde. Und hat dabei das Gefühl, mit der Welt nicht fester verbunden zu sein als mit den Fäden, die ihr durch die Finger gleiten.

Bald kann sie nichts mehr dazu bewegen, die Treppe runterzugehen, etwas zu essen. Worte zu wechseln. Keine Hühnerbrühe hilft, kein aufmunterndes Lächeln. Briefe gelangen von weit her in den hölzernen Kasten am Tor des kleinen Hauses. Keiner bringt gute Nachricht: ihre Mutter, verstorben an den Folgen einer Lungenentzündung im transsilvanischen

Winter, nicht ein Mal hatten sie einander noch sehen können. Der Teppichmeister: in Haft. Die Teppichknüpferei: eingestellt. Angst und Schrecken weiten sich aus, und das große Sterben hat begonnen und wird so bald nicht wieder aufhören. Ihr Lebenslicht wird fahl, flackert.

Eines Morgens kann sie nicht mehr aufstehen und wird es über viele Wochen hinweg nicht können. Und niemand weiß, warum. Eine Lähmung, wie es scheint, ohne jeden Hinweis auf ihre Entstehung. Ein Rätsel. Als ein Fieber dazukommt, in Wellen, die im Wechsel schwitzen und zittern lassen, weicht Carl nicht von ihrem Bett. Er hat lange nicht gebetet. Er möchte es tun und weiß nicht wie. Er legt ihre und seine Hände zusammen und verschlingt sie mit Fäden, die er zwischen den Fingern verknüpft, türkisch und persisch. Wilma und Christian Lovén haben Angst, dass er verrückt wird vor Schmerz, und holen den Pfarrer. Der kommt, aber Carl bedeutet ihm, wieder zu gehen. Nein, er gibt die Hände nicht frei, er gibt Nina nicht frei, noch nicht einmal und schon gar nicht für den Himmel, wenn er sie doch hier auf Erden so braucht wie nichts anderes. Als das Fieber sinkt, gegen jede Erwartung, löst Carl eine Hand und gibt Nina zu trinken. Einige Zeit später löst er die zweite und gibt ihr zu essen.

Nina kämpft sich zurück ins Leben, mit langsamen Schritten, mit kurzen Wegen zwischen Bett und Fenster, die Treppe hinunter zum Essen und wieder hinauf, einen ersten Gang wieder in den Garten, wo es keine Ostsee, sondern einfach nur Gras gibt, aber immerhin, bis sie eines Tages wieder anfängt zu knüpfen, erst nur zehn Minuten, dann eine halbe Stunde, immer länger, bis eines Tages ein Name in der unteren Borte steht:

NINA SILKESTRAD.

Nina Seidenfaden.

Der wahrste Name, den sie je hatte.

Mit NINA SILKESTRAD ist sie in der neuen Sprache angekommen. Wilma Lovén ist es, die als Erste diesen neuen Namen liest. Sie nimmt ein Stück Papier zur Hand, schreibt den Namen auf, schreibt ihn noch einmal darunter. Setzt bei dem einen Namen über das a von trad einen kleinen Ring, deutet auf den oberen, zeigt auf die Seidenfäden neben dem Webrahmen. Nina nickt, dann deutet Wilma auf den unteren und sagt: »Ein kleiner Kreis macht einen Weg zum Faden, verstehst du? Die Seidenstraße zum Seidenfaden.« Sie lächelt.

»Und das S zwischen SILKE und TRÅD?«, fragt Nina.

»Webt die beiden zusammen«, antwortet Wilma.

Mit einem neuen Namen ist sie wieder in der Welt und zugleich in einer neuen Sprache angekommen. Mit so vielen Möglichkeiten. Auch wenn sie noch kaum die Freiheit hat, sich darin zu bewegen.

Mia hatte das Gefühl, an einem Punkt tiefster Wahrheit angekommen zu sein. Mitten in der Nacht ist es so weit gekommen. Wie viele Stunden hatte sie am Stück geschrieben? Sie wusste es nicht, konnte es auch nicht rekonstruieren. Es erfasste sie eine Müdigkeit, so abgrundtief, als wäre die Erschöpfung, die Nina gerade überwunden hatte, auf sie übergegangen.

Jedenfalls bin ich jetzt dort, wo du dich neu erfunden hast. – Ich wusste, du hast dieses Gespür für Namen. Aber vergiss nicht: Carl.

~

Carl arbeitet im Wald. Eine Wahl hat er nicht gehabt. Aber wenn er das Meer nicht haben kann, dann will er sich über den Wald nicht beklagen.

Nach Westen müsste man ins Norwegische, über die Fjällen, Richtung Trondheim, im Osten durch die Provinz Västernorrlands Richtung Sundsvall. Lange Tagesreisen – und was soll man dann am Meer ohne Boot, ohne Netz? Er versucht, den Wald zu seinem Meer zu machen: lernt, den Wind in den Baumkronen so einzuschätzen wie einst die kabbelige See, lernt zu lesen, was die Wolken dem Wald bringen: Sturm, Regen oder Wärme. Hält darauf, sich an keinem Kahlschlag zu beteiligen. Die Lektion Überfischung hat er gelernt.

Am Abend, nach der Mahlzeit mit den Lovéns, sitzen er und Nina zusammen. Sie sprechen oft von früher und manchmal von später. Und lächeln einander freundlich an. Carl liest Zeitung und schaut zuweilen aus dem Fenster, als würde der Wald sich doch einmal auftun und den Blick auf die See freigeben. Nina lässt ihren Teppich wachsen; langsam und stetig. Es ist kein schlechtes Leben. Aber es sind zwei. Und sie waren an eins gewöhnt gewesen.

Eines Abends, als Nina mit Wilma Lovén noch plaudernd im Garten steht, sieht er von einem Moment zum anderen, was das für ein Teppich ist, der dort wächst. Bislang war er ihm vorgekommen fast wie eine Verlegenheitsarbeit, wie eine einzige große Farbprobe. Vielleicht ist es ein besonderer Einfall des Abendlichtes oder ein bestimmter Blickwinkel – aber nun erkennt er über und neben der Bordüre eine hochbelebte Unterwasserwelt. Es ist ihm, als sehe er, was er nicht sehe dürfe – weil es eine Welt noch im Werden ist, entrückt und verwundbar. Darin haben Fische Augen, in denen winzige Wellen tanzen. Die Seepferdchen umschlingen eine Miniaturmuschel. Carl möchte lachen und weinen zugleich. Ninas Teppich ist ein Bewahrteppich. Alles, was je in Fischerteppiche hineingeknüpft worden war, wird auch hier hineingeknüpft werden, schöner, als es je war.

Etwas hindert ihn, mit Nina über seine Entdeckung zu sprechen. Es käme ihm vor, wie ein Kind, noch im Mutterleib, zur Schule anzumelden. Und außerdem sprechen sie zu wenig miteinander, um leicht über etwas nicht Alltägliches sprechen zu können. Nicht weil sie einander gram sind, aber eine Unbeholfenheit ist über sie gekommen. Als färbe die Erfahrung, dass ihnen, nach wie vor, oft die richtigen Worte fehlen im Gespräch mit den Lovéns und den Menschen im Ort, auf die Gespräche untereinander ab. Der Entschluss, dennoch aneinander festzuhalten, ist stumm. Abends finden sich ihre Hände ohne Worte.

ÖVERHOGDAL, 1948

Bis eines Tages doch etwas zur Sprache kommt: das Haus. Es heißt bei ihnen »das Haus« – vielleicht weil es der Inbegriff eines Hauses ist: stattlich, aber nicht prächtig, wohlproportioniert, es zeigt seine Jahre, strahlt aber auch aus, dass es noch lange, lange jedem Wetter standhalten würde. Man hört, dass es ein wechselvolles Schicksal gehabt habe: Fabrikantenvilla, Sanatorium, Forstbehörde, Stellplatz für Segelflieger. Nun steht es leer.

Wenn Nina und Carl abends spazieren gehen, gehen sie »am Haus« vorbei. »Das Haus« gehört zu ihrer neuen Welt, wie eine Requisite; vertraut, aber ohne Bedeutung – denkt Nina.

Carl hat ein Auge darauf geworfen, oder das Haus eines auf ihn? – Jedenfalls fühlt sich Carl schon das erste Mal, als er es sieht, ins Mark getroffen. Weil es dem Haus seiner Kindheit ähnlich war? Nicht allzu sehr, aber doch in der Art, wie es hineinplatziert ist in genau den richtigen Verhältnissen zu Morgen-, Mittags- und Abendlicht. Er mißt es seinem Erinnerungsbild an, obwohl er weiß, dass es ihm nicht guttut. Nein, ein Hotel konnte es nicht sein, weil sich eben der Wald nicht auftun und die Sicht zum Meer freigeben würde; und ein Hotel musste nun einmal am Meer stehen, das ist jedenfalls für Carl nicht anders vorstellbar. Vorstellbar ist vieles andere. Jedes Mal, wenn sie an »dem Haus« vorbeigehen, verwandelte es sich in etwas; bis es sich in eines immer mehr verwandelt – in etwas, was es womöglich sogar einmal gewesen ist.

Und nun beginnt er, darüber zu sprechen: »Das Haus«, sagt er. Er habe sich dazu etwas gedacht. Er könne sich dazu etwas vorstellen. Nina schaut ihn an mit einem Blick, den man nicht anders als alarmiert nennen kann. Bitte, es soll sich nichts ändern! Sie möchte nichts und niemanden an ein Haus verlieren. Und doch, Carl bleibt dabei, er möchte in dieser Welt einen Ort haben, der etwas bedeutet, der *ihm* etwas bedeutet und darüber hinaus auch dem Gemeinwesen, dem er angehört.

»Haben«, wiederholt Nina. »Damit fängt das Elend an.«

»Haben«, entgegnet Carl, »heißt nicht, dass ich ein anderer werde.«

Sie streiten. Der Streit löst die Sprachlosigkeit ab. Sie hatten gar nicht gewusst, wie das geht: streiten. Zufriedenheit war ihr gemeinsamer Schutzschild gewesen. Das Knüpfen, die See, das Erzählen. Dann die Flucht über die See, und das Ankommen in einer neuen Welt. Das alles haben sie geschafft, ohne Streit. Jetzt aber streiten sie; ausgerechnet jetzt, wo nicht nur sie selbst in Sicherheit sind, sondern sie erfahren, nach und nach, dass es auch dort wieder aufwärtsgeht, wo sie zu Hause gewesen waren: der Teppichmeister wieder in Freiheit, Johanna wohlauf, wenn auch, wie sie ihnen schrieb, schmallippig geworden, weil sie sich zu oft draufgebissen hatte. Die Webstühle werden wieder aufgebaut, hören sie, Wolle gäbe es noch nicht, dafür Flachs. Ja, es wird wieder, es gibt Grund zur Hoffnung – aber sie streiten.

In großen Häusern, so Nina, verliere man sich. Und verliere man einander. Das ist ihre Erfahrung, das ist ihre Überzeugung. Das Schreien und Zetern in Ávila, das durch die Räume hallt, diese seltsame Unverbindlichkeit auf Schloss Thaya. Sie stellt sich vor, er möchte eine Kopie von Hotel Holm errichten und wird daran scheitern. Die Mittel werden ihm fehlen, die Sicherheit derer, die hier zu Hause sind; seit Generationen an einem Ort. Sie fürchtet, dass die Vergeblichkeit der Wiederaufrichtung eines Vergangenen ihn in einen Kummer stürzen wird, der den Kummer seiner Kindheit verdoppelt, dass sie ihn daraus nicht wird retten können. Nein, sie glaubt nicht daran, dass man ein großes Haus führen kann, ohne auf großem Fuße zu leben. »Siehst du das denn nicht, Carl«, ruft sie und kann es sich partout nicht vorstellen, dass ihm dieses Verhängnis nicht in genau diesem Maße vor Augen steht wie ihr selbst.

Nein, das sehe er durchaus nicht. Er sehe etwas ganz anderes: Licht und Luft und Leben, Stimmen und Geschäftigkeit … Oh, nein, sie denke nicht, dass es in sogenannten großen Häusern Geschäftigkeit geben kann, die nicht in allem ein Geschäft sieht. Aber Carl streitet um sein Recht, etwas schaffen zu können an einem Ort in der Welt, was ihn – vielleicht – überdauern wird. So reden sie immer weiter um das Haus und das vermeintliche Hotel herum und in eine nahezu unentwirrbare Kette von Missverständnissen hinein. Denn ein Hotel – nein!, das will er doch gar nicht. Er will etwas ganz anderes. Er möchte eine Schule: eine Knüpf- und Webschule, er möchte Webstühle bauen – aber ja, er möchte auch durch ein Haus gehen, treppauf, treppab, und nicht dauernd den Kopf einziehen müssen. Ja, das möchte er. Endlich.

Eine Schule. In Zagreb kamen die jungen Menschen von der Gewerbeschule, Lehrer, auch sogenannte Einzelpersonen, um das Teppichknüpfen oder doch wenigstens das Teppichreparieren zu lernen. Sie lernten von vielen angelernten Lehrern und Lehrerinnen und in vielen Sprachen. Eine heitere Sache war das gewesen. In Ordnung. Eine Schule. Ja. Die gehört allen. Wie die Republik.

Er habe das Knüpfen von ihr gelernt, und sie werde es ja auch einmal von jemandem gelernt haben. Und er hoffe, dass es sich auch hier noch einmal weitergeben lassen könne.

»Du hättest schon viel früher mit mir sprechen sollen.«

»Ich hatte Angst.«

»Wovor?«

»Dass du es mir verdirbst.«

Nina schwieg. Es traf sie hart. Dass Carl an das Ende ihres Wohlwollens glaubte; dass er meinte, ihr Wohlwollen würde aufhören genau dort, wo ihr nicht mehr wohl war. War es so? War sie so? Carl sah, dass Nina mit sich rang.

»Und dass es mir jemand wegschnappt«, sagte er.

»Wir können ein solches Haus niemals kaufen, Carl, niemals.«

»Natürlich nicht. Weil es nicht verkauft wird. Es steht zu pachten. Es wird nicht die Welt sein.«

Ein Lächeln breitete sich auf Ninas Gesicht aus: »Doch, Carl, es wird die Welt sein. Für uns. Für uns wird es die Welt sein.«

~

Mia hatte sich durch die Webseiten geklickt. Von »Carl Holm Överhogdal« war es nicht weit gewesen bis zur »Mattmakarskola«, einer Schule für Teppichherstellung. Sie fand die Teppiche der CH Mattmakarskola in eBay-Listen, in Museumskatalogen und in kurzen Beiträgen von Lokalhistorikern, die sie durch Übersetzungsmaschinen jagte. An die zwanzig Teppiche hatte sie im Netz gefunden, geknüpfte und gewebte, die älteren gegenständlicher als die jüngeren, die mit Farbverläufen experimentierten, mit Streifen und gemixten Materialien. Auf den eBay-Seiten wurde das Markenschildchen auf der Rückseite der Teppiche eigens ins Licht gesetzt, um die Echtheit zu beweisen und einen gewissen Preis zu rechtfertigen. CH Mattmakarskola, Överhogdal – das musste für Qualität gestanden haben.

Sicher hatte Nina sofort begriffen, dass es ein Neuanfang und eine Fortschreibung zugleich sein würde. Aber warum nicht: Nina & Carl Holm, sondern nur ein CH. Warum? – Carl war es, der ein offenes und ein öffentliches Haus führen wollte. Ich habe mein Lebtag kein Haus geführt, noch nicht einmal einen Haushalt. Und mich auf einen Namen festlegen? Einfach so? Mit Brief und Siegel? – Nein, das passt nicht zu dir. Aber ich hätte es gern gesehen. – Hm. Tut mir leid.

Seit vor dem Ersten Weltkrieg in ihrer Kirche ein tausend Jahre alter Wandteppich zutage gekommen war und, nachdem er versehentlich zunächst als Feudel und dann als Puppendecke zwischengebraucht worden war, danach jedoch der kleinen Gemeinde kontinuierlich Einnahmen durch Touristen beschert hatte, war man der Teppichkunst gegenüber grundsätzlich aufgeschlossen. Und da Carl nicht nur Geld machen, sondern ausbilden wollte, kam viel Gutes zusammen: Im Lichte von *välfärd* und *gemensamt intresse* wollten sie Carls Anliegen sehen. Worte, die Türen öffneten, auch die zu dem Haus, das Carl sich in den Kopf gesetzt und in langen Nächten ausgestattet hatte; Nächte, in denen er sich selbst durch die Räume hatte gehen sehen. Alle leer, alle einzurichten. Als er Pachtvertrag und Schlüssel in den Händen hielt und »das Haus« betrat, sah er, dass die Zimmer keineswegs leer waren, sondern von jeder Nutzung über die Jahre etwas behalten hatten. Hier eine Rolle Seidentapete, dort Spritzen und Verbände, hier eine Reihe abgegriffener Aktendeckel, dort eine Schubkarre, mitten im Raum.

Ein Dreivierteljahr brauchte es, bis Wände, Dach und Boden ausgebessert waren, bis es Vorhänge gab und die Öfen wiederhergerichtet waren. Mit zwölf Webrahmen fingen sie an. Es gab, neben ihm und Nina, zwei Lehrerinnen: eine für Webtechniken, eine für Musterentwurf und Textilfärbung. Beide mit mehr als einer Idee dazu, wie Teppiche aussehen konnten. Eine Sekretärin wurde angestellt; nicht lange, und die *Handarbetets Vänner Skola* war mit im Boot. An *Freunden des Handwerks* mangelte es nicht.

Zum zehnjährigen Jubiläum hielt Carl die erste Rede seines Lebens. Er sprach langsam und konzentriert, das Schwedische ging ihm nicht glatt von der Zunge. Außer dem Dank an die Gemeinde habe er so viel gar nicht zu sagen. Aber jenes Lied wolle er erwähnen, das die Fischerleute bei Greifwald, wo er herkomme, gedichtet und gesungen haben: »Wir knüpfen und weben einen Teppich fürs Leben.« Ein Reim sei das auf die Beständigkeit, jedoch: Das Leben mache immer seinen eigenen. Dass sie nun hier seien, Nina und er, und nicht nur neue, sondern auch neuartige Teppiche herstellen könnten, und wie der Einsatz und die Begeisterung der Schülerinnen ihnen dabei helfe und sie etwas lehre, dies beglücke ihn. Das freundliche Publikum nickte und begriff: Hier stand ein Mann, der seine Lebensaufgabe gefunden hatte: eine Volkskunst ohne Heimweh. Sie zollten ihm Respekt.

Nur Nina wusste, dass Carl dabei an eine Gaststube dachte, an einen sehr kalten Februarabend, an eine hohe Saaltür, wo sich zwei Blicke trafen – fürs Leben. Und an einen grünen Teppich, der in einer kleinen Dachstube langsam wuchs, weil nur selten an ihm gearbeitet wurde, dann aber mit großem Bedacht. Als wäre er der Gegenpart zu einer Taufkerze, die man zu bestimmten Tagen immer nur ein wenig abbrennt, weil sie lange noch halten soll. Was würde an dem Tag passieren, an dem der Teppich fertig war?

~

Eines Tages kam ein Mädchen zu ihnen; vielleicht zehn Jahre alt. Ylvie. Erst lungerte es herum, verkrümelte sich in die Ecke des Raumes, saß, die Beine angezogen, in einer Fensterbankecke. Hörte und sah zu, mit jener Aufmerksamkeit von Kindern, die sich den Anschein von Unbeteiligtheit geben und ihr Ganzdabeisein doch nicht verbergen können. Das Mädchen wurde herangewunken und angelernt, bis es selbst ins Knüpfen kam; durchaus eigensinnig. Ylvie mischte Farben und Knoten und Muster auf nicht vorgesehene Weise. Eine samtige Rauheit stellte sie so her. Wenn es dämmerte und der Raum sich leerte, berichtete sie von ihren Ausflügen in den Wald, den alle zu kennen meinten, doch durch Ylvies Worte hindurch verwandelte er sich in etwas, das zwar vor ihrer Haustür lag, in das sie hinein- und aus dem sie wieder hinausgingen, in dem sie Reisig sammelten und Beeren, aber je länger sie Ylvie zuhörten, desto mehr hatten sie das Gefühl, dass sie bislang etwas Entscheidendes über die Welt des Waldes schlicht noch nicht mitbekommen hatten. So wurde Ylvie, wenn es stiller wurde am Tag, immer wieder gefragt: »Warst du wieder einmal im Wald, Ylvie?«

Ylvie Kaukaa war drauf und dran, sich zu verlieren, verloren zu gehen. Dabei hatte sie ein Zuhause, aber sie passte nicht dorthin. Sie passte nicht in die vielköpfige Familie Kaukaa, die, vor zwei Generationen aus dem finnischen Teil Kareliens eingewandert, der Arbeit im Wald nachging und darin ein kleines, aber sicheres Auskommen gefunden hatte. Ylvies Familie war eine Familie ohne Ausprägungen, und Ylvie war sehr ausgeprägt. Sie hatte diesen ausgeprägten Sinn für Erscheinungen, die noch nicht ihren Weg in die Welt der Sprache gefunden hatten: für ein Tier, das in der Morgendämmerung auf einer Lichtung grast, für den Nebel, der zwischen den Wipfeln von Föhren hängt, oder für den Wind, der sanft nur über den Waldboden geht und niemals die Höhe sucht. Für all dies spürte Ylvie Namen auf, die sie mit Anmut preisgab: *Morgonförstling* – Erstes in der Früh, *Silverdimväv* – Nadelsilbertuch, *Skogssusning* – sanfter Mooshauch.

Und außerdem hatte sie diesen ausgeprägten Sinn für Holz, und zwar dafür, was es war, bevor es dem Wald entrissen wurde – und was sich danach daraus machen ließ. Ganz anders als ihre Familie, die vollständig mit Holzfällen beschäftigt war und sich weder für das Davor noch für das Danach interessierte.

Es war, als wenn jemand aus unerfindlichem Grund den Plan gefasst hätte, dieses Kind an einen unpassenden Ort zu platzieren, nur um es dann exakt zwischen Nina und Carl aufwachsen zu lassen. Jedenfalls hatten die beiden, seit die Lovéns zu ihrem Sohn gezogen waren, im Häuschen noch etwas Platz für Ausprägung. So blieb das seltsame Mädchen bei ihnen. Ohne Amt, ohne Adoption, ohne Angabe von Gründen wurde es zu ihrer beider Kind. Und hatte, naturgemäß, viele Namen; den ihrer ersten Kindheit: Ylvie Kaukaa, den ihrer zweiten Eltern: Ylvie Holm, den ihrer Meldeadresse: Ylvie Lovén, und den, den die Leute im Dorf ihr gaben: Ylvie *från Skogen* – Ylvie vom Wald.

Ylvie wuchs und blieb. Ylvie wurde erwachsen und blieb immer noch.

Eines Tages, als sie beisammensaßen, stellte sie Nina und Carl eine Frage: Sie wirkten so zufrieden, so wunschlos glücklich miteinander; fast wie in einem Märchen. Wie das sein könne. Sie kenne eigentlich nur Ehepaare, die einander zu viel oder gar nichts mehr sagten. Und deshalb eigentlich keine Paare mehr seien, sondern – irgendetwas anderes …

Das Schweigen, das sich daraufhin im Zimmer ausbreitete, dauerte so lange, dass es selbst bezeugte, wie viel es dazu zu sagen gäbe.

Nun, meinte Carl nach einer Weile, im Reden hätten sie wohl das rechte Maß gefunden, aber wenn er einen Wunsch frei hätte, er würde sich wünschen, dass Nina wieder beginnen würde zu erzählen. »Du musst wissen, Ylvie, sie hat früher Geschichten erzählt, so schön, dass du Zeit und Raum vergessen hast.«

Ylvie nickte und wartete.

Die Zeit, die verging, bis Nina antwortete, war eigenartig zeitlos. Vielleicht war es eine Minute, vielleicht eine Stunde.

Eine Zeit, in der die Zeit sich in Erinnerung brachte. Dachte Carl an all die Jahre zurück, in denen das Glück nachklang, aber nicht zurückgekommen war? Und an die, die ganz im Zeichen einer unfasslichen Schwermut standen und nicht darauf hoffen ließen, dass die Tage, Wochen und Monate je wieder ein Gesicht von Freude und Aufbruch bekommen könnten, bis es dann, langsam, doch wieder geschah? Oder standen ihm viel deutlicher die ersten gemeinsamen Jahre vor Augen, wo nahezu jeder Tag eine wunderbare neue Farbe hatte, wie die Wasser der Ostsee? – Und Nina, wohin trug sie die Pause im Gespräch? War es denn überhaupt eine Pause? Gab es noch etwas darauf zu sagen, dass das, was Carl zum Glück fehlte, etwas war, das überhaupt fehlte? Das auch *ihr* fehlte?

»Hätte ich einen Wunsch frei, ich würde mir wünschen, dass das Erzählen zu mir zurückkäme von dort, wohin es verschwunden ist«, sagte Nina.

Auch Ylvie schien von weit her zu kommen, als sie nach einer Weile der Stille fragte, wann denn das Erzählen verschwunden sei – und wo?

Nina überlegte. »Ich denke, vor vielen Jahren, in einem Zug auf der Höhe von Orsa; ja, zwischen Orsa und Sveg. Da muss es passiert sein.«

»Auf der Höhe von Orsa?«, fragte Ylvie. »Da gibt es einen See, den Siljan, der müsste eigentlich genug Platz fürs Erzählen gehabt haben; sowohl in der Länge als auch in der Breite und nicht zu vergessen der Tiefe, an die zweihundert Meter!« Einst sei er vom Himmel direkt auf die Erde platziert worden. Mit einem ungeheuren Wumms, der noch heute in den *finnskogar, den* finnischen Wäldern, nachhalle, dort, wo eine bestimmte Art von *Själlöslingen*, Seelenlosen, sich gern aufhielten. – Diese seien nicht gerade für ihre Freundlichkeit bekannt, setzte Carl fort. Aber dem Erzählen hätten sie wahrscheinlich nichts getan: Wer sägt schon den Ast ab, auf dem er sitzt? – Zumal das Erzählen an sich friedlich sei, schloss Nina an, es brauche halt nur genügend Raum, und womöglich sei es so, dass, wenn die Erzählenden gerade nicht genug davon hätten, wenn es ihnen eng ums Herz oder eng in der Kehle sei, sich das Erzählen erst mal dort in Sicherheit bringe. Ein paar Tausend Jahre in Eiswasser und Ruhe zwischen lose stehenden Kiefern machten ihm gar nichts aus. – Wenn nicht die Gefahr bestünde, dass es immer und überall auch Wesen gäbe, die das Erzählen an sich nicht ausstehen könnten und sich ihm, wo immer es geht, in den Weg stellten, meinte Ylvie. Diese Wesen, die *Ytlinge*, Schlichtlinge, genannt würden, seien hier und dort auch in der Provinz Dalarna gesichtet worden. Es sei nun an der Zeit, dort mal nach dem Erzählen zu sehen. Leider zeige es sich nicht gleich jedem, man müsse Geduld mitbringen. – Und nicht auf die Idee kommen, es ließe sich mit einem »Es war einmal« locken, meinte Nina, bevor sie in die Küche ging, um Tee zu kochen.

Im Zimmer hielt man inne. Als sie zurückkam, fragte sie: »Wo waren wir stehen geblieben?«

An diesem Abend, an dem Ylvie nach dem augenscheinlichen Glück gefragt und dadurch den Anstoß geliefert hatte, dem nur Augenscheinlichen eine Tiefe zurückzugeben, die es verloren hatte, kehrte ein gewisses Leuchten in Ninas und Carls Leben zurück. Es war nicht dasselbe Licht, das sie an der südlichen Ostsee zurückgelassen hatten, das von Ninas Übermut unterfeuert gewesen war und nahezu alles weggefunkelt hatte: die Armut, die Ungewissheit, die politischen Repressalien. Aber es war hell genug, den Mut wachzuhalten, es mit Resignation und Überdruss aufzunehmen. Das Erzählen war zurück, hatte aber, wie früher nur das Erzählte selbst, eine andere Richtung bekommen. Es war jetzt auf mehrere Köpfe und Stimmen verteilt. Eine Art Kettendichtung.

~

Överhogdal, 1990

Ylvie blieb, als ihre leiblichen Eltern nach Östersund zogen, und sie blieb auch, als erst Carl eines Tages aus der Mattmakarskola nicht mehr nach Hause kam; und sie blieb, als vier Monate später Nina ihm dorthin folgte, wo sie ihn vermutete. Nach Carls Beerdigung war sie direkt an den Webrahmen gegangen und nur noch zum (wenig) Essen und (wenig) Schlafen vom Stuhl aufgestanden. Nicht ganz fertig geworden war der Teppich. So eilig hatte sie es dann gehabt. Ylvie war es, die die letzten Reihen knüpfte, ihn vom Rahmen schnitt.

Das hatte Lieselotte Baltrusch also richtig gesehen, dass der Teppich nicht von der ersten bis zur letzten Reihe aus einer Hand war. Dass zum Schluss eine andere Handschrift ins Spiel gekommen war. Noch nicht einmal der Zeitpunkt, an dem es Zeit ist, etwas weiterzugeben, in andere Hände zu geben, liegt in unserer Hand, dachte Mia. – Ich war in Gedanken schon so nah bei Carl, dass meine Hände nicht länger in Överhogdal bleiben wollten.

Ylvie blieb – noch eine Weile. Sie ließ sich Zeit, obwohl sie ihren Aufbruch längst im Kopf hatte. Sie blieb, bis drei Weberinnen sich zusammentaten, um die Schule weiterzuführen. Auch wenn fortan mehr gewebt als geknüpft werden würde, und dies unter einem neuen Namen, so würde es doch im gleichen Geist geschehen.

Dann begann sie damit, ihre Sachen zu packen. Ihre Sachen passten in einen Rucksack. Aber sie hatte ja noch ein kleines Erbe zu bedenken und zu betreuen, bevor sie den Lovéns die Schlüssel des Hauses aushändigen würde. Das Erbe bestand, zog man die Dinge des täglichen Gebrauchs ab, vor allem aus Garn. Aber im Grunde war ja auch dies zum täglichen Gebrauch bestimmt. Manchmal wusste Ylvie nicht: Löste sie hier ein Farbenlaboratorium, eine Kunstwerkstatt oder ein Fadenmuseum auf.

Ylvie schichtete die Garne in einen Koffer, geordnet nach Farben und Qualität und lange noch war er nicht voll, als sie aus allen Schubladen, Dosen und Schachteln die Fäden zusammengesammelt hatte. Sie schienen einander fortwährend Platz zu machen. Ein Raumwunder, über das sie lange nachdachte.

Neben immer neuen Garnorten fand sie ein paar angefangene, ein paar fertige und nicht abgeschickte Briefe, vor allem aus den Kriegsjahren, die Todesanzeige einer Gräfin zu Vay-as-Trattenbach und Ky, zwei Paar angefangene und nicht weitergestrickte, aber sorgfältig verpackte Babyschühchen und einige Fotos. Das eine zeigte ein Hotel Holm und war eigentlich eher eine Ansichtskarte, wie sie Gäste aus einem Hotel verschicken mit schnellen nichtssagenden Grüßen, die anderen zeigten unterschiedliche Werkstätten: Rahmen, Menschen und Teppiche. Natürlich erkannte Ylvie Nina darauf, und einmal auch Carl. Eines dieser Fotos steckte sie in das Innenfach ihres Rucksacks, die anderen legte sie zusammen mit den Briefen und den mit verblasster Bleistiftschrift kommentierten Broschüren über Pflanzenfarben in den Koffer. Ein handlicher Nachlass.

Sie ließ sich Zeit, die zwei kleinen Zimmer des Dachgeschosses, die für sie viele Jahre ein Zuhause gewesen waren, zu ordnen, die Möbel abzustauben, die Böden zu wischen, die Flickenteppiche auszuklopfen. Durch die geöffneten Fenster ging der Wind. Lange stand Ylvie an dem Fenster und ordnete nicht nur Dinge, sondern auch ihre Gedanken.

Wie ich, dachte Mia, genau wie ich. Hatte sie sich, übernächtigt, wie sie war, in ein Alter Ego hineingeschrieben? Aber irgendwie muss der Nachlass gepackt und bewegt worden sein. Wer, wenn nicht Ylvie, sollte das getan haben? Was hätte ich denn gemacht? Ich hätte Fenster und Türen offen gelassen, hätte den Rucksack aufgesetzt, den Koffer in die Hand genommen und wäre – nun, ich wäre zum Friedhof gegangen. Ohne Abschied gehen geht nicht.

In ihrem Dachzimmerchen in Zagreb, am aufgestoßenen Fenster, sah Mia einen kleinen schwedischen Friedhof vor sich – wie sie ihn sich vorstellte. Am Ende einer Reihe, dort, wo eine Hecke mit Wildrosen in einen Birkenhain überging, sah sie Ylvie vor einem Stein stehen, auf dem der Steinmetz einen Webrahmen angedeutet hatte. Zwei Namen, ohne Nachnamen, ohne Jahreszahlen. Nina und Carl.

Und wenn sie, Mia, von diesem Dachzimmerchen aus einfach zum Bahnhof gehen und direkt nach Schweden reisen würde, an Greifswald und Stralsund vorbei, mit der Fähre nach Trelleborg und mit der Inlandsbahn »hinter Gottes Füße«, dorthin, wo Hase und Igel sich Gute Nacht sagen, dann könnte sie binnen achtundvierzig Stunden dort stehen, wo sie jetzt Ylvie stehen lässt. Aber ob es das Grab überhaupt noch gab? Hatte sie sich deshalb eine Wildrosenhecke und einen Birkenhain herbeigedacht wie in einem Hochglanz-Bildband: »Die 100 schönsten Friedhöfe Schwedens«, um auch ohne Grabstein einen Ort des Gedenkens zu haben? Anschließend würde sie durchs Dorf gehen und das Haus suchen, in dem Nina mit Carl und mit Ylvie gewohnt hatte. Sie würde schauen, ob der Garten noch Spuren des Kräuteranbaus aufwies und … – Ach geh! Hast du doch alles schon vor dir gesehen. – Aber die Schule würde ich mir ansehen wollen, ob da wohl noch geknüpft und gewebt wird? Im Netz habe ich sie nicht gefunden. – Ist das wichtig? – Ich will, dass es weitergeht.

Wenn du willst, dass es weitergeht, musst du weitergehen und nicht rückwärts. – Du und dein Teppich, ihr beide habt mir … ihr habt mich … – Erzählen oder pilgern: Entscheide dich.

Der Koffer ist gepackt. Aber es bleibt der Teppich.

Nein, der Teppich blieb nicht. Aus dem Gefühl heraus, dass dieser Teppich nicht zum Ausstellen gemacht sei, jedenfalls nicht hier und jetzt, sondern noch eine Weile im Kreislauf von Werktätigkeit bleiben müsse, beschloss Ylvie, ihn dorthin zu senden, wo es mit dem Teppichknüpfen angefangen hatte, dorthin, wo Nina in Gedanken immer wieder zurückgekehrt war in ihren letzten Tagen. Mithilfe der alten Fotos, Briefe und eines digitalisierten Branchenbuchs rekonstruierte sie die Adresse. Sie hatte ihn erst in Papier, dann in Pappe gewickelt und zur Poststelle gebracht, wo sie eine gute halbe Stunde lang damit zu tun hatte, Papiere auszufüllen und sich zwischen Versandformen nach Osteuropa zu entscheiden. Dann warf der Angestellte die Rolle mit sorgsamem Schwung auf den Stapel der bereits auf den Abtransport wartenden Pakete. Ylvie hatte den Teppich auf eine ungewisse Reise geschickt. Das Beste, was sie ihrer Meinung nach für ihn tun konnte.

Vom Postamt aus war sie zum Bahnhof gegangen. Der erste Zug, der kam, fuhr nach Norden, nicht nach Süden. Also reiste sie nach Lappland und zog weiter nach Karelien. Wie eine Touristin. Aber man hielt sie nicht für eine Touristin, weil sie ja außer dem Rucksack auf dem Rücken noch einen Koffer in der Hand hatte. Richtung Polarkreis reiste man nicht mit einem Koffer in der Hand.

Weil es gerade Mode wurde, sehr kleine Häuser zu bauen, kamen zwei Journalisten von *Kiruna Allehanda* und berichteten über *kvinnan med resväskan,* »die Frau mit dem Koffer«, die mitten im Wald wohnte, finnische Vorfahren und deutsche Wahleltern hatte und davon lebte, Menschen, die zu ihr kamen, den Wald zu erzählen.

»Danke, Kiruna Allehanda«, murmelte Mia, »wenn ihr das Interview nicht gemacht und dann auch noch in euer Archiv gestellt hättet, ich hätte Ylvie nie gefunden – niemals.«

Ob es nicht schwer für sie gewesen sei, alles hinter sich zu lassen – bis auf den Koffer. Und ob es zu neugierig sei, zu fragen, was darin sei.

»Fäden«, antwortete Ylvie. Vielleicht werde sie die später einmal spenden. Oder einen Fadenladen aufmachen. Jedenfalls seien es mehr, als sie je verbrauchen könnte. Oder wenn, dann wäre es ein eigener Auftrag, ein Werk-Auftrag sozusagen.

»Und alles andere, was sich so ansammelt im Leben?«, wurde Ylvie von *Kiruna Allehanda* gefragt. – Davon habe sie sich trennen müssen. Leicht sei es nicht gewesen, aber doch erleichternd – wenn man einmal damit anfange. Sie habe die Dinge verteilt, wie die Intuition es ihr eingab. Sie persönlich glaube nicht an sehr viel, aber daran, dass Weitergeben Weitergehen heißt. Oder auch umgekehrt.

Und sie selbst sei ja nun nicht nur weitergegangen, sondern ausgewandert …

Nein, nein, auswandern würde sie das nicht nennen wollen. Einfach weiter nach Norden gezogen sei sie, wie im Sommer die Kraniche, und habe, nicht anders als sie, am Boden ein Nest gebaut; vorübergehend.

Und einen Broterwerb gefunden, wenn man so sagen dürfe, meinte *Kiruna Allehanda* und wollte damit Ylvies Führungen durchs Unwegsame ansprechen. Dafür kämen die Menschen inzwischen von recht weit her, denn dass »die Frau mit dem Koffer« Wälder und Seen erzähle, wie sie noch nie erzählt worden seien, habe sich herumgesprochen. Wie man denn eigentlich diese Erzählperspektive nenne, und die Menschen verzaubere.

Perspektive klinge in ihren Ohren schon verfehlt, so Ylvie. Dafür sei in dem, was sie zu berichten habe, zu viel Richtungswechsel im Spiel. So viel Flüchtiges, das nicht mit Standpunkten und festen Blickrichtungen, sondern mit Sich-Überlassen, Witterung-Aufnehmen, Fährtenlesen zu tun habe. Mit Verweilen und Neuausrichten.

Das passe ja gut hierher, wo es sicherlich mehr Tiere als Menschen gäbe.

Ja, fände sie auch.

Ob sie das nicht eines Tages alles aufschreiben wolle. Für die Welt. Für die Nachwelt.

Nein! Witterung aufnehmen, das lasse sich nicht fixieren! Eben gerade nicht. Weil Konzentration und Beweglichkeit erforderlich seien, schnelle Entscheidungen: die eine Spur verlassen, einer anderen folgen, ins Ungewisse. Keine Zeit für Papier und Stift.

Verstehe, dachte Mia. Man ist schon weiter, auch wenn man gerade nicht so genau weiß, wo man ist. Anders gesagt: Wer immer hundertprozentig orientiert ist, wer nie einen Faden verliert, dem ist wahrscheinlich nicht mehr zu helfen. Hörte sich zumindest gut an. Aber nach diesem Interview fand sie nichts mehr über die Frau im Wald mit dem Koffer, gar nichts. Ob sie aufgegeben hatte? – Aufgeben gehört dazu. Du hast doch auch alles aufgegeben, sogar die Wohnung. Und um Ylvie und den Koffer muss man sich keine Sorgen machen. – Wirklich nicht? – Wirklich nicht. Du hast ihr doch genau zugehört?

Fadenspende war genauso wenig ein Wort, das die gängigen Lexika kannten, wie Silkesträd. Dennoch gab Mia es in eine Suchmaske ein. Und erhielt einen schon viele Jahre alten Bericht über eine Dauerleihgabe ans ›Suomen Käsityön Ystä-

vät‹. Eine Installation, die an einen großformatigen, noch im Rahmen seiner Herstellung verbliebenen Teppich erinnere, finde sich nun im Foyer einer Werkstätte der »Freunde des finnischen Handwerks« in Ulvila. Ein ebenso subtiles wie raues Geflecht sei das, so der Verfasser der Nachricht, in das sowohl Natürliches, die Borke der finnischen Kiefer und verschiedene Moose, als auch Gegenständliches, Fotos, Briefe und Garnbanderolen, verarbeitet worden seien. Ein durchaus bemerkenswertes Objekt. Bemerkenswert sei auch der Transport gewesen. Das Objekt sei nämlich in einem Tiny House aus der Gegend um Kiruna hierhergefahren worden, welches nun, ebenfalls vor Ort, als ein kleines Selbstbedienungscafé fungiere. Eine Neudefinition des Wortes Gebrauchskunst … In dem Artikel war ein Foto von der Installation abgedruckt. Vergeblich versuchte Mia, das Bild zu vergrößern, es sich heranzuzoomen. Begierig auf die Details setzte sie alle Tools ein, die sie kannte, um sich Ylvies Installation näher zu holen, zu sich ins Dachzimmerchen einzufahren. Nun wollte sie alles wiedererkennen, was sie schon erkannt hatte, meinte, erkannt zu haben – und mit etwas Glück vielleicht noch mehr. Aber es gelang ihr nicht. Mia ließ von dem Bild ab, das beharrlich in seinen Abmaßen, etwa sieben mal zehn Zentimeter, verblieb, und suchte auf vielen Seitenpfaden weiter nach Ylvie, in wechselnden Sucheinträgen – und findet sie nicht. Findet sie nicht mehr. Sie ist aus dem Netz verschwunden. Hat sich davongemacht zwischen Garnen, Moosen und altem Papier. All die Fäden, die sie in der Hand gehabt hatte: losgelassen. Mia kämpfte erst gegen das Gefühl an, es weiter versuchen zu wollen, dann gegen eine Enttäuschung, eine Bitterkeit, dass sie nicht mehr weiterkam. Sie klickte sich zurück zu Ylvies Fadeninstallation und sah lange auf das Bild, bis es vor ihren Augen verschwamm.

»Na gut«, sagte sie schließlich. Und als sie schon nicht mehr

damit gerechnet hatte, hörte sie es, von weit her, leise und entschieden: Ja, es ist gut. Es ist gut so, wie es ist.
Mia verwandelte den Text in ein Dokument und sendete es an: Mkolar@tepih.hr. Es ist 7:10 Uhr. Eine Morgengabe.

~

Zagreb, Gegenwart

Mia hatte die Fenster ihres Bildschirms geschlossen und den Laptop zugeklappt, dafür das Fenster ihres Zimmers geöffnet und die verstreuten Papiere mit einigen Handgriffen zusammengerafft. Um irgendetwas zu tun. Sie fühlte in sich eine seltsame Überfülle, die ins Leere zu kippen drohte, schon fast eine Übelkeit. Frierend und fahrig ging sie hinunter in den Garten, streifte umher, setzte sich auf einen Baumstumpf in die Sonne, fand weder ausreichend Wärme noch Ruhe, erhob sich und nahm ihr rastloses Hin und Her entlang der Zaunes wieder auf. Wenn sie jetzt anfangen würde, auf Antwort zu warten, dann könne sie lange warten, dachte Mia, weil sie ja noch nicht mal wusste, ob Milan überhaupt gerade E-Mails las, ob er nicht längst die Schlüssel der Werkstatt übergeben und auf dem Weg war – wohin auch immer. Ob er nicht nur äußerlich, sondern auch innerlich sie und Nina verabschiedet hatte, als die letzte Episode der Werkstatt. Aber hier – hier konnte sie ja nicht warten, weder lange noch sehr lange.

Als sie mit sich selbst übereingekommen war, die letzten Urlaubstage irgendwo in einem Mittelklassehotel zu verbringen, um eine geordnete Rückkehr zu organisieren, begann sie sich freier zu fühlen, erst befreit von Schwindel und Übelkeit, dann von etwas, das sie wie ein chronischer Schmerz, der einem fehlte, wenn er auf einmal nicht mehr da war, begleitet hatte: Angst. Daran würde sie sich gewöhnen müssen, ohne diese Angst zu leben, die immerzu da gewesen und sich gerade deshalb vergessen ließ – und die ihr doch, wie Bleiperlen in einem Gardinenband, jede Bewegung verboten hatte.

Mia stieg die Treppen hoch in ihr Zimmer, holte ihre Siebensachen aus dem Schrank, aus dem Badezimmer, und als sie eigentlich nur noch ihren Laptop herunterfahren wollte, sah sie, dass auch sie eine Nachricht erhalten hatte. Es war die Weiterleitung und kursorische Übersetzung eines Briefwechsels zwischen 6:10 und 6:25 Uhr:

In Triest, so Jan, solle ein Zertifizierungsbüro eröffnet werden in einem alten Konsulargebäude: zur Kontrolle des Teppich-Imports auf der Neuen Seidenstraße. Gegen Kinder-, aber für Handarbeit. Ob das nicht etwas für seinen alten Freund Milan sei, habe er sofort gedacht. Er wisse zwar nicht, wer dann seine Katzen versorgen solle, aber er wolle nicht zu selbstsüchtig sein. Noch etwas: Der Mann, der das Haus verlasse, berichte von einem Jungen, Finyan, der ab und zu kommt und sich von irgendetwas oder irgendwem auszuruhen scheint. Manchmal schlafe er dort, nicht im Bett, sondern wo er möchte. Meistens im Konsularzimmer auf dem Sofa. (Also doch wieder eine Art Katze, wenn er es sich recht überlege.) Dieses Recht, zu kommen, zu bleiben und zu gehen, wann und wie er wolle, müsse weiterhin gewährt werden, außerdem freie Verköstigung. Darauf lege der jetzige Bewohner des Hauses so nachdrücklich Wert, dass es Bestandteil des Vertrages werden würde. – Wenn doch nur alle jungen Menschen dieser Welt so nachdrücklich geschützt werden würden, müsste er in Europa nicht immer so schreckliche Sachen übersetzen, schrieb Jan. In diesem Sinne …

Wenn Triest und namentlich dieses Haus ein Ort sei, an dem Menschen ohne feste Adresse Brot und Bleibe bekommen, dann komme er gern, hatte Milan geantwortet, allerdings wolle er jemanden mitnehmen.

»Oh, là, là. Ernsthaft?«

»Ja, ernsthaft.«

Das Haus sei nun wirklich groß genug, hatte Jan geantwortet – sofern er nicht an einen Harem denke. Schließlich liege

Triest jetzt an der Neuen Seidenstraße, wie er sicherlich schon gehört habe …

Nein, er denke an eine. An die aber sehr.

@Mia:
Bitte komm mit

Dass er nicht schrieb: »Könntest Du Dir vorstellen …«, oder: »Es wäre eine Möglichkeit …«, oder: »Wenn Du magst, kannst Du mich ja dort mal besuchen …«, sondern dass er einen Wunsch als Bitte aussprach, unverstellt und unverhofft; eine Bitte, die sich auf dem kurzen elektronischen Weg zu ihr selbst in die Erfüllung eines noch nicht gesagten Wunsches verwandelte, ohne Ausrufezeichen, ohne Fragezeichen, ohne Punkt. Drei Worte, die alles offenließen, nur nicht, dass sie nicht mehr ohne einander sein sollten.

Wie seit jenem Tag, an dem Holger Berends ihr einen irrwitzig grünen Teppich auf den Schreibtisch gelegt und sich auf der Schwelle ihrer Bürotür noch einmal umgedreht hatte, alles auf diesen Moment zugelaufen war: vom Kaukasus und aus Kastilien und Karelien her nach Greifswald und Zagreb und jetzt weiter nach Triest; wie Vergangenheit und Zukunft einander auf einmal ganz nahe waren in dieser Bitte, die die Gegenwart über sich hinauswachsen ließ; dass sie, Mia Sund, nicht zurückreisen, aber auch nichts mehr hinter sich lassen müsste; wie all dies sich miteinander verschlang und sich dennoch wie die schlichte Auflösung eines Knotens binnen Sekunden anfühlte. Mit fliegenden Fingern setzte sie an zu antworten, aber sie konnte die Nachricht nicht abschicken, weil sie zu kurz, zu knapp war, weil sie in jeder Hinsicht nach viel zu wenig aussah. Sie klappte das Notebook zu, steckte es in die Tasche, zog ihre Jacke über, ließ den Schlüssel in der Zimmertür stecken, lief mit schnellen Schritten die Treppen hinunter, rief einen Gruß in Richtung Rezeption und Küche, stürzte aus dem Haus und rannte über den Marktplatz, als die Händler gerade mit ihren roten Schirmen und gusseisernen Waagen zu ihren Ständen zogen – und die Köpfe nach der Frau umdrehten, die es so unwahrscheinlich eilig hatte an diesem behaglichen Morgen.

~

Triest, wenige Monate später

Die Häfen von Triest sind achtzehn Meter tief und bieten Tankern und Containerschiffen bequem viel Wasser unter dem Kiel. Außerdem sieht, wer Karten lesen kann, dass es sich um den nördlichsten Hafen der Levante handelt und günstig gelegene Eisenbahnschienen den Transport ins Landesinnere übernehmen: über Udine geradewegs nach Graz und Bratislava und weiter direkt an die Ostsee und ins Skandinavische. Baltisch-Adriatischer Korridor. Es könnte nicht attraktiver sein. Von Rotterdam, von Hamburg und selbst und sonders von China aus gesehen. Ein natürlicher Umschlagort zwischen Orient und Okzident, verteilt auf zwei Dutzend Kais und vier Dutzend Liegeplätze. Noch dazu ein Freihafen. Unbehelligt, gebührenreduziert, zollfrei. Höchste Zeit, ihn aus dem langen Schatten des Kalten Krieges ins rechte Licht zu rücken – so die Unterhändler aus dem europäischen Norden und dem Fernen Osten, die sich einbringen wollen und das Schicksal des Alten Hafens nur andeuten müssen – heruntergekommen, wie der ist: rostige Poller, Gras wächst aus den alten Speicherhäusern, die eigentlich nur noch Bretterverschläge sind. Soll nicht endlich aus dem »Es war einmal« – *c'era una volta, Trieste* – ein »Es werde« werden? Ein derart geräumiger und einstmals blühender Hafen schreit doch förmlich nach neuer Expansion und Prosperität: Öl, Getreide – und was immer noch an Stückgut umgeschlagen werden kann.

Die Fischer, die morgens anlanden, sehen den Umbau des Hafens von »Zu groß geworden« in »Gerade groß genug«. Und sind skeptisch. Das schönste Gebäude am Hafen war einst ihre Halle, täglich so gut besucht wie eine Kirche zu Ostern. Jetzt ist sie geschlossen worden, ihre Santa Maria del Guato, zu wenig Umsatz. Ihr morgendlicher Handel ist in die Vorstadt abgeschoben worden. In diesem Hafen sind die Fischer eine Randerscheinung geworden. Nicht mehr als ein halbes Dutzend Boote gibt es noch; neben den im Sonnenlicht funkelnden Stahlgerüsten der neuen Piattaforma Logistica wirken sie wie Dinosaurier, angestellt vom Touristenbüro für maritimes Ambiente. Nahezu eine Attrappe. Sie sind Fischer ohne Fische. Der Tintenfisch: überfischt. Man hätte die Muttertiere nicht fangen und ihnen ihre Eier entnehmen dürfen. Wie um Himmels willen kann sich da der Bestand erhalten? Aber ohnehin sind die meisten Fische schon weggefischt, bevor sie überhaupt so weit nach Norden, vor die Triester Küste gelangen. Und selbst wenn: Wer kann von vier Euro pro Kiste Sardinen eine Familie ernähren? Sogar die Hafenkatzen scheinen dünner zu werden, auch wenn die immer noch etwas finden, sobald Kisten und Körbe ausgespült werden.

Unter allen Hafenkatzen ist Finyan die findigste: Vor vierzehneinhalb Jahren dortselbst geboren und, in ein Handtuch gewickelt, abgelegt zwischen den zwei bronzenen Mädchen, *Le Ragazze di Trieste,* auf der großen Mole, die auf das Findelkind aufpassten, während sie an ihren italienischen Fahnen nähten, die niemals fertig werden. Wenn man: im, und nicht: am Hafen geboren und wenig später dort von einem Seemann gefunden wurde, der die Nacht durchgemacht hatte, während gerade ein Schiff mit dem Namen Finn Yannis auslief und es dem guten Mann aus irgendeinem Grund so scheinen wollte, dass dort das andere Ende der Nabelschnur von dannen fuhr, dann hat man den Hafen im Blut – und einen sehr speziellen Geburtsort im Pass eingetragen: Porto franco di Trieste.

Der immer noch angeschickerte Seemann trug, nach kurzem Überlegen und einem leicht panischen Blick erst auf die Uhr, dann auf seine Umgebung, das Hafenfindelkind im

Laufschritt zur nächstgelegenen Kirche: San Nicolò, und legte es dort dem Küster in die Arme, nicht ohne im Gehen zu rufen, er vermute, das Kindchen heiße Finyan – aus dem unbestimmten Gefühl heraus, dass wenn er ihm schon sonst nichts weiter mitgeben könne auf dem Weg ins Leben, dann doch wenigstens einen Namen. Der Küster rief den Diakon, der Diakon rief die Nonnen von San Cipriano herbei, die Finyan redlich umsorgten, bis er, ziemlich früh, eigene Wege ging. Die zogen sich durch den Hafen, seine zwei Millionen dreihundertviertausend Quadratmeter Heimat, die er bald schon kannte wie seine Westentasche. Er wusste, wo die Container gelöscht, wo Waren umgeschlagen und wo Waren unterschlagen wurden. War bestens informiert über die Verbindungen zum slowenischen Hafen Koper. Nicht, dass er nicht viele Sprachen spräche. Aber er sprach nicht viel. Er sah, er hörte, nahm Regelmäßigkeiten wahr und achtete auf Veränderungen, bildete sich selbst zum stillen Hafenmeister und versierten Ethnologen aus. Eine langsame, gründliche Ausbildung war das, ohne weiterführende Schule, ohne Lehrlingsstelle und Gesellenprüfung und vor allem: ohne Meister. Man kennt ihn, man respektiert ihn als Finyan del Porto.

Nach Katzenart hat er sich seine Menschen gesucht und eine Behausung, in der er kommen und gehen kann, wie er will. Eine Villa, nah am Hafen und trotzdem etwas versteckt in Richtung Altstadt, nicht zu weiß und nicht zu grau, und nicht zu alt und nicht zu neu, von der freundlichen Art; wo es nach hinten raus eine Tür gibt, die immer offen ist, wo niemand auf ihn wartet, er aber stets willkommen ist. Wo ein älterer Mann lebt und nichts dagegen hat, dass Finyan sich irgendwo eine Schlafstelle sucht und in der Küche nachschaut, was es zu essen gibt, wo er seine Wäsche waschen und zum Trocknen über die Heizung legen kann. Wenn sie sich über den Weg laufen, sprechen sie über den Hafen. Meist über die Flaggen und Namen der Schiffe, über die Wege der Fracht. Für den älteren Mann, der, seitdem er vor fünfunddreißig Jahren als Konsulatsbeamter nach Triest kam, unter der wilden Bora leidet, dem Fallwind, der von den Julischen Alpen her auf das Meer weht und dabei tagelang an den Dächern und Fensterläden der Häuser rüttelt, durch die Kamine fegt, Schilder vor sich hertreibt, oft frostig genug, um den Regen, den er mit sich bringt, in Blitzeis zu verwandeln. Auch an Tagen ohne Bora verlässt er nur noch ungern das Haus und spricht immer öfter davon, in das sanftere Klima seiner ersten Heimat, nach Apulien, zurückzukehren. Für ihn ist Finyan ein Beobachtungsposten, der ihn mit der sich verändernden Stadt in Kontakt hält. Bis er eines Tages tatsächlich mit gepackten Koffern auf Finyan wartete. Ja, dieses Mal hat er gewartet. Er wolle nicht ohne Abschied gehen, für ihn selbst werde sich nun vieles ändern, nicht aber für ihn, Finyan. Dies sei ihm ein Anliegen gewesen. Zum Abschied fordern sie voneinander mit großer Entschiedenheit und Ernsthaftigkeit, auf sich aufzupassen.

Einige Wochen lang blieb die Villa unbewohnt; abgesehen von Finyan, der nicht anders als sonst kam und ging, wie es passte. Eines Tages, kurz nachdem ein neues Schild neben die offizielle Eingangstür geschraubt worden war: *Ufficio verifica tappeti Milan Kolar, Restauratore di Tappeti & Mia Sund, Archeologa delle fibre,* bezogen ein Mann und eine Frau die Villa. Bezogen war vielleicht zu viel gesagt. Sie richteten sich ein in zwei Zimmern neben den Büros im ersten Stock.

Finyan beobachtete sie und erkannte ihre Eigenarten schnell: Der Mann läuft häufiger die Treppen hinauf und hinunter, als es nötig gewesen wäre. Und hat Spaß dabei, seine schnellen Schritte zu hören. Er bewegt sich nicht bedächtig durch die Flure wie der Vorbewohner, er läuft, er schreitet aus, er nimmt gern zwei Stufen auf einmal. Er lauscht auf den langen Hall in den Weiten der Räume – mit einer Art freudiger Ehrfurcht, wie man sie sonst von Touristen in Kirchen kennt.

Was die Frau anbelangt, so ist sie eine Frau, die nicht kocht. Das ist selten. Aber sie geht über die Märkte und sorgt dafür, dass die Küche in Gang bleiben kann. Und der Kühlschrank gefüllt ist. Auch für ihn. Sie sitzt, nicht anders als er, an wechselnden Plätzen in wechselnden Räumen, zieht auf Stuhl oder Sofa die Beine hoch, legt Hefte darauf und trägt ein; was auch immer. Manchmal sitzen sie eine Weile schweigend zusammen, bevor sie ihre Brille auf die Stirn schiebt, ihn ansieht und fragt: »Finyan, geht es dir gut?«

Nichts hat sich geändert an der immer offenen Tür auf der Gartenseite und der immer offenen Küche und nichts an der grundsätzlichen Freundlichkeit ihm gegenüber. Noch nicht einmal, dass über den Hafen gesprochen wird. Auch wenn diese Gespräche eine andere Richtung nehmen.

~

Warum es ihnen so wichtig sei, dass Teppiche echt sind, wollte Finyan eines Abends wissen, als er in die Küche kam, wo Mia und Milan bei einer Tasse Espresso saßen und über einem langen schmalen Teppich die Köpfe zusammensteckten.

Milan antwortete ziemlich rasch: »Es ist gar nicht so wichtig, dass sie echt sind. Es darf nur nicht zu viel Falschheit in ihnen sein.«

Mia schwieg. Das wäre nicht das, was die Stelle, die sie finanzierte, hören wollen würde, aber doch: wahr. Die Siegel ihres Vaters hatten damals auf seinem Schreibtisch gestanden, angefertigt von einer renommierten Stempelherstellungsfirma, die natürlich selbst auch einen Stempel hatte und noch dazu Etikett am Stempel. Alle Insignien der Wahrhaftigkeit, die nicht davon ablenken konnten, dass sie in falschen Händen waren.

Echtheit färbt nicht ab. Ihr Vater wurde nicht wahrhaftiger, seine Falschheit, sein Mogelpackungsdasein nicht besser dadurch, dass er seine Stempel der Echtheit aufs Papier setzen durfte – und die Tinte seiner in den Stempelabdruck hinein gezeichneten Unterschrift trocken pustete mit einer Zärtlichkeit, die er an Gegenstände verschwendete. Hier in Triest, in diesem Büro, waren alle Stempel verdächtig. Hier wurde das Geprüfte noch einmal geprüft. Und dann noch einmal. Fälscherei war ein sehr kreatives Gewerbe, das hatte sie früh gelernt, und tatsächlich war dies das Salz in der Suppe ihres neuen Berufs: wie fantastisch und witzig die gefälschten Stempel und Papiere oft waren. Mia dachte an Hof Jamme, an Haruki, wie er, müde vom Fälschen, sich über den Bart strich, lächelte, ein freundliches Wort fallen ließ: ein echter Mensch, gut und wahrhaftig. Hatte er je jemandem ernsthaft geschadet? Nein.

Woran sie denke, wurde sie von Finyan gefragt. Sie sähe so … versunken aus.

»Ich denke darüber nach, dass das, was nicht echt ist, noch lange nicht falsch sein muss«, antwortete sie. Es gebe an echten Teppichen so viel, was falsch sein könne: falsche Farben, falsche Arbeitsbedingungen. Und mit dem Falschen wiederum werde so viel Geld gemacht, dass das Falsche immer weiter seinen falschen Lauf nehmen könne. Deshalb seien sie hier. Wie Milan es eben gesagt habe: um zu schauen, an welchen Teppichen wenn nicht Blut, so doch Verachtung klebt – und an welchen nicht.

»Wie macht ihr das?«, fragte Finyan.

»Wir prüfen, wir verfolgen zurück – und dann entscheiden wir von Fall zu Fall.«

»Wirklich? Und ein Zertifikat – muss das nicht – eindeutig sein, kommt ihr nicht selbst in Schwierigkeiten, wenn ihr so von Fall zu Fall …«

»Wir zertifizieren nicht«, antwortete Milan. »Wir vergeben das ›Marchio di Qualità Trieste‹, das ›Triester Gütesiegel‹.

Man bekommt es, wenn nachweisbar ist, dass Arbeitsbedingungen, Umweltbedingungen und Transportbedingungen eingehalten werden. Natürlich hat man auch schon versucht, es zu fälschen. Was übrigens nicht so leicht ist.«

Finyan lachte kurz auf. »Wer echte Teppiche haben will, will Wahrheit und will sie doch mit Füßen treten, stimmt's?«

Milan sah Finyan nachdenklich an. Vielleicht sei gegen einen von einem erwachsenen Menschen ordentlich und nachhaltig gefälschten Teppich nicht wirklich etwas einzuwenden, meinte er.

Finyan nickte und verzog sich. Mia und Milan untersuchten die Rückseite des vor ihnen liegenden Teppichs und erkannten darin alle Merkmale einer maschinellen Herstellung, die im Nachhinein manipuliert wurde. Sie schoben ihn beiseite und brühten noch einen weiteren Espresso auf.

»Ich frage mich oft«, sagte Mia, während sie die kleinen Tassen füllte, »in welchem Sinne der Fischerteppich von 1936 im Hamburger Rathaus ein echter Fischerteppich war. Und auch der für Goebbels. In welchem Sinne waren die ›echt‹?«

»Wenn es kein Echtes im Falschen gibt, dann waren die nicht echt; logischerweise«, antwortete Milan.

»Und der von Nina, der gegen all das Falsche geknüpft worden ist, der in diesem Sinne ganz echt ist, ist der ein echter Fischerteppich? Ist er nicht schon etwas Neues? Ein schwedischer ›Mattmakarskola‹?«

»Es ist ein echter Exil-Teppich«, sagte Milan. »Von einer Fischerin, die knüpfte, weil sie bewahren wollte; Wahres bewahren wollte.«

~

Gütesiegel ist der Arbeitstitel für ihr persönliches, ihr ureigenes Kontorbuch, in dem sie nicht nur die echten und erfundenen Gütesiegel dieser Welt archiviert, sondern auch Geschichten, die diese Siegel erzählen. Denn sie erzählen. Weit gereiste, müde Gesichter, Sprachenwirrwarr, Verstrickungen mit der Mafia: eine endlose Serie von Fällen, die nirgendwo anfangen und nirgendwo aufhören, die sich überlagern, einander verdecken, unterschiedlichen Genres zuzuordnen sind.

Mia weiß, sie würde noch viel mehr Material finden und sammeln müssen. Hier Fadenproben nehmen und dort den Fäden folgen, das ganze Spiel von Einfädeln und Abschneiden besser verstehen – bevor sie eine Wahrheit von Teppichen als Handelsreisende zu Papier würde bringen können. Am ersten Tag nach ihrer Ankunft in Triest hatte sie in einem Café die Zeitung aufgeschlagen und gelesen, dass ausgerechnet der Hamburger Hafen 50,05 Prozent der Anteile des Triester Hafens übernommen hatte. Wieder dieser jähe Einbruch der Vergangenheit. Das Gefühl, auf zynische Weise herausgefordert zu sein, bevor es nach einigen tiefen Atemzügen in sich zusammensank. Das ist einfach offener Kapitalismus, sagte sie sich, keine heimliche Verfolgung. – *Du bist doch längst woanders.*

Für Mia gehörten Hafen und Teppich immer schon zusammen. Die Hamburger Speicherstadt war ja im Grunde nichts anderes als ein einziger großer, bunter Teppichbasar. Bunte Teppiche hingen aus den Fenstern und Luken jener Kontore, die auf Tausenden von Eichenpfählen direkt ans Wasser gebaut worden waren. Nie war ihr der Gedanke gekommen, dass eine norddeutsche Hafenmetropole nicht gerade der natürliche Ort für diese Ware war und das Wort Orientteppich nicht nur ein Wort, sondern auch eine geschützte Bezeichnung. Noch dazu ein Deckname für Kinderarbeit und überhaupt ein irres Geschäft. Ein Kulturgut, das Kunst und Kommerz in sich konzentrierte, alles, was Menschen antrieb.

»Wenn ich es recht bedenke«, sagte Mia, »sind Teppiche doch so etwas wie die Welt in Abermillionen Fadenkreuzen.«

Milan nickte und schwieg lange. Er trug die Espressotassen zur Spüle. Für ihn, sagte er dann, seien Teppiche so etwas wie die Urform von Behaustheit. Selbst auf dem Boden eines Nomadenzeltes. Gerade dort brauche es Wärme und Geborgenheit. Wärmebedarf sei das früheste Hauptmotiv gewesen, um Fäden an Fäden zu knüpfen in jenem langen Teppichgürtel zwischen Marokko und China. Ob die Faserarchäologin Mia Sund ihm zustimme?

Ja, durchaus. Aber das Bedürfnis nach Schönheit und Besitz sei sicher genauso ursprünglich gewesen, nehme sie an.

Finyan, katzengleich, war von ihnen unbemerkt zurückgekehrt. Eine Weile mochte er schon am Türrahmen gelehnt haben. Er holte sich ein Glas Wasser. Bis sie hier eingezogen seien, sagte er, hätten Teppiche in seinem Leben überhaupt keine Rolle gespielt.

Bevor Mia und Milan darauf antworten konnten, war er schon wieder verschwunden.

~

Seit diesem nächtlichen Gespräch war Finyan ein Mitarbeiter des *Marchio di Qualità Trieste;* ein Mitarbeiter nach eigenem Gesetz, ohne feste Arbeitszeiten und ohne Gehalt. Unbezahlbar sind seine Hinweise: eine Karte, ein Zettel, den er liegen lässt, ein Name, eine Adresse, die fällt. Nicht regelmäßig und nicht systematisch, aber immer wertvoll und offenbar konform sowohl mit seinen Lebensgewohnheiten als auch den speziellen Kriterien des Triester Siegels.

Bis einmal infolge eines Hinweises von Finyan ein etwas größerer Stein ins Rollen kam: weil die Ballenfracht Teppiche, die, lieblos gefälscht, nur ein Deckmantel war für ein Schattengewerbe, in dessen Schatten noch ganz andere Gewerbe verschattet werden sollten. Nicht nur die Hafenpolizei, sondern auch die Finanzpolizei, Zoll und Küstenwache, zudem auch die zivile Staatspolizei, zeigten sich auffallend engagiert, und ihre jeweils höchsten Vertreter traten nahezu zwei Wochen lang regelmäßig vor Kameras und Mikrofone, um ihre Erfolge zu feiern. Wie immer in solchen Fällen ging dabei komplett unter, wer und was überhaupt den Anstoß zur Aufdeckung gegeben hatte, der immerhin einigen jungen Frauen das Leben gerettet haben dürfte.

Aber im *Ufficio verifica tappeti* hatte man es durchaus nicht vergessen, und es ergab sich eines Abends, einige Zeit nach dem Aufruhr, dass Milan zu Finyan meinte, er wisse wohl, dass letzten Endes, oder nein: anfänglich Finyan dieser Retter gewesen sei. Und Finyan daraufhin ruhig und bestimmt meinte: Nein, nicht ihm, sondern Alonso, dem Fischer, gebühre diese Ehre. Er habe das entscheidende Wort fallen lassen. Lange habe er gewartet, sehr lange, bis er sich sicher sein konnte, dass ihn weder seine Augen noch seine Spürnase täuschten.

»Er muss viel Geduld gehabt haben«, meinte Milan.

Alonso warte seit Längerem darauf, dass jemand sein Boot kaufe, antwortete Finyan. Aber niemand wolle es kaufen, weil ja die Fische ausblieben. Wenn er die Netze ausbessere – wofür? –, dann brauche er, geübt, wie er war, nicht auf seine Finger zu sehen. Er sehe in die Umgebung, aber die Umgebung meine, er sehe auf seine Finger. Dabei sehe er der Umgebung auf die Finger.

Also müsste Don Alonso gefeiert werden, nicht irgendwelche Fahnder der Guardia di Finanza – ihm gebühre eine satte, eine stattliche Belohnung.

Die würde er nicht wollen, meinte Finyan. Bei aller Armut nicht. Eine Frage der Ehre.

Nach einer Weile, in der sie schweigend tranken und Brot in Olivenpaste tunkten, meinte Mia: »Statt Netze zu reparieren, könnte Alonso auch Teppiche knüpfen und an die Touristen verkaufen.«

»Ich sag es ihm«, meinte Finyan lächelnd.

»Wie würde er aussehen, der Teppich, den Alonso il Pescatore knüpfen würde?«, fragte Mia.

Finyan schwieg, spülte sein Glas, suchte sich Decken und Kissen zusammen und rollte sich auf dem Sofa der großen Wohnküche zusammen. Als Mia schon meinte, dass er nicht länger überlegte, sondern über die Frage hinweggekommen und eingeschlafen war, sagte er: »Wie das Meer, schätze ich – das Meer bei wechselndem Licht. Wie wenn man Licht und Wasser miteinander verknüpfen würde. Licht der eine, Wasser der andere Faden. Alles in Bewegung. Und dazwischen die Fische. Verstehst du, was ich meine?«

»Oh, ja, ich sehe es vor mir«, antwortete Mia.

~

Trieste und Ávila, einige Wochen später

»Du glaubst es nicht, aber ich habe Haruki getroffen. Hier in Kastilien. Im Kloster San José. Er besah sich sehr gründlich eine Statue: Jesus an der Hand seines Vaters als Zimmermannslehrling. Er trug eine Säge.«

»Haruki?«

»Jesus!«

»Wie geht's ihm?«

»Haruki? Wo denkst du hin? Wir haben nicht gesprochen. Er ging an mir vorbei. Lächelnd.«

»Dann geht es ihm gut.«

»Sag mal, was ist eigentlich aus dem Teppich geworden?«

»Er hängt in der Greifswalder Sammlung. Lieselotte und mein Kollege haben sich um ihn gekümmert, eine kleine Ausstellung organisiert. Presse, Fernsehen, Radio, Heimatverein, das ganze Programm. Lieselotte hat mir ein Foto geschickt. Da sitzen bei der Vernissage die alten Knüpferinnen und Knüpfer im Halbkreis um den Teppich herum. Wie mit ihm in ein Gespräch vertieft, das niemand außer ihnen hören konnte.«

»Welcher Name steht auf dem Schildchen neben dem Teppich?«

»Nina.«

»Gute Lösung.«

»Und du? Hast du einen neuen Namen – gefunden?«

»Es war komplizierter, als ich dachte. In Spanien behält man seine Namen: einen von der Mutter und einen vom Vater. Und dabei bleibt es dann ein Leben lang. Ein Leben lang lange Namen.«

»Gerecht … aber schwierig …«

»Jedenfalls ungünstig in meinem Fall. Wir haben in Österreich auf dem Land geheiratet. Die Österreicher sind nicht so … nicht so streng. Einen von zweien hab ich mir erfunden. Das wollte ich schon immer.«

»Sag mal.«

»Katja Toñerde d'Alverez. Mit einer Welle über dem n. Ist das nicht schön?«

»Wunderschön – und so wahr.«

»Hm. Mia, weißt du, vielleicht komme ich ja mal vorbei und sehe dich auf einer Kaimauer sitzen. Und setze mich neben dich.«

»Hier in Triest gehen Fährschiffe nach Patras und Durrës. Abgesehen von den Kreuzfahrten. Falls du mal wieder weiterwillst. Allerdings weiß ich nichts über das Namensrecht in Albanien oder in Griechenland …«

»Kreuzfahrten sind Kreisfahrten. Das liegt mir nicht. Aber Durrës klingt gut. Ich merk's mir.«

»Ich warte auf dich.«

»Ich weiß ja jetzt, wo ich dich finde.«

»Und ich dich.«

»Ach, Mia …«

»Ja?«

»Luys Milan. Hier gibt es Konzerte, mit historischen Instrumenten und Vorträgen. Diese Laute, deine Mutter hatte so eine …«

»Ja. Hatte sie.«

»Man kann süchtig werden nach dieser Musik.«

»Ich weiß.«

»Aber weißt du auch, woran das liegt?«

Weil immerzu etwas geheilt werden muss, dachte Mia. Weil es nicht aufhört, dass ständig wieder etwas zusammengeflickt und wiederhergestellt werden muss. Sie schwieg.

»Er alteriert doppelt.«

»Er macht was?«

»Er versetzt die Töne zweifach. Nach oben oder nach unten. Das ändert die Farbe auf seltsame Weise, und trotzdem ist es, als hätten wir nur darauf gewartet. Man gerät quasi wie von allein woandershin. Ein anderer Ton kommt ins Ganze. Das kenne ich aus der Lasur. Weißt du noch? Diese Abtönungen der Raku-Schalen?«

In Mias Erinnerung stieg das Raku-Rioja-Rot auf wie ein untergründiges Leuchtfeuer: lodernd und lebendig, an dem man sich wärmen, an dem man sich verbrennen konnte.

»Mia? – Bist du noch da?«

»Ja, ich frage mich gerade, ob die Vergangenheit Farben hat – also, ich meine – genauso viele wie die Gegenwart?«

»Mindestens Raku-Rot und Teppich-Grün – in deinem Fall.«

»Du meinst, bei mir ist sie so eine Art Ampel?«

»Jedenfalls organisiert sie Stehenbleiben und Weitergehen.«

»Und die Phase dazwischen?«

»Gelb?«

»Ja.«

»Macht dich zur Passagierin.«

»Immer unterwegs?«

»Auf die andere Art: Halte inne – und halte dich bereit.«

Es war und es war nicht

Ein Nachwort

Rudolf Stundl, ein in Wien geborener und über Žilina, Budapest, Zagreb, Breslau, Berlin und Greifswald an die Ostsee gereister Tapisserist – ja, es gab ihn. Er wurde 1887 in Wien geboren und starb 1990 in Greifswald. Unter den Nationalsozialisten war er fünf Jahre lang inhaftiert; wenig wissen wir darüber. Von der Haltung her allem Kollektiven und Solidarischen zuneigend, war er nach Gründung der DDR kooperativ und widerständig zugleich.

Sein Vermächtnis – die Fischerteppiche, die erst »Pommersche« oder auch »Vorpommersche«, dann »Freester« Fischerteppiche hießen, die aus einem unkonventionellen Geist entstanden, die ideologisch missbraucht, aber nicht niederzuringen waren in ihrer schlichten Schönheit, die immer wieder vergessen, aber auch immer wiederbelebt wurden? Ja, es gab sie und es gibt sie.

Luys Milan, katalanischer Komponist und Lautenspieler? Teresa de Ávila, die Häuser besetzende Mystikerin und Karmeliterin? Ja, es gab sie. Und jener in einem niederösterreichischen Kornspeicher festgehaltene Freiheitskämpfer, Aktivist zu eben der Zeit in Ungarn, als auch Rudolf Stundl sich für die Revolution begeisterte? Ja, es gab ihn. Mal hieß er Béla Kun, mal auch Imre Schwarz.

Nina, Mia – und ihre Lebenswege? Sind durch und durch erfunden und, wie alle weiteren Figuren und Handlungen, hineingeknüpft in diesen realen Stoff wie Garn um Schuss und Kette. Es hätte so sein können. – Aber wie tief darf der Möglichkeitssinn, mit Robert Musil zu sprechen, sich in den

Wirklichkeitssinn einlassen? Spanische Märchenerzähler eröffnen ihre Geschichten mit der Formel *Aixo era y no era:* Es war und es war nicht – eine, wie die Linguisten es ausdrücken, »doppelte Referenz«, ohne die die Welt, davon bin ich überzeugt, ihre innerste Wahrhaftigkeit verlieren würde. Dieser Formel habe ich mich anvertraut.

Dankbar bin ich nicht nur den mallorquinischen Erzählerinnen und Erzählern, sondern auch Kerstin Vogl und Birgit Buth und allen Archivaren und Archivarinnen der SLUB Dresden, die den Nachlass Rudolf Stundls erschlossen und zugänglich gemacht haben, und überhaupt all jenen, die dafür gesorgt haben, dass man in der Geschichte der Fischerteppiche noch so viele Fäden findet, an die sich anknüpfen lässt. Dabei denke ich besonders an die Arbeiten von Birgit Dahlenburg und Kurt Feltkamp.

Außerdem danke ich für fremdsprachliche Expertise:

Åsa Lovén, Letizia Turchiano, Elena Lehmberg, Joško Erceg, Tihana Troschel, Anja Lamp und Katja Zeidler.

Weiterhin und ganz besonders, für unermüdlichen Rat und Unterstützung, Michaela Kenklies und Werner Kogge.

Glossar

Großes Garn: Name für traditionelle Zugnetzfischerei in Bodden und Haffen, bei der das Netz vom Boot aus in großem Bogen ausgeworfen und direkt danach wieder eingeholt wird.

Handarbetets Vänner Skola: Eine schwedische Textilarbeit-Schule in Stockholm seit 1881. Sie bildet aus, organisiert Ausstellungen und vermittelt zwischen schwedischer und internationaler Textilkunst.

Överhogdal/Wandteppiche von **Överhogdal:** Zwischen 1040 und 1170 entstandene gewebte Wandteppiche, die ein sehr frühes Christentum dokumentieren und in der Kirche von Överhogdal (in der schwedischen Provinz Jämtland) 1909 während Renovierungsarbeiten gefunden wurden. Ulla Oscarsson hat in »The Överhogdals Weaves« die Entdeckungsgeschichte rekonstruiert.

Rya, Ryen: Traditionelle finnische und schwedische Teppiche und Wandteppiche, mit vergleichsweise langem Flor, in verhaltenen Farben und oftmals abstrakten Mustern.

Senneh (heute Sanandadsch): Namensgebende persische Stadt (heute im Iran) für eine asymmetrische Knotenvariante der klassischen Orientteppiche: Der Wollfaden wird um zwei Kettfäden geschlungen; ein Ende wird zwischen den beiden Kettfäden, das andere daneben nach oben gezogen. Die Bezeichnung ist irreführend, da in Senneh zumeist der »türkische« Knoten (Smyrna, s. u.) verwendet wurde.

Smyrna (heute Izmir): Namensgebende Stadt für einen symmetrischen Teppichknoten: Das Garn wird je um die beiden Kettfäden geschlungen, ein oder auch zwei Schussfäden liegen zwischen den Knotenreihen.

Suomen Käsityön Ystävät: Freunde der Textilkunst in Finnland, eine 1879 von der Künstlerin Fanny Churberg gegründete, bis heute aktive Organisation.

Vihuela: Sechshörige Kastenhalslaute der Spanischen Renaissance; gilt als eine Vorläuferin der Konzertgitarre.

Zeesenboot: Schwertboot aus der Zeit der Segelfischerei; die Segel werden traditionellerweise in Teer, Schweineschmalz und Eichenrinde rot gefärbt.

Verwendete Literatur

Schriftlicher Nachlass Rudolf Stundl, Spezialkatalog. SLUB Dresden, App. 2566, Nr. 1-332a, 363, 371, 510, 727-875a-i, 926, 928-936, 1081, 1088-1089, 1098, 1161b

Aichinger, Ilse: *Verschenkter Rat.* Frankfurt 1978.

Dahlenburg, Birgit: »Pommersche Fischerteppiche – traditionsreiches Kunsthandwerk oder Medium ideologischer Vereinnahmung?«, in: Lichtnau, Bernfried (Hg.): *Bildende Kunst in Mecklenburg und Pommern von 1880 bis 1950.* Berlin 2011, S. 446–453.

Desrues, Georges: *Triest für Fortgeschrittene.* Wien – Graz 2021.

Doll, Martin: *Fälschung und Fake. Zur diskurskritischen Dimension des Täuschens.* Berlin 2015.

Eco, Umberto: *Die Grenzen der Interpretation.* München 1999.

Feltkamp, Kurt/Oberdörfer, Eckhard/Binder, Peter: *Freester Fischerteppiche.* Greifswald 2011.

Feltkamp, Kurt/Flachsmeyer, Jürgen: »Vorpommersche Fischerteppiche unter historischen, ästhetischen und mathematischen Aspekten«, in: *Greifswalder Universitätsreden Neue Folge, Nr. 127.* Greifswald 2007.

Grimm, Jacob und Wilhelm: »Von dem Fischer und seiner Frau« (plattdeutsches Märchen, erzählt von Philipp Otto Runge (1806): »Von dem Fischer und siine Fru«), in: Brüder Grimm: *Kinder- und Hausmärchen* Band 1. Stuttgart 1980.

Heidloff Herzig, Guido: *Die Musik der Renaissance.* Darmstadt 2019.

Henking, H.: *Die Ostseefischerei (1929).* Lindau 2015 [1929].

Herston, Zora Neale: *Their Eyes Were Watching God* (New York) 1990. Deutsche Ausgabe: *Vor ihren Augen sahen sie Gott* (Hamburg)

2011. [Das Zitat auf Seite 148 lautet im Orig.: »The kiss of his memory made pictures of love and light against the wall. Here was peace. She pulled in her horizon like a great fish-net. Pulled it from around the waist of the world and draped it over her shoulder. So much life in its meshes! She called in her soul to come and see.«]

Koldau, Linda Maria: *Teresa von Avila.* München 2014.

Lenz, Siegfried: *Heimatmuseum.* Hamburg 1978.

Nováková, Zuzana/Svobodová, Julie: *Kaukasische Märchen.* Hanau 1977.

Oberdörfer, Eckhard: »Interview an der Ostsee. Die Erinnerungen des Vaters der pommerschen Fischerteppiche«, in: *Pommern* 2/2011, S. 22.

Raillard, Susanne: *Die See- und Küstenfischerei Mecklenburgs und Vorpommerns 1918 bis 1960.* Quellen und Darstellungen zur Zeitgeschichte Band 87. München 2012.

Ricœur, Paul: *Die lebendige Metapher.* München 1986.

Ricœur, Paul: *Zeit und Erzählung.* München 1988.

Riegl, Alois: *Altorientalische Teppiche.* Leipzig 1891.

Rotzler, Willy: »Finnische Ryen«, in: *Das Werk: Architektur und Kunst*Nr. 46 (1959), S. 416–418.

Runge, Philipp O. und Uwe Johnson: *Von dem Fischer un syner Fru.* Mit farbigen Bildern von Marcus Behmer. Frankfurt am Main 1976.

Schweppe, Helmut: *Handbuch der Naturfarbstoffe. Vorkommen, Verwendung, Nachweis.* Landsberg am Lech 1993.

Siebolds & Block: *Die Einführung des Motors in die Segelfischerei. Abhandlung des deutschen Seefischerei-Vereins.* Band VIII A. Berlin 1907.

Sirelius, Uuno T.: T*he ryijy-rugs of Finland: A historical study.* Helsinki (Helsingfors) 1926.

Teresa von Ávila: *Die Seelenburg.* Oder: *Die sieben inneren Wohnungen der Seele* (Köln) 2012.

Von Harry Billig illustrierte Ausgabe: *Von dem Fischer und seiner Frau.* Förderverein Darß-Museum (Hg.), Prerow/Darß 2013.

Wallraf-Richartz-Museum (Hg.): *Finnische Rya-Teppiche.* Ausstellungskatalog. Köln 1958.

Zeidler, Gisela: *Freester Fischerteppiche – Gisela Zeidler hält ein altes Kunsthandwerk am Leben.* Video Link: https://www.youtube.com/watch?v=PhJfyvv3hA0 (7. 4. 2022)

Triest

Ich sah in den Blätterschatten
den Umriß geharnischter Länder,
aus der Sonne kamen
die vielen Vögel zu mir,
sie lehrten mich
die Künste des Maschenbindens
überm gefalteten Meer
und einer von ihnen ließ sich
auf meinen Rippen nieder
und besprach mich
und vor den Taubengrotten
auch meinen Stern.

Ilse Aichinger

Island
Reykjavik
Kiruna
Överhogdal
Norwegen
Oslo
Stockholm
Schweden
Dänemark
Kopenhagen
Russland
Greifswald
Stralsund
Freest
Hamburg
Berlin
Polen
Belfast
Irland
Dublin
Grossbritannien
Nieder-
lande
Amsterdam
London
Deutschland
Breslau
(Wrocław)
Brüssel
Belgien
Prag
Tschechische Rep.
Thaya
Zilina
Paris
Luxemburg
Drosendorf
Wien
Bern
Österreich
Ungarn
Schweiz
Frankreich
Genf
Slowenien
Triest
Kočevje
Zagreb
Kroatien
Bosnien-
Herzeg.
Toulouse
Italien
Portugal
Ávila
Madrid
Spanien
Rom
Tirana
Palermo
Algier
Tunis
Malta
Valletta
Rabat
Tunesien
Marokko
Algerien
Tripolis